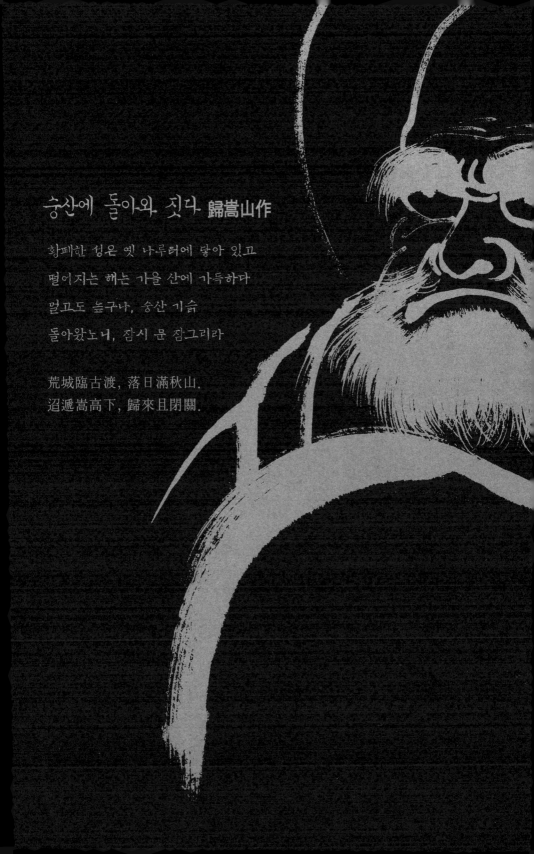

숭산에 돌아와 짓다 歸嵩山作

황폐한 성은 옛 나루터에 닿아 있고
떨어지는 해는 가을 산에 가득하다
멀고도 높구나, 숭산 기슭
돌아왔노니, 잠시 문 잠그리라

荒城臨古渡, 落日滿秋山.
迢遞嵩高下, 歸來且閉關.

소림사

少林寺

少林寺 1

금강金剛 新무협소설

초판 1쇄 찍은 날 § 2004년 9월 20일
초판 1쇄 펴낸 날 § 2004년 9월 30일

지은이 § 금강
펴낸이 § 서경석

편집장 § 문혜영
편집 § 장상수 · 김민정 · 최하나
마케팅 § 정필 · 강양원 · 김규진 · 홍현경

펴낸곳 § 도서출판 청어람
등록번호 § 제1081-1-89호
등록일자 § 1999. 5. 31
어람번호 § 제2-0434호

주소 § 경기도 부천시 원미구 심곡1동 350-1 남성B/D 3F (우) 420-011
전화 § 032-656-4452 팩스 § 032-656-4453
E-mail § eoram99@chollian.net

ⓒ 금강, 2004

ISBN 89-5831-252-1 04810
ISBN 89-5831-251-3 (SET)

청어람

大唐

少林寺

Oriental Fantasy

금강金剛 新무협소설

1

목차

소림사(少林寺)를 시작하면서…….

무협을 읽은 사람이라면, 아니, 한 번이라도 읽어본 사람이라면 누구나가 절로 접하게 되는 이름이 있다.

이름하여 소림사(少林寺)!

그 이름은 너무도 유명하여 무협을 읽지 않은 사람이라 할지라도 이름은 들어보았을 정도로 사람들의 입에 회자(膾炙)된다.

중국무협으로서는 와룡생(臥龍生)의 옥차맹(玉釵盟:군협지)과 강설현상(降雪玄霜:무유지)이 비교적 소림사를 잘 다루었다 할 수 있겠지만 한국무협으로는 그 유명한 소림사를 제대로 다룬 무협은 거의 없었다고 해도 과언이 아니다.

한국무협 몇 가지가 있긴 했으되, 그저 소림사의 이름만을 차용하였을 뿐, 실제로 소림사가 어떤 곳이며 거기 거하는 사람들은 어떤 생각을 하며, 또 어떻게 살아가는지를 제대로 그려낸 것은 없었다는 의미다.

이 글은 바로 그러한 소림사를 제대로 한번 그려보고자 하여 기획되었다. 그러나 그것은 본인의 욕심일 뿐, 과연 얼마나 소림사다운 소림사가 이 글 속에서 살아날는지는 알지 못하겠다.

많은 부분이 전거(典據)에 의거하여 씌어지겠지만 소설이라는 점을 최대한 감안하게 될 것이기 때문이다.

소설은 어디까지나 픽션이 우선이지, 기행문이 아닌 까닭이다.

그 내용에 대한 판단은 이제 독자들이 내려야 할 것이지만, 여기서 몇 가지 미리 양해를 구하고 가야 할 부분이 있다.

그것은 바로 소림사에서 그려질 여러 가지 고증(考證)과 소림사의 모습이다.

소림사의 모든 것이 지금처럼 갖추어진 것은 실제로 청대의 강희제(康熙帝) 이후다.

현재 남아 있는 소림사의 현판은 강희제의 친필이며, 그 산문(山門) 또한 강희제의 친필을 걸어놓기 위해서 청대에 이르러 만든 것이니 이러한 소림사의 모습을 글을 쓰는 시점으로 돌려 원형을 복원한다는 것은 매우 지난(至難)한 일일뿐더러, 그렇게 살려놓은 소림사는 오늘날 우리가 말하고 있던 소림사와는 조금 다른 모습으로 나타나게 될 터이다.

그러므로 많은 고민 끝에 이 글에서 보이는 소림사의 모습은 초기의 것이 아니라 후일 완성된 상태인 소림사로 설정을 하기로 하였음을 미리 말해 두고자 한다. 그것이 쓰기에도, 보기에도 조금 더 소림사다울 것이기 때문이다.

무협을 아는 사람이라면 누구나 아는 이름이 소림사와 달마이다. 하지만 과연 소림사의 개조(開祖) 달마가 어떤 사람인지를 아는 사람은 그리 많지 않다.

성이 찰제리(刹帝利)이며 이름이 보리다라(菩提多羅)였던 그는 남천축(南天竺:인도) 향지국(香至國) 수옥왕(水玉王)의 셋째 왕자로서 출가하여 보리달마라는 이름을 받는다. 출가한 그는 천축 선종(禪宗)의 맥을 이어 마하가섭의 이십팔대 손이 되었다. 즉, 천축 선종의 이십팔대 조가 된 것이다.

그가 어떻게 해서 중국에 와서 무예의 조종(祖宗)이 되었는지, 그의 죽음에는 또 어떤 전설들이 얽혀 있는지들도 이 글에서 다루어보고자 하는 것 중 일부가 될 것이다.

무협이 많이 달라지고 있다.

잘된 글은, 생각을 많이 하면서 읽어야 할 함축성있는 글들은 외면받고 순간순간 책장이 잘 넘어가는 감성 위주의 습작류들은 평균 이상의 판매를 기록한다.

판타지와 무협의 독자가 섞이면서 무협을 알지 못하는 나이 어린 독자가 새롭게 독자층으로 형성이 되었기 때문인 듯하다. 그 숫자는 이미 기존 독자층의 숫자를 압도하고 있으니, 그 새로운 독자층을 감안하지 않을 수가 없다.

그러므로 이 소림사에서는 그러한 독자들에게는 '재미' 를, 기존의 독자들에게는 '만족' 을 줄 수 있도록 배려하여 기존의 금강

식 무협과는 좀 더 다른 형태로 글을 써나갈 예정이다.

전체를 쉽게 풀어가는 가운데, 많은 사람들이 등장하고 각기 제 색깔을 가질 것이며, 감성과 재미를 충족시킬 수 있는…… 등등의 말을 여기에서 하는 것보다는 이제부터 여러분이 보고 판단하는 것이 나을 것 같다.

많은 질책과 격려를 바라 마지않는다.

초봄을 바라보며 蓮花精舍에서 金剛.

(www.gomurim.com)

소림사(少林寺)!

천하무림(天下武林)의 본산(本山).

중국 선종(禪宗)의 발원인 소림사는

한 사람으로 인해 오늘날의 모습으로 다시 태어났으니,

그의 이름은 바로 보리달마(菩提達摩)이다.

천지가 온통 눈으로 희다.

그제부터 내린 눈이 세상을 모두 덮었다.

숭산(嵩山) 소실봉(少室峯)도 흰빛으로 뒤덮였다.

그 눈 속에 묻힌 작은 암자 하나. 그 편액조차 걸리지 않은 작은 암자는 설화(雪花)가 만발한 송백(松柏)을 좌우로 거느린 채 자리했다.

그런데 그 눈 덮인 암자의 앞에는 한 사람이 서 있었다.

나무도, 숲도, 바위도, 심지어는 암자까지 모두가 눈에 덮인 상태이니 사람이라고 온전할 리가 없다. 호리한 그의 전신은 눈으로 덮였고 쌓인 눈은 그의 무릎까지 덮었다.

그럼에도 그는 그저 그렇게 석상과도 같이 고요히 서서 눈앞의 암자를 바라보고 있을 따름이다.

어느 순간이었다.

"너는 그렇듯 눈 속에 서서 무엇을 구하고자 하느냐?"

우렁한 음성이 들려왔다.

암자에서 들려온 음성은 그리 크지 않았음에도 고막을 떨어 울리는 힘을 가졌다. 그 힘을 증명하듯 사방에서 눈송이들이 꽃가루처럼 휘날렸다. 마치 그의 음성에 반응하는 듯 신비로운 광경이었다.

그 말소리가 들려오자 중년의 승려는 그 자리에 무릎을 꿇었다.

"넓고 큰 법문(法門)을 세상에 전하고 싶습니다!"

그가 무릎을 꿇은 암자.

그 암자의 열린 문에는 한 사람이 앉아 있음이 보였다.

퉁방울과 같은 고리눈에는 푸른빛이 서렸다. 얼굴을 온통 뒤덮은 수염은 가시와도 같다. 한풍(寒風)이 몰아치는 한겨울임에도 맨발에다 아무렇게나 둘러멘 듯 걸친 옷이 가사(袈裟)임을 알아보는 것은 그리 어렵지 않았다.

나이조차 짐작키 어려운 벽안노승(碧眼老僧).

그가 다시 말했다.

"내 이미 너를 제자로 받아들였거늘, 또 무엇이 더 필요하더란 말이냐?"

"사존!"

"물러가거라."

벽안노승은 눈을 감아버렸다.

"사존—!"

속명(俗名)이 희광(姬光)인 그는 크게 부르짖으면서 연신 고두(叩頭)하였으나 정자 안의 벽안노승은 더 이상 눈을 떠 그를 보지 않았다.

……

정적이 흘렀다.

눈에 덮인 법당의 주위는 온통 고요뿐이다.

숭산(嵩山)의 저 웅자(雄姿)도 모두 숨을 죽이고 있는 듯하다.

희광은 입술을 물었다.

그래······

그 정적의 의미를 깨달은 희광은 조금도 망설임없이 자신의 오른손을 들어 왼팔을 내려쳤다.

스팟!

섬뜩한 음향과 함께 피가 튀었다.

티 하나 없던 흰 눈 위에 그의 왼쪽 팔이 떨어졌다. 피를 뿌리면서 펄떡이는 자신의 왼쪽 팔을 보면서도 희광은 눈썹 하나 까딱하지 않았다. 그는 방금까지 자신의 왼쪽 팔이었던 그 팔을 집어 들었다.

그리고는 그 팔을 법당 앞에 내려놓고 벽안노승을 향해 무릎을 꿇었다.

그의 끊어진 팔뚝에서는 선혈이 폭포수처럼 쏟아지고 있지만 그는 그것을 느끼지 못하는 듯 초연하기만 했다. 그의 얼굴에서 빠르게 핏기가 사라지고 있음에도.

언제부터였을까?

벽안노승이 눈을 떠 그를 바라보고 있었다.

─네가 법을 위하여 무엇을 할 수 있겠느냐?
─법을 얻을 수만 있다면 목숨이라도 아까우리까!

불립문자(不立文字), 이심전심(以心傳心).

선종(禪宗)을 이루는 근간이 그것이어늘 어찌 말이 필요할 것인가. 말로써 뜻을 전할 수 있다면 그는 법을 얻었다 할 수 없으리라.

스승은 말없이 물었고 제자는 자신의 팔을 바침으로써 그 뜻을 전했다.

"내 이름은 보리달마(菩提達摩)! 중국에 건너와 소림사에 이르러 벽을 면하여 구 년. 크게 깨달아 이곳에서 선종(禪宗)을 열었다. 이제 너를 나의 법사(法嗣:법을 이을 후계자)로 삼아 소림사를 잇게 하리니, 네 이름을 혜가(慧可)라 하라!"

벽안노승의 말과 함께 희광의 잘린 왼쪽 팔에서 그처럼 쏟아지던 핏줄기가 마치 거짓말처럼 멎었다. 노승이 손을 들지도 않고서 지혈을 시킨 것이다.

희광, 아니, 혜가로 이름 받은 그는 말없이 벽안노승을 향해 머리를 조아렸다.

천하에 이름 높은 소림사의 전설(傳說)은 그렇게 시작되었다.

벽안노승, 후일 소림사의 개조(開祖) 달마(達摩)라 불린 그가 혜가에게 의발(衣鉢)을 전하면서.

쿠쿠쿠……

거대한 물줄기가 황톳빛으로 전신을 벌떡이면서 어둠을 달린다.

하늘 저 멀리에서 달려온 황룡(黃龍)과도 같이 어둠에 잠긴 황하(黃河)의 물결은 사납기만 하다. 그도 그럴 것이 지난 삼 일간 그처럼 쏟아지던 폭우로 인해 밋밋하던 황하의 물길이 광포하게 변해 천지를 온통 뒤덮고 있었기 때문이다.

수천 년을 두고 반복되는 황하 범람이었다.

황하의 범람(氾濫)은 매년 황하를 몸부림치게 했다. 쏟아져 내려오는 황토는 수천 년 내내 황하의 물길을 바꾸었고 그때마다 황하는 스스로 몸살을 앓으면서 주변을 휩쓸었다.

금년도 예외는 아니었다.

"아, 시팔노무 날씨! 더럽게도 지랄맞네그랴."

노삼(老三)은 하늘을 올려다보면서 투덜거렸다.

잔뜩 찡그린 얼굴에는 초조함과 짜증이 잔뜩 묻어난다.

그럴 수밖에 없는 것이 삼 일간이나 쏟아진 폭우가 조금 잦아지는 듯하더니 또 시작을 하는 것 같았기 때문이다.

"아악!"

갑자기 찢어지는 비명이 들려왔다.

"이크!"

펄쩍 놀란 눈으로 노삼은 비명이 들려온 곳을 쳐다보았다.

다 쓰러져 가는 초가. 바람에 날려가지 않게 겨우겨우 지붕을 비끄러맨 그 집 안에는 그의 마누라가 산통(産痛)에 겨워 신음하고 있었다.

노삼은 아이 셋을 가졌다. 하지만 찢어지게 가난하여 작년에 낳은 아이는 황달로 죽고 말았다. 그리고는 또 아이를 가졌는데, 저 빌어먹을 여편네가 이틀이나 용을 쓰면서도 애를 낳지 않고 소리만 지르고 있는 것이다.

"망할노무 여편네 같으니! 넘들은 그저 쑥쑥 잘만 빼던데 뭔 지랄을 이틀이나 떨구 있어?"

노삼은 초가를 흘겨본다.

하지만 말과는 달리 그는 똥개가 꼬리를 보고 돌듯 불안 초조한 얼굴로 연신 좁은 마당을 서성이고 있었다.

"아아— 악!"

집 안에서 다시금 찢어지는 비명이 들려온다.

"어이구! 이런 패 죄일 놈은 대체 뭘 하고 여태 안 오는 거야?"

일방 욕을 하면서도 그는 황급히 달려가 문을 열고 고개를 디밀었다.

"조금만 참아! 조 파파(趙婆婆)가 곧 올 테니…… 윽?"

고개를 디민 그의 얼굴이 해쓱해졌다.

어두운 방. 촛불은 언감생심, 겨우 등잔 하나를 밝혀둔 방은 흙벽이고 나무로 된 침상 하나가 자리한다. 거기에 한 사람이 누워 있는데 꿈틀거리는 그 사람의 다리 쪽으로 시커먼 것이 보였기 때문이다. 물체가 아니라 검은빛.

'피!'

노삼의 얼굴이 하얗게 질렸다.

진통이 오래간 것도 걱정스러운데 아예 하혈이라니! 게다가 저렇게 많은 양이라니…….

"이, 임자!"

노삼은 황급히 방 안으로 뛰쳐 들어갔다.

"하아— 악……."

기진한 신음이 침상에서 흘러나온다. 좀 전까지도 비명을 지르더니 이젠 소리를 지를 힘도 없어진 것인가? 진땀으로 범벅이 된 파리한 여인의 얼굴이 거기 있었다. 내일이면 마흔이라고는 하지만 그래도 고왔던 그 얼굴은 거의 살아 있는 사람의 얼굴이 아니었다.

"이, 이거 봐! 정신 차려! 조 파파가 곧 올 거야. 잠시만, 잠시만 참아. 힘을 내라구!"

노삼이 다급하게 그녀의 어깨를 움켜쥐었다.

그때였다.

"아, 아버지!"

다급한 외침과 함께 꼬마 하나가 집 안으로 뛰어들어 온다.

채 열 살이나 되었을까?

비를 흠빡 맞은 꼬마는 물에 빠진 생쥐 꼴로 허겁지겁 쫓아와서 허리를 굽힌 채 손을 무릎에다 대고는 연신 가쁜 숨을 몰아쉰다. 숨이 턱에 차 제대로 말도 하지 못하는 모습이다.

반갑게 고개를 내민 노삼의 얼굴이 일그러졌다.

"뭐야? 어떻게 된 거야? 조 파파는 어떻게 하고 너 혼자 온 거냐?"

"피, 피난 가야 한다고 모, 못 온대요. 곧 강이 넘칠 거라고……."

"피난……?"

노삼의 얼굴이 구겨졌다.

조운촌(潮雲村).

황하변에 위치한 이 작은 촌락은 다 해서 서른 가구가 조금 넘는다. 노삼은 이곳에서 지난 사십 년간 고기를 잡아 생계를 이었었다. 그간 황하가 범람한 것은 열 번도 넘었다. 그때마다 지독한 고생이 찾아왔지만 견디지 못할 것도 아니었다. 살아 있기만 하면.

하지만 금년은 달랐다.

마누라가 아이를 낳으려 하고 있었다.

그것도 난산(難産). 그런 마당이니 황하가 넘칠 것을 뻔히 알면서도 어떻게 할 수가 없었다. 아이를 낳기 전에는 그저 발을 구를 뿐. 그렇다고 해서 저 고생을 하는 마누라를 버려두고 나만 살겠다고 도망갈 수도 없으니 그저 꽁지에 불붙은 소처럼 다급할 밖에.

"물이 어디까지 들어왔다더냐?"

"모, 모르겠어요."

노삼의 큰아들 대호(大虎)가 더듬거렸다.

"이런 멍충한 놈!"

노삼은 울화가 끓어 대뜸 대호의 머리를 쥐어박았다.

"아코오!"

대호가 머리를 쥐고서 뒹굴었다.

또래 아이들보다 머리 하나는 더 큰 꼬마지만 뱃일로 단련된 아버지의 사정없는 일격을 견뎌낼 재간이 있을 리 없다.

"빨리 소호(小虎)를 찾아! 그리고 동생을 데리고 뒷산으로……."

그가 채 말을 끝맺기도 전에 대답이 달려왔다.

쿠콰콰콰아―

거대한 울림.

흙탕물이 왈칵 밀려오는가 싶은 순간에 눈앞에 있던 옆집의 담장이 모래성처럼 무너졌다.

그것은 거대한 포효였다.

눈앞의 야트막한 담장이 무너지는가 싶더니 이내 눈앞에 있던 것들이 모조리 무너져 내렸다. 거기에 노삼의 집 싸리담이 포함된 것은 너무도 당연했고 문을 열고 서 있던 노삼마저 노도와 같이 쏟아져 들어오는 흙탕물에 휩쓸려 그대로 뒤로 나뒹굴고 말았다.

피할 여유 따위는 아예 없었다.

"으악!"

거대한 망치에 얻어맞고 날아간 듯 벽에 처박혔던 노삼은 그 물살이 벽을 무너뜨리면서 세가 약화되자 겨우 몸을 일으킬 수 있었다. 흙으로 지은 자신의 집은 이미 지붕이 무너지고 벽도 두 군데나 무너져 집의 형상이 아니었다.

"이, 이…… 빌어먹을! 벌써 물이……."

그때였다.

"으~아아앙!"

돌연 찢어지는 듯한 어린아이의 울음소리가 들려왔다.

"마, 마누라!"

노삼은 황급히 주위를 두리번거렸다.

산통에 겨워 고통을 겪고 있던 마누라.

그 마누라가 누워 신음하고 있던 침대도 한쪽에 쑤셔 박혀 있었다. 무너진 지붕에 깔린 채로.

"이, 이 빌어먹을 노무……."

노삼은 이를 갈면서 미친 듯이 지붕을 밀어냈다.

어차피 갈대로 만든 지붕이다. 게다가 비스듬히 늘어진 지붕이라 별 타격은 없어 뵈기는 했다. 그러나 그게 아니었다. 침대가 뒤집어져 벽을 부수고 밖으로 반쯤 삐어져 나가 있었던 것이다.

"으앙! 으아앙……."

갓난아이의 울음소리는 바로 그 침대 밑에서 들려오고 있었다.

"이, 이봐!"

노삼이 소리쳤다.

그의 마누라는 침대가 밀려 벽을 치면서 그 충격으로 튕겨져 나간 듯 넘어진 침대에 깔려 있었다. 침대를 밀치자 피투성이가 된 여인의 모습이 눈에 들어온다. 그 와중에도 다리를 벌린 채 몸을 웅크린 그 모습. 그 아래로 쏟아진 흙탕물 사이로 붉은 핏물이 선연하다.

"아이, 아이……."

거의 혼절한 상태에서도 여인은 아이를 찾았다.

"아앙~! 캑캑……."

선명하도록 우렁찬 울음소리가 갑자기 심한 기침으로 변한다.

갓난아이 하나가 그 흙탕물에 잠겨 캘록거리고 있었다. 노삼의 여인, 그녀의 발 아래에. 그녀가 몸을 웅크려 발을 벌리고 있지 않았더라면 아이는 침대에 깔리고 말았으리라.

그처럼 애를 써도 나오지 않던 아이였다.

어쩌면 방금의 충격으로 해산이 가능했는지도 모를 일이었다.

"이, 이놈이……."

노삼은 일그러진 얼굴로 얼른 아이를 안아 들었다.

탯줄이 그대로 달려 덜렁거렸다.

노삼은 아이를 쳐들어 손바닥으로 닦아냈다. 흙탕물에 잠겼던 아이인지라 그대로 둘 수 없었던 것이다. 하지만 깨끗한 물은커녕 사방이 흙탕물에 잠겼으니 어디 가서 아이를 씻길 것인가. 아이를 쳐들자 쏟아지는 빗줄기에 아이를 덮고 있던 흙탕물이 씻겨 나가니 그나마 다행인지 불행인지 모를 지경이다.

흙탕물을 손으로 대강 훔쳐 낸 노삼은 탯줄을 이로 잘랐다.

어떻게든 빨리 수습을 하지 않으면 아이는 물론이고 어미까지 모두 변을 면치 못할 터였다.

"아, 아이……."

그 와중에도 애 엄마는 아이를 찾았다.

"그 빌어먹을 놈 여기 있네!"

탯줄을 끊은 노삼은 아이를 애 어미에게 안겼다.

"괜찮나? 견딜 수 있겠어? 어떻게든 이곳을 벗어나야 해. 물이 곧 다시 올 거야. 그때는……."

노삼의 아내, 고이랑(高二娘)은 탈진한 눈으로 품에 안긴 자신의 아이를 내려다보았다.

그리곤 거칠지만 늘 든든했던 자신의 남편 노삼을 올려다보았다.

"아, 아……."

뭐라고 하는데 쏟아지는 빗소리에다 밖에서 부르짖는 소리까지 뒤섞여서 알아들을 수가 없었다. 그녀의 음성은 너무 작았다.

"뭐라고? 뭐라고 하는 거야?"

"아, 아이…… 를 부탁해요……."

"무슨 잡소리야? 애는 여자가 봐야지. 힘들더라도 일어나라구. 자, 어서 일어나!"

어떻게 뒷처치를 한 노삼이 그녀를 강제로 일으켰다.

하지만 그는 이미 늘어진 그녀의 몸무게를 느낄 따름이다. 그녀의 전신은 이미 물먹은 솜과 같이 늘어져 있었다. 그리고 제멋대로 덜렁이는 그녀의 목……. 그녀의 눈은 못다 한 말이 많은 듯 채 감기지도 못한 채였다.

"안 돼! 눈을 떠! 어서 눈을 뜨라구!"

노삼은 절규하듯 부르짖었다.

술 먹고 패준 적도 있었고 바람을 피운 적도 있었다. 하지만 그녀가 자신의 마누라임을, 오직 하나밖에 없는 조강지처임을 잊어본 적이 없는 노삼이었다.

그때 다급한 부르짖음이 들려왔다.

"아, 아빠!"

"대호야!"

아들의 목소리임을 알아들은 노삼은 정신을 차렸다.

그의 큰아들이 흙탕물 속에서 엉금엉금 기고 있었다. 마치 진흙으로 빚어놓은 사람 같았다.

"어서 이리 오너라! 소호는? 소호는?"

"소호는……."

그때였다.

악마의 부르짖음과도 같은 거창한 고함 소리가 들려온 것은.

쿠콰콰콰콰—

넘실거리는 흙탕물이 하늘을 뒤덮을 듯 덮쳐 왔다. 이번의 흙탕물은 처음 것과는 비교도 되지 않았다. 담을 무너뜨리고 집을 쓸었다. 보이는 모든 것이 누런 흙탕물의 포효에 잠겨 공포로 떨었다.

사람들의 비명 따위는 이미 사라진 지 오래였다.

노삼의 비통한 부르짖음이라고 해도 다를 리 없었다.

남은 것은 미친 듯 날뛰는 흙탕물의 광란뿐…….

얼마 전까지 그처럼 단란했던 조운촌의 모습은 더 이상 찾아볼 수가 없게 되었다.

                    *   *   *

"아이를, 아이를 부탁해요……."

"무, 무슨 소리야? 어딜 가려고 그래?"

노삼은 비척거리며 일어나는 아내를 바라보았다.

하반신이 피로 전 그녀는 힘겹게 비틀거리면서 그를 바라본다.

처연한 얼굴에는 안타까움이 짙게 흩어지고 있었다.

"대호를…… 소호를…….."

도리질하는 그녀의 모습은 마치 안개처럼 노삼의 눈앞에서 천천히 흩어져 사라져 갔다.

"무, 무슨 일이야! 어딜 가는 거야? 이리, 이리 돌아와!"

다급해진 노삼은 양손을 휘적였지만 잡히는 것은 아무것도 없었다. 칠흑 같은 어둠 속에서는 아이를 부탁한다는 엄마의 처절한 당부가 귓전에 맴돌 뿐······.

"어서, 어서 이리 오지 못해······."

갈라진 목소리가 그의 목을 갈랐다. 아무리 고함을 질러도 소리가 나오지 않는다. 그처럼 크던 그의 목소리가.

그때,

"아미타불······. 이제 정신이 드시오?"

고요한 음성이 노삼의 정신을 일깨웠다.

그 음성은 참으로 묘하다. 새벽에 찬 냉수를 마신 느낌이 이러한 것일까?

까마득한 어둠 속에 빠져 있던 노삼은 번쩍 눈을 떴다.

뿌리는 빗발로 인해 어둡기는 했지만 저녁 무렵이었었다. 그런데 눈을 뜨자 검은 어둠이 왈칵 밀려들어 온다. 간간이 별빛이 뿌려지는 가운데 여기저기에서 검은 구름들이 빠르게 몰려다니고 있음이 보인다.

정말 밤이었다.

빗발은 조금 잔 듯했지만 아직도 흩날린다.

"여기는?"

노삼은 벌떡 몸을 일으켰다.

그의 옆에는 그의 아내 고이랑이 누워 있었다.

눈을 감은 채.

"이, 임자?"

노삼은 손을 내밀어 그녀를 흔들었다.

하지만 그녀는 답이 없다. 움직일 생각조차 하지 않았다.

그제서야 노삼은 알게 되었다. 좀 전에 보았던 그녀의 부탁이 눈을 감지 못한 어미의 한 맺힌 절규였었다는 것을.

"이, 임자……."

북받치는 오열이 그의 가슴에서 치밀어 올랐다.

그때 문득 그의 뇌리를 치는 느낌.

고개를 돌리자 한 사람이 그를 보고 있음을 볼 수 있었다.

"노납(老衲)이 그 자리에 당도함이 늦어 부인을 구하질 못했소이다. 나무관세음보살……."

그가 노삼을 향해 불호를 왼다.

좀 전에 들었던 바로 그 목소리였다. 창노하면서도 더없이 맑아 가슴이 시원해지는 그 음성. 그는 불어오는 바람에 가사를 펄럭이며 나무 밑에 앉아 있었다. 나이를 짐작하기 어려운 노승이었다. 어둠 속이지만 주름이 가득한 그 노승의 얼굴은 창백하면서도 온화하였으며, 흰 수염을 바람에 흩날리는 노승의 얼굴에서는 은은한 빛이 뿜어져 나와 주위를 밝히고 있는 듯했다.

그의 품에는 갓난아이가 안겨 있었다.

"그, 그 아이는?"

노삼의 눈이 커졌다.

"걱정하지 마시오, 고비를 넘겼으니. 이 아이도 무사하오."

노승이 가리킨 곳. 노승의 옆에는 잠든 듯 누워 있는 큰아들 대호의 모습도 보였다.

"서, 선사! 또 다른 아이는, 또 다른 아이는 보지 못하셨습니까?"

노삼이 두리번거리면서 소리쳤다.

높은 산이다. 조운촌의 뒷산 너머에 있는 산이었다.

그 산 중턱 큰 나무 밑에 그들은 있었다. 그런데 둘째 소호의 모습은 보이지 않았다.

노승이 살쩍까지 늘어진 긴 백미(白眉)를 찡그렸다.

"허어…… 또 다른 아이가 있었소?"

"소, 소호! 소호야!"

노삼은 벌떡 몸을 일으켰다.

"시주, 거기 서시오!"

노승이 소리쳤다.

큰 음성도 아니고 강압적인 음성도 아니었다.

그러나 그의 말 한마디에 노삼은 감히 더 이상 움직일 수가 없었다. 알 수 없는 어떤 기운이 주위를 온통 가득 채우고 있었다.

노승의 얼굴에서, 몸에서 환한 빛이 일고 있었다.

"노납은 이미 열반(涅槃)에 들었어야 했을 몸, 하나 이 아이와의 인연 때문에 열반을 미루고 이 자리에 왔소."

노승의 품에 안긴 자신의 아이를 본 노삼은 얼떨떨해졌다.

"그, 그놈 때문에 열반을 미루고 여기 오셨단 말씀이십니까? 이, 이놈은 오늘 태어난 놈인데 어떻게 알고……."

"인연의 흐름을 어찌 말로 하리오."

노승은 잠시 하늘을 쳐다보더니 말을 이었다.

"하지만 이제 더 이상 열반을 미룰 수가 없구려. 시간이 없으니 시주는 노납의 말을 잘 들으시오."

노삼은 노승이 보통 사람이 아님을 알게 되었다.

보통 사람의 몸에서 어찌 저런 빛이 흘러나올 것인가. 하긴 보통 사람이라면 어찌 그 물바다 속에서 자신들을 구해낼 수가 있었으랴. 노삼은 자신도 모르게 노승의 앞에 무릎을 꿇고 연신 머리를 조아렸다.

"예, 말씀만 하십시오, 노선사."

"이 아이는 불가(佛家)와 인연이 있소. 십이 년이 흐른 후, 그 인연이 이어질 터이니 그때까지 이 아이를 잘 키우도록 하시오."

"부, 불가와 인연이 있다면 중이…… 출가(出家)를 할 거라는 말씀이십니까?"

"모든 것이 인연을 따를 것이니 미리 알아 무엇 하리오. 시주는 오늘 이 자리에서 보고 들은 것을 누구에게도 말하지 마시오. 자칫 살신지화(殺身之禍)가 미칠지도 모르오."

말과 함께 노승은 품속에 안은 아이의 머리에 손을 대었다. 그의 손에서는 환한 빛이 일어 아이의 머리를 감싼다.

그 순간, 노삼은 괴이한 현상을 목도할 수 있었다.

갓난아이의 양미간에 방금까지 없던 붉은 점이 선명하게 나타났던 것이다. 그것은 마치 피처럼 붉었고 얼핏 보면 마치 붉은 보석[紅玉]을 박아놓은 것처럼 보였다. 게다가 놀랍게도 붉은 점이 나타나자 아이는 눈을 떴다. 마치 노승의 얼굴을 확인하려는 것처럼 아이는 눈을 뜨고서 노승을 바라보고 있었다.

갓난아이임에도 불구하고 아이의 얼굴은 너무도 또렷했다.

"너의 운명은 하늘의 뜻을 따를지니, 그때까지 네가 가진 힘은 봉인(封印)되리라."

조용한 불호가 노승의 입에서 흘러나왔다.

그리고는 믿기 힘든 일이 아이의 몸에서 일어났다.

그처럼 선명히 빛나던 미간의 붉은 점이 천천히 사라졌던 것이다.

상서로운 빛이 노승의 몸에서 일어나 주변을 가득 채웠다. 그 빛은 주변을 가득 채우고도 넘쳐 하늘로 치솟는 듯했다.

노삼은 감히 노승을 마주 볼 수 없어서 그 자리에 넙죽 엎드려 고개를 땅에 대었다.

"노납이 마주(魔主)와 동패구상하여 열반을 앞에 두고서 깨달음을 얻지 않았던들, 천살(天殺)의 기를 지닌 채 태어난 너를 이 세상에 머물게 하지 않았을 터이니 그 또한 인연이 아니겠는가? 네가 산(山)에 이르러 깨닫는다면 후일 우리는 다시 보게 되리라."

노승은 아이를 내려다보면서 조용히 말했다.

그 음성은 노삼의 귀에는 들리지 않았지만 아이의 귀에는 들렸다. 그리고 노승이 빛이 뿜어지는 손으로 아이의 몸을 어루만지자 동그랗게 눈을 뜨고서 노승을 바라보던 아이는 눈을 감으면서 깊은 잠에 빠져들었다.

노삼이 다시 정신을 차렸을 때는 잠든 두 아이와 다시는 깨어날 수 없는 그의 부인이 그 자리에 남아 있을 따름이었다.

그들을 구해주었던 노승의 모습은 어디에서도 찾아볼 수가 없었다. 전단향(栴檀香)과도 같은 미묘한 냄새가 코끝을 스치는 가운데 한줄기 상서로운 빛이 주변을 감돌고 있을 뿐······.

第一章
심이 년 후

첫째 마당

개봉(開封).

중원 육대고도(六大古都) 중의 하나로 불리는 개봉은 성의 주위만 이십칠 리에 해당하는 거대 고성(古城)이다. 변경(汴京)이라 불렸던 이 개봉은 상공업이 고루 발달한 도시다. 변주(汴綢)라는 비단은 그중 가장 유명한 것 중 하나이고 철탑이나 상국사 등은 모두가 개봉의 유명한 명승 고적 가운데 하나였다.

그렇게 오래된 도시.

송(宋)을 비롯한 칠조(七朝)에 이르는 나라들이 이곳을 도읍으로 삼았을 만큼 좋은 곳이라는 의미이기도 하다.

그만큼 많은 삶의 군상들이 얽혀 있음이 또한 사실일 터이다.

초여름.

늦봄부터 시작된 가뭄은 심상치 않아 낮에는 햇볕이 살갗을 태울 듯 이글거린다. 그 따갑던 햇살도 태양이 서녘으로 기울자 별수없이 맹위를 접고 누그러드는 저녁이다.

개봉의 상국사(相國寺).

오랜 역사를 가진 상국사는 월 다섯 번 개방을 한다.

일반인들은 그 기간 전에는 참배가 금지되기 때문에 수많은 사람들이 그때를 기다려 상국사에 몰려들고 자연히 그 사람들을 겨냥하여 장사꾼들이 모여 저자(시장)를 형성하니 상국사 일대에 시장이 만들어진 것은 전혀 이상한 일이 아니었다. 시장의 규모는 작지 않아 상국사가 보이지 않는 곳까지 길을 따라 장사꾼들이 늘어섰다.

기예(技藝)를 선보이는 사람들과 점쟁이 등에서 포목점, 잡화점 등의 여러 가지 난전이 벌어지지만 역시 가장 많은 것은 먹을 것을 파는 사람들이다.

절 앞이든 말든 고기 굽는 자들까지……

호객하는 사람들과 참배를 위해 길을 재촉하는 사람, 시장통을 누비는 사람들까지, 상국사가 저만치 바라보이는 길가 모든 곳이 시장으로 변해 버렸다.

석양이 드리워도 사람들의 발길은 그칠 줄을 모른다. 장터에서는 더 심할 수밖에 없어 처음 보는 사람이라면 마치 저녁을 기다려 사람들이 쏟아져 나온 것처럼 느껴질 지경이다.

밀리고 미는 시장통에서 한 계집아이의 호기심 많은 눈망울이 묻히고 만 것은 너무도 당연한 일.

두두두두—

그런데 난데없이 들려오는 말발굽 소리.

상국사는 중심가에 있고 오늘처럼 장이 서는 날에는 이곳으로 말을 달리지 못한다.

그런데 말발굽 소리라니?

더구나 저처럼 급촉한 말발굽 소리라면…….

그것을 확인하기에는 전혀 시간이 걸리지 않았다.

놀라 이리 뛰고 저리 뛰는 사람들을 뚫고서 한 떼의 기마(騎馬)가 나타난 것이다.

속도를 줄이지도 않았다.

두두두…….

세찬 말발굽 소리가 진동하고 말발굽에서 일어난 흙먼지가 시야를 가리며 일었다. 한두 필이 아니었다. 무려 대여섯 필이 넘는 기마가 시장통을 질주하니 놀라 흩어지는 사람도 사람이지만 좌우에서 음식 장사를 하던 사람들이 기겁을 하는 건 너무도 당연한 순서.

"으악! 뭐, 뭐야?"

"저, 저런 미친놈들이…….”

장사꾼들이 황급히 음식물을 덮기 위해서 난리를 쳤지만 그들의 동작이 아무리 빠르다 한들 달리는 말보다 빠를 수야 없다.

일단의 기마는 이미 그들을 스쳐 지난 다음이다.

그것은 흙먼지가 일대를 뒤덮고 난 다음이라는 의미인지라 상인들의 입에서 일제히 욕이 쏟아졌다.

"으악! 이, 이런…….”

"저 빌어먹을 놈들! 저잣거리에서 말을 달리는 놈들이 어디 있어?"

조 노대(曹老大)은 이를 갈았다.

아침 내내 만들어낸 전병과 떡 위에 하얗게 먼지가 앉았다. 국수 국

물은 간신히 뚜껑을 덮었지만 정작 국수 발 위에는 먼지투성이, 이걸 어떻게 한단 말인가?

"억울하면 가서 붙어!"

옆에서 여자들의 노리개를 팔고 있던 곽가가 변죽을 울린다.

"이런 망할! 말을 탄 놈들을 날더러 쫓아가란 말이야?"

"흐흐…… 말 안 탔으면 쫓아갈 수는 있나?"

"말만 아니면야 그까짓 놈들…….”

그의 말이 채 끝나기도 전이다.

두두두두…….

다시금 말발굽 소리가 급촉하게 귓전을 친다.

"으악! 이 빌어먹을 놈들!"

혼비백산한 조 노대가 황급히 덮을 것을 찾을 때는 이미 한 떼의 기마가 다시금 그들의 앞에 나타난 다음이다. 자욱한 흙먼지를 일으키면서 기마는 번개처럼 그들을 지나갔고 콜록거리는 사람들의 욕설은 하늘을 찔렀다.

허우적거리던 조 노대는 전병 위에 떡고물처럼 소복한 먼지를 보고 이를 갈았다. 반상에 있던 시퍼런 칼(方頭刀:중국식 네모난 칼)을 움켜쥔 그는 소매를 걷어붙였다.

"내 이 개노무 자슥들을 그냥……!"

"아서라, 공연히 초상 친다."

막 뛰쳐나가려던 조 노대는 인상을 쓰면 옆으로 고개를 홱 틀었다.

"뭐시라?"

"아니믄? 네놈 주제에 감히 송왕부(宋王府)의 호위 무사들하고 싸울 수가 있을 것 같으냐?"

"소, 송왕부?"

조 노대의 얼굴이 일그러진다.

손에는 힘이 빠지고 혹시 누가 보지 않았을까 슬그머니 엉덩이를 뒤로 물리며 하는 말.

"마, 말도…… 아무려면 송왕부 무사들이 저런 싸가지없는 짓을……."

"흐흐흐…… 멍청한 놈. 왕야(王爺) 나리를 모시는 무사들인데 우리 같은 것들이야 뭔 상관이 있겠냐?"

"아무리 평소 덕망 높으신 왕야 나리께서 저런 짓을 시킬 리가……."

"에이그, 이 돌대가리 같은 놈아!"

대거리를 해주고 있던 호떡장수 장가가 조 노대의 뒤통수를 손바닥으로 타악! 쌔리며 혀를 찼다.

"달려가던 무사들 얼굴이 굳어 있는 거 안 보여?"

"이 시팔 놈아! 그걸 어떻게 봐?"

뒤통수를 얻어맞고 휘청 앞으로 엎어지려던 조 노대가 갑자기 열을 받아 고함쳤다. 숭숭 얽은 얼굴이 시뻘겋게 달아오른다.

"아, 이런 거북이 꼬랑지 같은 놈이 알려줘도 지랄이네그려. 보고도 몰라? 왕부에 뭔가 급한 일이 있으니까 평소 점잖던 왕부의 호위 무사들이 저렇게 이리 뛰고 저리 뛰는 게지! 그런데 그걸 막고 나서봐라. 걍 뒤지지……. 이노무 자슥은 지 목숨을 구해준 은인도 몰라보고 지랄발광일세, 발광이……."

"뭐가 어째? 거북이 꼬랑지? 너, 이놈 오늘 죽어봐라!"

대노한 조 노대가 방두도를 들고서 호떡장수 장가를 쫓아갔다.

"아니, 이놈이 미쳤나!"

호떡장수 장가가 히쭉히쭉 웃으며 호떡 판을 집어 들었다.

여차직하면 패대기라도 칠 태세.

"이런 채를 쳐버릴 놈……."

조 노대는 칼을 움켜잡은 채로 씨근덕거리면서 장가를 노려보았다.

십년지기 친구에다 이웃사촌인 그들이니 종일 이래도 누구 하나 말리는 사람이 없다. 하지만 분명한 건 하나 있었다. 국수나 호떡이나 이미 팔긴 글렀다는 사실.

"자, 자…… 모두 오세요. 오세요! 무림천하의 절세고수인 철포대인(鐵布大人) 관 대협이 여러분들께 특별히 절세의 호신무공을 보여 드립니다. 늦으면 보지 못하실 겁니다. 어서, 어서들 오세요!"

목청이 터질 듯 우렁찬 호객(呼客).

한쪽에 사람들이 빙 둘러서 있음이 보인다.

그 사람들 가운데에는 웃통을 벗은 팔 척 거구인 사내가 팔짱을 끼고서 퉁방울 같은 눈으로 사람들을 둘러보고 있었다. 그 앞에서는 삼십 대 후반의 사내 한 명이 목청을 돋운다.

"어디에서도 볼 수 없는 절기(絶技)! 이 서슬이 시퍼런 창날을 철포대인의 목에다 찌르는…… 정말 믿기지 않는 강호무림의 최절정무공을 여러분은 보시게 됩니다!"

그는 손에 거꾸로 든 창으로 바닥에 놓인 나무판자를 쿡쿡 찌른다. 그때마다 날이 선 창날은 사정없이 송판을 뚫고 푹푹, 들어갔다. 무슨 무나 두부를 찌르는 것 같다. 그것은 손잡이가 다섯 자가량인 그 창의 날이 제법 날카롭다는 의미다.

"그, 그걸 정말 저 장사(壯士)의 목에다 찌른단 말이오?"

"정말?"

둘러서 있던 사람들이 눈이 휘둥그레서 묻는다.

"물론입니다. 그것도오……."

사내가 말을 끌면서 주위를 돌아보았다.

"그냥 찌르는 게 아니라 이 박달나무로 만든 창대가 여지없이 부러지고 말게 됩니다!"

"와아……!"

탄성이 터진다.

"에이, 그거야 어디서나 다 하는 차력(借力)이잖우?"

사람들 틈에서 사내 하나가 불쑥 참견한다.

"원 무식하긴, 차력으로 어떻게 이렇게 날카로운 창날을 견딜 수가 있겠소? 철포대인은 외가의 정종무공인 십삼태보횡련공(十三太保橫鍊功)을 연성해서 도검을 두려워하지 않는 무림의 고수란 말이오. 자, 자, 모두 박수를 치시면 철포대인 관 대협께서 여러분께 절기를 보여 드릴 겁니다!"

사내가 박수를 유도했다.

그가 창을 넘겨주자 팔짱을 끼고 있던 대한은 목을 한차례 우두둑 돌린 다음에 창을 휘청휘청 휘어보더니 창날을 목에다 댔다.

여기저기서 꿀꺽거리며 침 넘기는 소리가 들려온다.

"웃!"

대한이 눈을 부릅뜨면서 힘을 주었다.

땅바닥에 꽂힌 창대가 부르르 떨면서 휘어지기 시작한다. 놀랍게도 그 창날은 그의 목에 꽂혀 있었다. 그런데도 서릿발 같은 창날은 그의 목을 뚫지 못하고 창대가 벌벌 떨면서 휘어지고 있는 것이다.

"와아…… 대단해~!"

구경꾼 틈에 섞여 있던 계집아이 하나가 감탄을 한다.

비단옷을 곱게 차려입은 계집아이는 시장터에서 보기 드문 미모를 가졌다. 게다가 옷도 고급인 것으로 보아 필시 부잣집 딸일 터이다. 나이는 이제 열 살이 조금 넘어 보이니 아이티를 막 벗기 시작하는 참이었다.

"대단하긴 뭐가 대단해? 그냥 차력인걸."

옆에서 심드렁한 음성이 들려왔다.

"그냥 차력이라구?"

옆을 돌아보니 겨우 십여 세 된 또래의 꼬마 하나가 서 있지 않은가? 차려입은 옷은 허름하지는 않지만 그렇다고 좋은 것도 아니다. 반짝이는 눈이 영악해 보인다고나 할까? 그리 크지는 않은 체구지만 날렵해 보이는 꼬마다.

"네가 그걸 어떻게 아니? 저 정도면 대단한 건데!"

계집아이가 물었다.

"대단한지 아닌지는 네가 어떻게 알아?"

꼬마가 되물었다.

"우리 집에 무사들이 많아. 그래도 저렇게 창날을 몸으로 막아내는 사람은 드물단 말이야."

"집에 무사가 많아? 흥! 정말 그런가 한번 볼까?"

계집아이의 말에 꼬마가 코웃음 쳤다. 그리곤 몸을 숙여 앞에 있던 돌멩이 하나를 집어 들었다.

"어쩌려고?"

"어쩌긴 저게 정말 외가정종무공인지, 아니면 차력인지 보여주려는 거야. 자, 준비해."

태연하게 말을 한 꼬마를 소녀는 눈을 깜박거리며 쳐다보았다.

"무슨…… 준비를?"

하지만 그 말이 채 끝나기도 전에 꼬마는 손에 쥐었던 돌멩이를 냅다 던져 버렸다. 그리고 날아간 그 돌멩이는 뜻밖에도 철포대인의 목을 찌르고 있는 창대를 강하게 때렸다. 꼬마가 던진 돌멩이가 정말 창대를 맞힐 줄은 몰랐던 소녀는 놀라 눈이 휘둥그레졌다.

땅!

그 순간 균형을 잃은 창대가 부러졌고 창날이 튕기듯 솟구쳤다. 대경실색한 철포대인은 목을 옆으로 비켰다.

스팟.

창날이 목을 가르며 핏물이 삽시간에 쏟아졌다.

응변(應變)이 조금만 늦었더라면 목이 꿰뚫려 횡액을 면치 못했을 판이었다.

"으흐흑?!"

사색이 되어 철퍼덕 주저앉은 철포대인은 목을 움켜쥐고서 눈을 부릅떴다. 선혈이 주르르 흘러내려 그의 가슴팍을 붉게 물들였다.

"괘, 괜찮나?"

기예단의 동료들이 기겁을 하고서 달려들었다.

"저, 저놈!"

목을 움켜잡은 철포대인이 사람들 사이에 선 꼬마를 가리켰다. 동료들은 그곳에서 꼬마와 얼떨떨한 표정으로 이쪽을 보고 있는 소녀를 발견했다.

"튀어!"

꼬마가 그녀의 손목을 잡아챘다.

"무, 무슨 소리야?"

엉거주춤한 소녀가 그들과 꼬마를 보면서 어쩔 줄 몰라 하고 있자 꼬마가 다급히 외쳤다.

"뭐 해? 죽을래?"

"내가 왜⋯⋯?"

소녀는 말을 맺지 못했다.

"게서 꼼짝 마라! 죽여 버릴 테다!"

시뻘건 피를 철철 흘리며 흉신악살과 같이 내달아오는 철포대인을 발견했기 때문이다. 그리고 그 뒤를 따라오는 그의 동료들.

말을 하자니 멀리 떨어진 것 같지만 한쪽 공터의 사람들이 둘러선 틈바구니에서 구경을 하고 있었던 그들이니 그 거리야 말하지 않아도 뻔하다. 채 일 장도 떨어지지 않았던 거리를 어른들이 냅다 달려오니 말 그대로 손만 뻗으면 닿을 거리가 되었다.

그 광경에 놀란 소녀는 자신도 모르게 꼬마를 따라 뛰기 시작했다.

"빨리! 빨리!"

평생 처음으로 재촉까지 받으면서.

하지만 그런 건 생각조차 할 겨를이 없었다.

정말 잡히면 죽을 것 같았으므로.

"학학학⋯⋯ 화아⋯⋯ 그놈, 완전히 미친개 같네! 그만 일로 뭘 그리 미친놈처럼 쫓아오냐?"

고개를 내밀고 골목[胡同] 바깥쪽을 살펴본 꼬마는 쫓아오는 사람이 없음을 보고서야 비로소 헥헥거리며 가쁜 숨을 토해냈다. 죽어라 이 골목 저 골목을 달려온 꼬마는 숨이 턱에 닿아 있었다.

잠시 숨을 고른 꼬마는 뒤를 보곤 씩, 웃었다.

"괜찮냐?"

거기엔 방금 전까지 꼬마와 함께 죽어라 달린 소녀가 얼굴이 빨갛게 되어 숨을 헐떡이고 있었다. 워낙 꼬마가 날다람쥐와 같이 사람들 틈을 비집고 달리니 손목을 잔뜩 움켜쥐고 있지 않았더라면 따라오기도 쉽지 않았을 터이다.

빨갛게 된 손목을 만지고 있던 소녀가 입을 열었다.

"왜 그런 거야?"

"뭘?"

"하마터면 그 사람 죽을 뻔했잖아. 왜 그런 짓을 한 거냐구."

"하하…… 거리 약장사가 그런 걸로 죽으면 옛날에 죽었어야지. 이 바닥에서 살아남으려면 그 정도야…… 그래, 지금도 그게 외가정종무공이라고 생각해? 그 모양을 보고도?"

"뭐, 그거야……."

소녀는 말이 궁해졌다.

그때, 꼬마가 고개를 들이밀었다. 눈이 빛난다.

"거짓말이지? 니네 집에 무림고수들이 많다는 거?"

"그, 그건……."

부지간에 소녀의 눈에 언뜻 당황한 빛이 스쳐 간다.

"괜찮아. 괜찮아. 뭐, 다 그런 거지."

걱정 말라는 듯 꼬마가 눈을 찡긋했다. 그리곤.

"난 운비룡(雲飛龍)이야! 넌?"

대뜸 묻는 말에 소녀는 다시 당황했다.

"나, 난……."

"뭐야? 이름도 없어?"

"그, 그게 아니라……."

소녀가 더듬거리자 고개를 갸웃하던 꼬마, 운비룡은 문득 고개를 내밀더니 킁킁 냄새를 맡았다.

"흠…… 좋은 냄샌걸?"

대뜸 얼굴이 맞닿을 듯 들이밀고 냄새를 맡자 소녀는 깜짝 놀라 한 걸음 뒤로 물러나면서 미간을 찡그렸다.

"향은 무슨 향? 넌 예의도 몰라? 저리 비키지 못해!"

"그 딴 걸 갖고 뭘……."

운비룡은 구시렁거리면서 뒷머리를 긁적였다. 하지만 그러면서도 눈길은 그녀에게서 떠나지 않는다.

'이건 분명히 북경 순우당(淳于堂)의 청류향(淸溜香)인 거 같은데? 어린애가 이렇게 비싼 걸 사용하다니…… 집에 무사들이 많다고? 진짜 부잣집 딸인가? 흐음…….'

그러고 보니 옷도 얼핏 보기보다 고급이다. 비단은 개봉 특산의 변주 가운데에서도 특상품. 바느질도 예사 솜씨가 아니었다. 노리개 하나도 세공이 뛰어나니 저 옷만 벗겨도 서민들은 한 달은 족히 살 것 같았다. 하긴 청류향이란 것이 작은 병 하나에 금원보가 있어야 하니 보통 사람이라면 평생 써보지도 못할 물건이다. 평범한 사람이라면 알지도 못할.

"뭘 그렇게 빤히 봐?"

소녀가 운비룡을 노려보자 운비룡은 다시금 뒷머리를 긁적였다.

"뭐, 그냥 보다 보니…… 기분 나쁘다면 안 쳐다보지 뭐."

그 태도를 보곤 화가 났던 소녀는 픽, 웃고 말았다.

"난 약지(藥芝)라고 해. 넌 뭐 하는 애니?"

"나?"

"그래, 너."

"나야…… 뭐, 운비룡이지. 개봉성을 주름잡고 있는…… 반루가(潘樓街), 중와자(中瓦子)를 비롯해서 상국사 일대는 물론이고 서대가(西大街), 주작대로, 선덕문, 주작문까지 저잣거리에서 작은 골목까지 내가 모르는 곳이 없고, 모르는 사람이 없는…… 그게 바로 나야. 어딜 가도 운비룡이란 이름을 모르는 사람이 없지."

"……?"

그 떠벌리는 모습을 보고 있던 소녀는 참지 못하고 다시금 픽, 웃음을 터뜨렸다.

운비룡은 순간적으로 멍청해져서 그녀를 보았다.

살짝 가린 손가락 사이로 드러나는 박속 같은 이. 그리고 웃는 그 얼굴은 이미 어린아이라기보다는 피어나는 소녀의 아름다움이 완연하여 운비룡은 눈앞이 환해짐을 느끼고 눈을 끔벅거렸다.

방금까지 난 왜 이 계집애가 이렇게 예쁜 걸 몰랐었지?

그런 운비룡의 위아래를 소녀는 암중에 훑어보고 있었다. 자신보다 작다고 생각했는데 막상 옆에 서고 보니 키는 서로 비슷해 보인다. 입은 옷은 초라하다. 그저 무명 옷. 물론 때 묻고 허름하지는 않아도 귀한 집 아이는 아닌 것이 분명했다. 눈빛이 반짝이는 것이나 행동을 보아 둔해 보이지는 않았다. 하지만…….

'어쩌면 잘된 건지도 모르지. 안 그래도 혼자 다니기 힘든 판

에…….'

속으로 생각을 굴린 그녀가 다시 입을 열었다.

"네가 정말……."

그녀가 말을 채 잇기 전이다.

골목 밖이 소란스러워졌다.

말발굽 소리와 다투는 소리가 섞여 들려온 것이다.

놀란 소녀가 슬쩍 고개를 내밀어보니, 사람들을 헤치고 서너 명의 무사가 상인들 틈을 뚫고 뭔가를 물으면서 다가오고 있고 그 뒤로는 다시 말을 탄 무사들이 움직이고 있는 모습이 보였다.

안색이 변한 소녀가 운비룡을 돌아보았다.

"너, 정말 이곳 지리 잘 아니?"

"그~럼! 어디든 모르는 곳이 없지. 그런데 왜?"

"됐어. 그럼 가자!"

운비룡이 얼떨떨해서 그녀를 보았다.

"어디로?"

"어디긴? 네가 그랬잖아, 모르는 곳이 없다고."

"그렇지. 그런데?"

"난 여기저기를 마음 놓고 구경하는 게 소원이었어. 이제부터 네가 나를 안내해서 구경을 하러 가잔 말이야."

"한가한 소리는. 난 할 일이 많은 사람이야. 구경은 무슨……!"

말끝을 흐리던 운비룡의 눈에서 빛이 일었다.

약지의 작고 예쁜 손에 은자가 들려 있음을 보았기 때문이다.

"하하, 이거 참…… 이렇게까지 부탁을 하는데 거절하기도 뭐하고…… 그렇다고 사내대장부 체면에 돈 받고 길 안내를 할 수야……."

거의 습관적으로 손을 내밀었던 운비룡은 손가락을 꼬물거리다가 슬그머니 손을 거두면서 어색하게 웃었다.

"괜찮아. 내가 필요해서 주는 거니까."

"됐어. 대신 내 부탁 하나 들어주렴. 그럼 길 안내를 해주지."

"부탁?"

"그래. 뭐, 크게 어려운 건 아니고……."

운비룡이 다시 우물쭈물 말을 흐린다.

그를 아는 사람이 보았다면 도저히 믿지 못할 모습이다. 처음에는 그렇지 않더니 자꾸 어색해지는 태도에다 행동이었다. 그 역시 평소의 그라면 있을 수 없는 일.

"뭔데?"

"나랑…… 나랑 친구…… 하자. 그럼 친구에게 길 안내 하는 거야 당연한 거잖아."

얼굴이 조금 붉어진 운비룡이 어색하게 웃었다.

뜻밖의 말에 약지는 눈을 깜박였다.

당황한 듯한 모습.

"풋!"

하지만 이내 약지는 입을 가리며 웃음을 터뜨렸다.

"그래. 그게 뭐 어렵겠니? 친구 하자."

"정말이야?"

"그렇다니까."

약지는 말을 하면서 속으로 웃었다.

'엄마가 알면 아마…… 날 죽이려고 할 거야. 거리에서 만난 애랑 친구라니…….'

그때만 해도 이 한 번의 결정이 후일 어떻게 나타나게 될는지 두 사람 중 누구도 알지 못했다. 그녀도 운비룡도 그런 것을 생각할 나이는 아니었고 또 운명의 사슬은 그 모습조차 드러내지 않았으므로.

어쩌면 그게 운명일는지도.

둘째 마당

철탑(鐵塔).

개봉에서 가장 유명한 고적이 무엇이냐 묻는다면 누구라도 이곳을 빼놓지 않는다.

원래 이 탑은 개봉의 동북쪽에 있는 우국사(祐國寺)의 탑이다. 난리 통에 우국사가 무너지고 탑만이 남아 우뚝하게 되었지만 이 탑이 유명한 것은 이 탑을 이루고 있는 흑갈색 자전(瓷磚:도자기 벽돌) 때문이다. 그로 인해 이 팔각 십삼층인 철탑은 유리탑(琉璃塔)이라는 별칭을 얻게 되었고 그 벽돌 하나하나에 새겨진 조각은 모든 사람이 감탄할 만큼 정치(精緻)했다.

자기로 만들어 반짝이는 탑이 석양을 받는다면 굳이 그 형상을 설명하지 않아도 눈에 선하다. 각도에 따라 사방으로 빛이 뿌려질 터이고 석양이라면 황금빛에서 붉은빛까지 그 찬란함은 눈이 멀 것만 같았다.

게다가 개봉은 평원에 위치하므로 이 철탑을 오르면 천 리가 보인다는 속설까지 있었다.

"화아……."

약지는 철탑을 바라보면서 입을 벌렸다.

석양을 받아 빛나는 철탑의 모습은 가히 감탄 그 자체였으므로.

"너, 어디 살아?"

입을 다물지 못하는 그녀를 보고 운비룡이 물었다.

"어디 살긴? 개봉에 살지."

"그런데 철탑의 석양을 보고 그렇게 넋이 나간단 말이야?"

"음. 난 다른 데서 살다가 여기 온 지 얼마 안 돼. 더구나 집에만 주로 있어서 다녀본 곳이 별로 없어. 지나면서 한 번 보긴 했는데 이렇게 가까이, 더구나 이처럼 석양에 반짝이는 탑을 본 적은 없거든. 정말 대단하네……."

말을 하면서도 철탑에서 눈을 떼지 않는다.

"가까이 가서 보면 더하지. 보이지? 저 벽돌 하나하나에 새겨진 조각들……."

"그래. 부처님도 있고 연꽃도 있고……."

약지는 고개를 빼밀고서 철탑을 올려다보았다.

개봉부 어디에서도 철탑의 모습은 보인다. 그러나 앞에서 보니 정말 까마득히 높기만 하다. 하긴 이십 장이나 되는 높이를 가진 탑이니 어찌 높지 않을 것인가.

"용도 있고 나한도 있고 사자도, 기린에서 파도까지 정말 다양하고 섬세하지. 그 숱한 것들이 탑 안으로 들어가면서 하나하나 다 조화를 이루니 그걸 보는 것만도 하루가 다 걸린다고들 한다구."

"안에도 조각이 있다고?"

"그럼. 벽돌 밖에도 안에도 다 조각이 있는데 철탑의 진용(眞容)은 철탑의 내부야. 저 탑은 내부의 계단으로 빙글빙글 돌면서 올라가게 되어 있는데 보이지? 사 층마다 저렇게 문이 나 있어 올라가면 밖을 볼 수가 있지. 게다가……."

운비룡이 갑자기 말을 끌자 기다리던 약지가 채근했다.

"게다가 뭐?"

"저 탑의 내부 조각들을 잘 보고 영감을 얻는다면 절세의 무공을 얻어 위진강호한다는 전설이 있어!"

"그게 무슨 소리야? 저 탑에 무슨 비밀이라도 있단 말이니?"

"무식하긴……. 영웅천하(英雄天下) 이야기도 듣지 못했어?"

"그게 뭐야?"

"원, 개봉에 살면서 그 이야기도 모르다니! 영호환 대협이 이 탑에서 천기를 깨달아 무공을 대성, 천하를 평정한 이야기는 개봉 사람이라면 모르는 사람이 없는 이야기야. 얼마 전에는 그 전기(傳奇)를 가지고 연극을 할 때는 사람들이 구름처럼 모여들었었지."

손까지 휘두르며 설명하는 운비룡의 음성에 갑자기 열이 오른다.

"그래?"

약지는 아쉬운 듯 눈을 깜박거렸다.

"대체 안에 뭐가 있길래 천기를 깨닫는지 한번 가보자."

약지의 말에 둘은 앞서거니 뒤서거니 철탑 안으로 들어갔다.

철탑이야 워낙 유명하다 보니 구경하는 사람이 늘 있기 마련이고 지금도 예외는 아니라서 여기저기 구경하는 사람들이 보였다.

탑신을 따라 나선형을 그리며 올라가는 계단을 오르면서 운비룡이 설명했다.

"이렇게 한 층을 오를 때마다 일방(一方)을 돌게 되어서 사 층을 오르면 동서남북 일주를 하게 되고, 나타난 문을 통해서 밖을 볼 수가 있게 되는 거야."

"……."

쉬지 않고 나불나불 설명을 하면서 사층까지 오른 운비룡은 약지에게서 대꾸가 없자 그녀를 바라보았다. 약지는 눈도 깜박이지 않은 채 벽돌에 새겨진 조각들을 바라보면서 계단을 오르고 있는 중이다.

그 예쁜 얼굴이 제법 심각한 표정인지라 가만히 그녀를 쳐다보고 있으려니 벽을 보면서 올라오던 그녀는 운비룡을 지나쳐 그냥 계속 앞으로 갈 참이다.

"뭐 해?"

운비룡의 말에 약지는 정신을 차린 듯 눈을 깜박거렸다.

"뭘 그렇게 정신없이 보고 있어?"

운비룡이 묻자 약지는 미간을 찡그렸다.

"저 조각들에게 뭔가 이상한 점이 있나 생각하던 참이야."

"무슨 이상한 거?"

"네가 그랬잖아? 이 조각들을 보고 오르면서 영호환 대협이 천기를 깨달았다고. 그래서……."

"그래서 너도 천기를 깨달아보겠다고?"

"같은 사람인데 나라고 못할 게 어디 있어?"

"허?"

운비룡은 어이가 없다는 듯 입을 벌렸다.

"왜? 못할 거 같아?"

약지의 눈꼬리가 조금 치켜 올라갔다.

"네가 새로 사귄 친구만 아니었다면 머리통을 한 방 쥐어박아 줬을 건데…… 내가 참는다. 그게 아무나 되는 줄 알아?"

"너……!"

약지의 눈빛이 조금 더 사나워졌다. 아름답고 맑은 얼굴인데 인상을 굳히자 어린 나이임에도 묘하게도 위엄스러워 갑자기 다른 사람을 보는 것 같았다.

"아, 알았어. 그래, 뭐 얻은 게 있니?"

찔끔한 운비룡이 연달아 손을 내저으면서 말을 돌리자 잠시 운비룡을 쏘아보던 약지는 피식, 웃으며 고개를 저었다.

"아무것도."

"난 세 살 때 천자문을 외웠다."

운비룡의 말에 약지는 놀란 눈으로 그를 보았다.

"네가?"

"안 믿어지지? 믿으라고 한 이야기 아냐. 내 머리가 나쁘지 않다는 걸 알려주려는 것뿐이니까. 난 아직도 뭐든 한 번만 보면 바로 외우지. 절대로 잊어버리지 않아."

"머리가 좋은 모양이네……."

약지는 이내 감탄을 한다.

"그런데 이 철탑을 한 백 번은 더 오르내렸지만 얻은 건 아무것도 없었어. 그냥 조각일 뿐이야. 잘 만든 탑뿐이더라구. 사실은 나도 절세의 무공을 얻고 싶었는데……."

심드렁하게 말을 뱉어낸 운비룡은 입맛을 다셨다.

"절세무공을 배워서 뭘 할 건데?"

약지가 웃으며 물었다.

"아, 그거야 내가 하고 싶은 대로 뭐든 할 수 있잖아? 보기 싫은 놈도 혼내주고 맘껏 돈도 벌고 하늘을 날아다니면서 절세의 미인도 여럿 얻어서……."

말을 하던 운비룡은 슬그머니 말꼬리를 말았다.

한심한 눈으로 자신을 바라보는 약지를 보았기 때문이다.

"절세의 무공을 얻어서 하고 싶은 일이 겨우 그거야? 쯧쯧……."

약지가 혀를 차자 운비룡은 입이 튀어나왔다.

"뭐, 탐관오리도 혼내줄 수 있지……."

그가 구시렁거리자 약지는 눈을 흘겼다.

"빨랑 길 안내나 해!"

철탑의 높이는 거의 십구 장에 이른다.

그 높이를 걸어 올라간다는 것은 보통 힘든 일이 아니라는 의미.

팔층을 넘어서면서 약지는 머리를 흔들었다.

다리가 아파오기 시작했기 때문이다.

게다가 삼삼오오 보이던 사람들의 모습이 높이 올라오면서 사라지니 탑 내에 있는 것은 달랑 그들 둘이었다. 사박사박 발걸음 소리밖에 들리는 게 없고 주위에 감도는 것은 적막함뿐.

어딘지 모르게 스산한 느낌이 든다.

"아직도 멀었니?"

"오 층 더 올라가야 하는데 얼마 안 남았어……."

팔층에 오르면서 말하던 운비룡이 말끝을 흐렸다.

이 탑은 네 개의 층을 오르면 바깥을 볼 수 있는 문이 하나씩 나타난

다. 그런데 지금 거기에 한 사람의 문사가 우뚝 버티고 서서 뒷모습을 보인 채로 바깥을 보고 있었던 것이다.

청색 유삼을 걸친 그의 뒷머리는 윤기나는 은발인데 그들의 기척을 느꼈는지 그가 슬쩍 뒤를 돌아보았다. 휘적휘적 섭선을 젓고 있어서 동파건(東坡巾)을 쓴 그 얼굴을 제대로 보긴 힘들었다. 하지만 길게 찢어진 눈은 깊이 가라앉아 있고 냉정해 보이는 것 같았다.

그 눈을 본 운비룡은 가슴이 섬뜩해졌다.

머리끝이 곤두선다고 할까?

얼핏 보아 사십 대 후반인 것 같기도 하지만 약지는 더 이상 그를 볼 수가 없었다.

"아이구, 다리 아파서 더 이상은 못 가겠다. 그만 돌아가자!"

갑자기 운비룡이 약지의 손을 잡아끌었던 것이다.

"어어……."

느닷없이 운비룡이 손을 잡아끌자 막 팔층에 올라서려던 약지는 영문도 모르고 끌려 내려가야 했다.

"대체 왜……?"

내려가지 않으려고 버티던 약지는 마구잡이로 그녀를 잡아끄는 운비룡을 보고는 입을 다물었다. 총명한 그녀는 방금까지와 다른 운비룡의 기색을 눈치 채고는 말없이 그 뒤를 따랐다.

원래 올라가기보다는 내려가기가 쉽다.

둘은 금세 철탑을 내려올 수가 있었다.

석양은 이제 끝물이다. 주위는 이미 희미한 어둠이 느껴진다.

"대체 왜 이러는 거야?"

총총걸음으로 뛰다시피 팔 층을 내려온 약지는 숨을 할딱이며 물었다. 꽉 잡은 손목이 빨개질 정도라 약지는 손목을 흔들었다.

"나도 잘은 몰라."

"뭐라고?"

"나도 잘 모른다고. 하지만 뭔가 기분이 좋지 않았어. 위험한 느낌. 뭔지 모르게…… 거기 있으면 안 될 거 같은 느낌이 들어서 내려오자고 한 거야."

운비룡은 말을 하는 와중에도 굳은 얼굴로 길을 재촉하려 했다.

"그 중년문사 때문에? 그냥 보통 사람이던데 무슨……."

"글쎄? 일단 딴 데로 가자. 내 육감이 틀린 적이 별로 없어서……."

약지를 끌고 가던 운비룡의 안색이 달라졌다.

앞쪽에 한 무리의 사람들이 불쑥 나타남을 보았기 때문이다. 불쑥 나타났다기보다는 그들이 이쪽으로 다가오고 있었다고 해야 옳았다. 그리곤 그들에게서 튀어나온 말.

"이게 뭐야? 납치라도 하는 건가? 남녀가 유별한데 백주에 꼬마 놈이 계집애의 손목을 잡아끌다니?"

정확히 말하자면 화복(華服)을 걸친, 앞에 선 삼십 대 청년. 붉은 얼굴에 술기운을 풍기는 그는 조금 흐트러진 옷차림이다. 거기에 한 손에는 술병까지 들었다.

"이쪽으로 가자."

그를 본 운비룡은 몸을 돌리며 약지의 손을 잡아끌었다. 그 자리를 피하려는 것이다.

"저놈 천화점(天火店) 말호(末虎) 아냐?"

화복청년 옆에서 누군가가 고개를 빼밀었다.

"……."

운비룡은 말없이 약지의 손을 잡고는 걸음을 빨리했다. 아니, 하려고 했다. 하지만 할 수가 없었다.

어느새 그 앞을 다른 청년이 가로막았던 것이다. 몸놀림이 날래고 손에는 한 자루의 장검까지 들었다. 옷도 날랜 경장(輕裝)이다.

"공자께서 말씀하시는데 대답도 없이 어딜 가느냐?"

그들 일행은 십여 명이나 되었다.

화복청년과 그 친구들처럼 보이는 서너 명에다 호위 무사인 듯 보이는 자들까지 해서.

"비켜요."

운비룡이 그를 밀치고 나가려 했지만 경장무사는 꼼짝도 않았다.

"말호? 말호가 누구지?"

화복청년이 고개를 갸웃거린다.

"아, 왜 있잖은가? 그 천화점의 말썽꾼 꼬마. 지난번에는 네 동생을 반 죽여놓고 도망갔다던 그놈 말이야. 이 사람이 낮술을 마시더니 벌써 취했나……?"

"뭐? 그놈이라구? 허어~ 대가리 쇠똥도 안 벗겨진 놈이 벌써 계집을 후린단 말이지? 네놈 오늘 자~알 만났다. 어디 낯짝 좀 보자!"

동료의 말에 불안정한 걸음을 옮겨 운비룡의 곁으로 다가서는 화복청년.

그가 다가오자 운비룡은 다급한 기색을 드러냈다.

"어서 가. 저거 더러운 놈이야."

낮게 말하며 약지를 잡아끌었다.

방향을 틀어 그 자리를 벗어나려고 했지만 화복청년에게 가로막히고 말았다. 좌우를 호위 무사가 가로막아 갈 곳이 없었던 것이다.

"허? 정말 그놈이네. 야, 이놈아…… 네놈이 감히 본 공자를 보고서도 그냥 내빼려고 해?"

화복청년은 대뜸 운비룡의 머리통을 술병으로 쳤다.

설마 하니 그렇게 대뜸 술병으로 머리를 칠 줄은 몰랐던 운비룡은 미처 피하지 못하고 그대로 술병에 맞고 말았다.

팍!

술병이 깨지고 운비룡이 외마디 비명과 함께 쓰러졌다. 뒤에 있던 약지에게 쓰러져 하마터면 둘은 같이 나뒹굴 뻔했다.

"이, 이게 무슨 짓이냐?"

약지가 놀라 다급히 꾸짖었다.

"무슨…… 짓이냐?"

어이없는 듯 그 말을 되뇌어본 화복청년이 이내 눈을 치떴다.

"이년이 엇따 대고 주둥이를 함부로 놀려? 어라? 옷은 고급일세. 호오…… 게다가 낯짝도 반드레하네. 나이가 좀 어리긴 하지만 이건 정말 보기 드문 물건인걸? 안 그런가, 도오(陶五)?"

"그, 그렇긴 하지만 어린앤데……."

옆에 있던 동료가 주춤거렸다. 평소 화복청년이 할 짓 못할 짓을 가리지 않는 망나니임을 알기 때문이다.

"으핫하하…… 계집이 십여 세가 넘었는데 뭐가 어려? 생길 거 다 생긴 데다가 전인미답의 숫처녀일 텐데……. 어디, 낯짝이나 다시 한 번 볼까? 맘에 들면 네년은 오늘부터 팔자가 펴는 게다!"

화복청년이 손을 뻗어 약지의 턱을 치켜들었다.

"감히 어딜!"

약지가 눈썹을 치켜뜨고서 그 손을 탁, 쳤다.

"으하하! 꼴에 앙탈까지? 정말 계집인 걸 보여주지 않나? 암, 암, 이래야 보듬을 맛이 나지. 좋아, 좋아. 우리 한번 친해보자!"

화복청년은 껄껄 웃으면서 와락 약지를 부둥켜 안았다.

순간.

찰싹!

눈앞에 불이 번쩍함과 동시에 화복청년은 뒤로 벌렁 넘어졌다.

갑싸 쥔 입에서 핏물이 솟구치고 화복청년은 이내 찾아온 극통에 진저리를 치면서 전신을 벌벌 떨었다.

약지가 살짝 고개를 트는 사이에 그의 허랑한 손길을 흘려보내면서 그 고사리 손으로 화복청년의 뺨을 거세게 후려친 것이다.

한데 그 한 방에 껄껄 웃던 화복청년은 마침 혀를 깨물어 혀가 절반이나 잘리는 횡액을 겪게 되었다. 부모의 덕으로 세상을 편하게만 살아왔고, 그 힘으로 하지 못한 일이 없었다. 그런 그가 언제 이처럼 심한 고통을 겪어보았을 것인가.

"공자, 괜찮으십니까?"

호위 무사 하나가 놀라 그를 부축했다.

"크아아…… 저, 뎌…… 뎌년을…… 답아! 내 이년을 뉴시를……."

화복청년이 부축을 받아 일어나면서 피투성이 입으로 더듬거리며 어눌하게 소리쳤다. 부릅뜬 눈에서는 살기가 이글거린다. 포악한 성미가 발동한 것이다.

'그냥 곱게 잡혀갈 것이지…….'

다른 호위 무사가 속으로 혀를 차면서 앞으로 나섰다.

"곱게……!"

바로 그 순간, 그의 이마에서 퍽! 핏줄기가 솟구쳤다. 허옇게 부릅뜬 눈에 잠겨든 것은 죽음.

그뿐이 아니었다.

그 호위 무사의 곁에 있던 다른 호위 무사들까지 짚단처럼 차례로
이마에서 피를 뿜어내며 넘어졌다.

공포가 삽시간에 일대를 뒤덮었다.

第二章
예고된 폭주(暴走)

 첫째 마당

"뭐, 뭐야?"

화복청년은 놀라 눈을 부릅떴다.

대체 이게 무슨 일인가?

주변에 냉기가 흘렀다. 순식간에 세 명이 피를 뿌리며 쓰러졌다. 그것도 한다하는 호위 무사들이 손도 쓰지 못한 채로. 순간,

픽!

이번에는 화복청년을 부축하고 있던 호위 무사의 이마에서 핏줄기가 솟구치며 그가 눈을 까뒤집었다. 붉은 핏줄기가 화복청년의 얼굴에 뿌려졌다.

"으악!"

난데없는 변고에 혼비백산을 한 화복청년은 뒤로 철퍼덕 주저앉았다가 이내 네 발로 기다시피 하면서 도주하기 시작했다. 하지만 그는

채 두 걸음을 옮겨놓지 못했다.

픽!

뒤통수에서 핏줄기가 솟구치면서 그도 앞으로 엎어졌기 때문이다. 자신의 죽음을 믿지 못하는지 아직 꿈틀거리는 팔…… 그러한 모습의 그가 살아 있으리라고 믿을 사람은 아무도 없다.

누구 한 짓인지조차 알 수가 없었다. 그럼에도 사람들이 연달아 죽어간다. 공포에 질린 사람들이 일제히 비명을 지르며 뿔뿔이 흩어져 달아나기 시작했다.

"으아아아!"

그러나 그들 중 누구도 다섯 걸음을 벗어날 수 없었다.

게다가 칠팔 장가량 밖에서 그 광경을 보고 놀라 도망가려던 다른 유람객마저도 그 자리에서 채 두어 걸음을 벗어나지 못하고 죽었다.

…….

휘이잉!

을씨년스런 바람이 주위를 한바탕 휘모는 가운데 비로소 참변(慘變)을 만들어낸 사람의 모습이 드러났다.

청색 유삼을 걸친 사람.

불어오는 바람에 유삼 자락을 펄럭이며 그는 가장 멀리 떨어져 있던 유람객의 시신 앞에 뒷모습을 보인 채로 우뚝 서 있었다. 멀리 떨어진 곳이 아니었다면 거기에서도 모습을 드러내지 않았을지도 모를 일.

어둠이 무섭게 밀려들었다.

그의 모습은 마치 환영 같기도 하고 귀신의 그림자가 갑자기 나타난 것처럼 그렇게 그 자리에 홀연히 나타나 반쯤은 어둠 속에 묻힌 듯 보여 괴기롭기 이를 데 없었다.

이제 눈에 보이는 것은 시체뿐이다.

'아아······.'

돌변한 사태에 약지는 공포에 질렸다. 얼굴은 창백해졌고 다리의 힘이 풀려 서 있기조차 힘들었다. 좀 전의 그 당찼던 모습은 약에 쓸래도 찾아볼 수가 없다.

뒷모습을 보이고 있던 청삼유사는 손에 들었던 섭선을 촤악, 펴는 사이에 빙글 몸을 돌렸다.

그리곤 그 섭선을 휘적휘적 부치며 약지를 향해 다가왔다.

느린 듯하지만 실제로는 몇 걸음을 걷는다 싶은 순간에 약지의 앞에 도달할 정도로 놀랍게 빠른 속도.

일견 청수한 모습이지만 가늘고 긴 그 눈은 차가운 비수와 같다. 그는 약지에게서 시선을 떼지 않고 다가왔다. 죽음이 너울너울 그의 청삼 자락을 따라 춤추며 다가오는 것만 같다.

철탑의 안에서 보았던 바로 그 사람이었다.

"다, 다가오지 마······ 말아요."

공포에 질린 약지가 주춤거리며 안간힘을 다해 소리쳤다.

온 힘을 다해 소리친 것이지만 실제로는 겁에 질려 억지로 쥐어 짜낸 소리인지라 귀를 기울여야 겨우 들을 수 있을 정도로 작았다.

청삼유사는 약지를 바라보던 눈길에 희미한 웃음을 머금었다. 그처럼 차갑던 그의 얼굴에는 믿기 힘들게도 묘한 풍정(風情)이 인다. 여인의 가슴을 설레게 할.

"여자는 해치지 않는다. 어리긴 해도 너 또한 여자이니 겁먹지 않아도 된다. 너처럼 보기 드문 순음지체(純陰之體)를 어찌 함부로 다루겠느냐?"

말과 함께 그는 손을 내밀었다.

그 손은 약지의 뺨을 향했지만 목적을 달성하지 못했다. 무엇인가가 맹렬한 바람을 동반한 채로 그의 관자놀이를 향해 날아들었기 때문이다.

팍!

그가 섭선을 슬쩍 펴자 날아들던 돌멩이가 튕겨져 나갔다. 그의 손짓에 따라 팍팍, 날아들던 돌멩이가 잇달아 튕겨졌다.

"비, 비룡아……"

겁에 질렸던 약지가 놀라 중얼거렸다.

한 사람이 약지의 앞을 가로막고 서 있었다. 눈을 부릅뜬 그의 머리는 터져 핏물이 이마를 타고 흘러내린다. 하지만 주먹만한 짱돌을 움켜쥔 운비룡은 사납게 두 눈을 부릅뜨고서 약지의 앞을 가로막은 채 서 있었다. 마치 털을 곤두세운 작은 늑대를 보는 느낌.

"물러서."

운비룡은 약지를 가로막은 채로 말했다. 마치 상처 입은 야수가 으르렁거리는 것 같은 모습이다.

그 모습의 의미를 아는 사람이라면 가슴이 섬뜩해질 터였다. 화가 나면 저런 표정이 되고 그때부터 운비룡은 눈에 보이는 것이 없었다. 평소와는 전혀 달리 앞뒤 재는 것도 없이 말 그대로 눈이 뒤집혀서 달려들고 이때는 어른도 지푸라기처럼 집어 던지는 괴물이 그였다.

"겁이 없는 꼬마로군. 하나 꼬마라고 사정을 봐주리라고 생각했다면 오산이다……"

청삼유사가 귀찮다는 듯 냉소를 흘렸다.

그리곤 사정없는 그의 손짓에 따라 으악! 하는 외마디 비명과 함께 운비룡이 뒤로 튕겨졌다. 입에서는 피분수를 뿜어내면서…….

"비룡아!"

약지가 놀라 소리쳤다.

"놈은 이미 죽었다. 너는 나와 같이……."

청삼유사가 말을 하면서 약지에게 손을 내밀었다.

"멈춰라!"

바로 그 순간, 호통과 함께 삼엄한 검기 한 가닥이 그를 향해 날아들었다.

"어떤 놈이 감히……."

청삼유사는 살기를 드러내면서 신형을 빙글 돌리는 사이에 검기를 피해냈다. 직격(直擊)해 오던 검기를 피해내는 동시에 그는 수중의 섭선을 휘둘러 검신을 쳤다.

땅!

날카로운 금속성과 함께 검이 뚝 부러졌다.

그것으로 끝나지 않고 그의 섭선은 한 가닥 경력을 뿜어내어 검수(劍手)를 공격했다.

단 한 수에 검이 부러진 검수는 사색이 되었다.

찰나, 한 가닥 검광이 다시금 옆에서 날아들었다.

"이놈들이……!"

청삼유사의 눈에서 살기가 일었다. 귀찮은 것은 질색인 그였다. 평소의 그라면 절대로 간섭을 하지도, 이런 곳에서 사람을 죽이지도 않았을 것이었다. 약지를 발견하기 전이라면. 그녀를 보았기에 무리를 해서라도 움직인 것이고 이제 그 일을 끝내려는데 방해꾼이 자꾸 나타나자 살심(殺心)이 크게 동한 것이다.

싹싹—!

섭선이 접었다 펴지는 가운데 세찬 경력이 노도처럼 일어나면서 날아들던 검을 쳐내고 앞으로 무찔러 나갔다.

그 움직임은 전광석화와 같아 검수가 당해낼 수 있는 것이 아니었다. 그러나 뜻밖에도 지금 그를 공격한 검수는 앞선 자와는 달리 검이 밀리는 듯하자 물러나기는커녕, 오히려 검을 비틀어 세 가닥의 검광을 일으켜서 청삼유사를 공격해 왔다.

쉽게 볼 수준이 아니었다.

"봉황삼점두(鳳凰三點頭)!"

청삼유사는 미간을 찡그리곤 어깨를 슬쩍 떠는 사이에 물러났다.

그의 앞에는 경장의 무사 한 사람이 검을 가슴에 세운 채로 우뚝 서 있는데, 만면에 놀람의 빛이 역력했다. 사십 대로 보이는 그는 굳은 얼굴로 청삼유사를 노려보면서 입을 열었다.

"귀하의 무공이 놀랍구려. 그런 무공을 가지고 이처럼 잔인무도한 짓을 하다니……."

"한시위(韓侍衛)!"

그를 본 약지가 반가워서 소리쳤다.

"군주마마(郡主媽媽)마마, 이젠 걱정 마십시오. 소신이 군주마마를 지켜 드리겠습니다. 강 시위, 군주마마를 보호하라."

중년 검수가 굳은 표정으로 말하자 먼저 나타났던 청년 검수가 반 토막의 검을 들고 약지의 앞을 막아섰다.

그 모양을 보고 청삼유사의 얼굴에 의혹이 떠올랐다.

"군주마마?"

"그렇소. 이분은 송왕 전하의 금지옥엽이신 운혜 군주(蕓蕙郡主)이시오. 귀하의 무공이 아무리 높다 한들, 감히 황실의 금지옥엽에 손을 댄다면 구족구멸의 죄를 면치 못할 것이오."

"……."

그의 말에 청삼유사는 미간을 찡그렸다.

'하필이면 힘들게 찾아낸 순음지체가 황실의 계집이라니…….'

그가 묵묵히 서 있음을 보자 중년 검수는 근엄한 표정으로 그를 꾸짖었다.

"군주마마께서 갑자기 실종이 되어 본 왕부의 시위들과 개봉부의 병사들이 모두 군주마마를 찾고 있소. 이미 신호를 올렸으니 본 왕부의 시위들과 병사들이 곧 이곳으로 달려올 것이오. 귀하는 대체 무슨 이유로 이런 짓을 저질렀단 말이오? 황법이 두렵지도 않소?"

그의 말에 청삼유사는 수중의 섭선을 차악, 펴서 부치면서 음침히 웃었다.

"감히 내 앞에서 설교를 하려 들다니……. 흐흐흐…… 이 자리에 있는 자가 모두 죽는다면 누가 이 일을 알 수 있겠나? 그럼 황법이 무슨 소용이 있지?"

그의 말에 깃든 살기를 느끼자 중년 검수는 안색이 달라졌다.

"가, 감히 이분의 신분을 알고서도 그런 짓을 하겠단 말이오? 본인은 송왕부의 백호(百戶) 한중국(韓重國)이오! 당신의 무공이 아무리 높다 한들……."

그 말이 채 끝나기도 전에 청삼유사는 코웃음을 치면서 불쑥, 한 걸음 앞으로 나섰다. 그의 섭선은 이미 사납게 중년의 검수를 공격하고 있었다. 펼쳤다 접혀지는 섭선에는 무궁한 변화가 서려 있는 데다 대단히 사나웠다.

땅! 따다다……!

격렬한 부딪침의 소리.

청삼유사의 공격이 너무도 급박하여 중년 검수는 미처 그것을 해소하지 못하고 검을 휘둘러 그 공격을 막는 데 급급했다. 연속된 위기에 식은땀이 전신을 덮었다.

눈앞에서 섭선이 독사의 혓바닥처럼 날름거렸다.

"타아앗!"

그는 이를 악물고 검을 찔러냈다.

섭선이 자신을 타격할지라도 그의 검 또한 상대의 가슴을 찔러 동패구상(同敗俱傷)하자는 막다른 선택.

따당!

날카로운 소리와 함께 윽! 하는 신음이 뒤따랐다.

주춤거리며 뒤로 물러나는 중년 검수, 한중국의 얼굴은 창백했다. 입에서는 핏줄기가, 움켜쥔 가슴팍에서는 선혈이 샘솟듯 솟구친다.

"제법이군. 나의 천랑선(天狼扇) 일초를 받아내다니……. 다시 일초를 받아낸다면 너를 살려주지."

간단히 그의 검을 쳐낸 청삼유사는 음산히 웃었다.

그의 손에 쥔 섭선에 그려진 살아 뛰노는 듯한 날개 달린 늑대의 그림이 유난히 선명하다.

"천랑선! 그, 그럼 당신이 천요랑군(天妖狼君)이란 말이오?"

한중국이 놀라 외쳤다.

"흐흐흐…… 나를 알아보다니……. 그걸로 넌 죽어주어야겠다."

순간, 청삼유사의 섭선이 접혀지면서 무서운 속도로 한중국을 향해서 날아들었다.

이미 중상을 입은 한중국의 얼굴에 절망이 드리웠다. 동귀어진의 절초를 발휘해도 상대할 수 없는 적이다. 천요랑군이라면 전대의 고수이고 악명이 자자한 자로서 그가 상대할 수 있는 사람이 아니었다. 더구나 그가 천요(天妖)라 불리는 이유는 세상의 공분을 산 음적(淫賊)이기 때문이다.

이대로 죽는다면 저 어린 군주마마가 어찌 될지 알 수 없었다.

"강 시위, 군주마마를 모시고 피해라!"

그가 소리치면서 전신의 공력을 다해 수중의 검을 앞으로 찔러냈다. 검극에서 검기가 피어올랐다.

"마마, 어서!"

"하, 하지만 비룡이가……."

약지는 청년 검수의 재촉에 쓰러진 운비룡을 돌아보았다.

그 순간에 퍽! 소리와 함께 한중국이 나동그라졌다. 그의 이마에서 핏줄기가 허공으로 튕겨 올랐다. 이 자리에 있던 수많은 사람들을 죽인 바로 그 공포의 지력, 천랑지(天狼指)가 발휘된 것이다. 한중국조차도 그 천랑지 일격을 피하지 못했다.

"내가 허락하지 않는 한 아무도 갈 수 없다."

청삼유사, 천요랑군이 음산히 웃으며 어느새 약지의 앞을 막아섰다.

강 시위라 불렸던 검수는 안색이 창백해졌다.

한중국은 자신보다 강한 고수였다. 그런데 그런 그가 채 일초를 상대하지 못하고 쓰러졌다면……. 하긴 이미 상대해 본 천요랑군의 무공은 도저히 그가 상대할 수 있는 것이 아니었다.

"이분, 구, 군주마마께서는 황제 폐하의 총애를 받고 계시오. 만에 하나 무슨 일이 생긴다면…… 천하가 뒤집어질 게요. 송왕부가 아니라……."

청년 검수가 창백한 얼굴로 안간힘을 써서 말했다.

"너만 죽어주면 되겠지, 누가 알겠느냐?"

천요랑군이 음산히 웃었다.

말을 하는 가운데, 그의 섭선은 이미 청년 검수의 가슴을 치고 있었다. 기세에 눌린 청년 검수는 피할 엄두조차 내지 못했다. 공포에 질려 있을 뿐.

그때였다.

휙!

갑자기 세찬 바람이 천요랑군의 머리로 날아들었다.

"저놈이?"

섭선을 돌려 그것을 쳐낸 천요랑군은 그것이 돌팔매임을 알고는 얼떨떨한 표정이 되었다.

돌팔매를 던지고 있는 것이 뜻밖에도 조금 전 그의 손에 죽었으리라 생각했던 운비룡이었던 것이다. 운비룡은 놀랍게도 산발을 한 채로 일어나 그를 향해 돌팔매질을 하고 있었다. 미친 듯이. 그것은 꼬마라고 만만히 볼 것이 아니었다. 우박이 쏟아지는 것 같았다.

하나 중요한 것은 그 돌팔매가 아니었다.

"어떻게 살아났지? 나의 천랑공에 격중되고도……."

그는 괴이한 표정으로 운비룡을 쏘아보았다. 그의 일장은 무섭고도 모질어 고수라도 살아남기 힘들었다. 더구나 그는 어린아이라고 사정을 봐주는 사람이 아니었다. 그랬다면 그를 랑군(狼君)이라고 하지 않았을 것이 아닌가.

그리고 보니 어스름한 어둠 속에 버티고 선 꼬마는 뭔가 달라 보였다. 괴이한 기운이 그를 감싸고 있는 듯 보이기도 했다.

"좋아, 네놈이 이마에 구멍이 뚫리고도 살아남나 보자!"

일시지간 그게 무엇인지 알아내지 못한 천요랑군은 냉소를 흘리면서 손가락을 튕겨냈다.

슈악!

음산한 기운이 돌팔매를 던지고 있는 운비룡을 향해 무섭게 쏘아갔다.

"바보! 뭐 해? 어서 도망가지 않고!"

운비룡은 그가 자신을 돌아보자 발작하듯 부르짖었다.

"위험해!"

그런 그를 보며 약지가 다급히 소리쳤다.

어둠 속에서 희미한 기류가 운비룡을 향해 뻗어가는데 그것이야말로 여기 있던 사람들을 모두 죽인 그 무서운 공력임을 그녀도 알아볼 수가 있었던 것이다. 운비룡이 놀라 눈을 부릅뜨는 모습이 보였다.

퍽!

운비룡의 이마에서 핏물이 솟구치며 운비룡이 튕겨지듯, 마치 무형의 바위에 얻어맞은 듯이 머리가 뒤로 꺾어졌다. 무림고수가 피하지 못한 그 무서운 절공(絕功)을 어찌 한낱 꼬마가 피할 수 있으랴.

"비룡아!"

약지가 찢어지는 음성으로 부르짖었다.

"흐억!"

단말마의 비명이 뒤를 이었다.

운비룡을 처리한 천요랑군이 뒤이어 손을 쳐드는 사이에 청년 검수를 처리해 버린 것이다. 눈앞에서 핏줄기가 솟구치는 가운데 청년 검수가 이마에 구멍이 나 쓰러짐을 본 약지는 공포에 질려 입만 딱 벌렸다.

그녀의 신분으로 언제 그러한 일을 본 적이 있었을 것인가.

"자, 이제 가볼까?"

천요랑군이 약지의 손목을 잡아 쥐었다.

이제 그를 막을 사람이 없으니 심하게 다룰 필요가 없었다.

그녀가 특별나지 않았더라면 절대로 모습을 드러내지 않았을 그였다. 지금 그가 수련한 천랑공의 마지막 구단공(九段功)인 천랑소음신공(天狼素陰神功)을 대성하려면 수백 명의 여인이 필요했고, 마지막에는 순음지체의 여자가 반드시 필요했다. 그렇게 고심하던 그였기에 약지를 발견한 것은 천우신조라고 할 수가 있었다.

천랑소음신공의 대성을 눈앞에 두고 있는 마당에 그녀를 보았으니 어찌 참을 수가 있겠는가? 순음지체의 여인을 찾지 못하면 앞으로도 십 년 이상을 고련해야 하고 그래도 성공 여부를 장담할 수 없는 판에…….

둘째 마당

그런데 그 순간,

형용키 어려운 괴기한 기운이 느껴짐을 깨닫고 천요랑군은 흠칫, 시선을 돌렸다.

무서운 시선 한줄기가 그를 노려보고 있었다.

멀지도 않았다.

바로 약지의 옆, 조금 전 그가 천랑지로 이마에 구멍을 뚫어버린 운비룡. 그 운비룡이 쓰러진 것이 아니라, 무서운 형상으로 화해 그를 쏘아보고 있었다. 부릅뜬 눈에서는 핏빛이 이글거리고 꿰뚫린 이마에서는 핏물과 함께 핏빛보다 더욱 붉게 타오르는 홍광(紅光)이 빛난다. 마치 붉은 보석 하나가 거기에 나타난 것만 같았다.

거기에 더해 전신을 휘감으며 훨훨 타오르는 것 같은, 저 기괴한 아지랑이와 같은 기운은 또 무엇이란 말인가?

"주, 죽지 않았다니?"

믿기지 않는 일에 천하의 천요랑군조차도 벌린 입을 다물지 못했다.

하지만 그보다 놀라운 것은 운비룡에게서 쏟아지는 살기(殺氣)였다. 해파리처럼 늘어진 전신에다 거대한 작살을 꽂아 넣는 것 같은 무서운 살기로 인해 천요랑군은 전신이 굳어져 버렸다.

형용키도 어려운 공포스러운 살기(殺氣)!

마치 지옥의 겁화(劫火)처럼 타오르는 운비룡을 둘러싼 아지랑이와 같은 붉은 기운은 점점 더 강렬하게 이글이글 타올랐고 그 눈빛 또한 지옥의 불길과도 같이 무서웠다.

'이, 이럴 수가?'

살기에 압도되어 손가락 하나 움직이기 힘들어진 천요랑군은 이를 갈아붙였지만 움직일 수 없는 것은 마찬가지였고 이글거리는 운비룡의 혈안(血眼)에서 눈길을 돌릴 수조차 없었다.

핏빛 지옥에서 빠져 헤매는 것만 같았다.

뇌리 깊은 곳에서 괴이한 울림이 웅웅― 악을 쓴다.

문득 뇌리 저 깊은 곳에서 희미한 기억 하나가 떠올라 왔다.

아득한 전설(傳說)!

"서, 설마 천살지령(天殺之靈)?"

신음 같은 중얼거림이 부들부들 떨리는 입술을 비집었다.

천살이라 함은 살성(殺星)을 타고난 자를 일컫는다.

사람 죽이는 것을 우습게 여기는 살인마. 하지만 천살지령은 단순한 살성을 타고나는 것이 아니다. 천살의 기운을 보듬어 사람의 심령까지를 죽일 수 있는 공포스러운 존재.

그것을 일러 천살지기의 겁령(劫靈)이라 이름하는 것이다.

천살(天殺)의 기운을 지닌 자가 태어나리니
세상은 그를 보매 공포에 질려 숨을 멈추리라.
무림은 피로 물들고, 강호는 시신이 산을 이루리니……
천하가 죽음의 공포에 떨게 되리라.

언제인가부터 세간에 유전(流傳)되던 아득한 그 전설…….
하필이면 왜 그것이 지금 떠오르는 것일까?
'천살지령이 아니라면 이럴 수가 없다. 저 형상이라니…….'
운비룡의 혈안에 사로잡힌 그는 아득해지는 정신을 다잡으면서 치를 떨었다. 가슴 저 깊은 곳에서 공포가 치밀어오르고 절로 전신이 부들부들 떨려 제자리에 서 있기조차 힘들었다.

가공할 살기에 짓눌려 심력(心力)이 고갈되는 것이다.

마공을 익힌 고수, 특히 마공이 높은 천요랑군과 같은 고수들은 정종내공(正宗內功)을 익힌 사람들에 비해서 심지가 약하다. 마음을 단련하기보다는 공(功)을 추구하기 때문이다. 그만큼 마의 침습을 받기 쉽다는 의미이기도 하다. 게다가 자신이 죽었으리라 생각했던 꼬마에게서 보인 이 현상으로 인해 그는 미처 준비를 하지 못해 심령상으로 기습을 당한 것과 같아 손을 쓸 여지가 없기도 했다.

쿠쿠쿠…….

그의 주변으로 세찬 회오리바람이 일어 흙바람을 휘몰았다.

운비룡에게 대항하느라 그가 몸부림을 치면서 생기는 현상이다. 그런 능력을 지닌 그도 운비룡의 저 무서운 눈빛에는 속수무책, 손조차 들어 올릴 수가 없었다.

과악, 과아악!

괴변(怪變)은 그것이 다가 아니었다.

주변 숲 속에서 갖가지 새 떼들이 미친 듯이 소리치며 이리저리 날아다녔다. 뿐만 아니라 어디선가 까마귀 떼가 울부짖으며 이쪽으로 몰려들고 있어서 그 상황은 형용키조차 섬뜩했다. 게다가 숲 속에서 온갖 동물들이 이리 뛰고 저리 뛰면서 어쩔 줄을 몰라 하는 것이 보여 장내는 온통 공포의 도가니였다.

도저히 이해하지 못할.

바로 그때였다.

"놓아줘……."

고통에 절절한 음성이 들려오자 천요랑군은 천명을 받은 듯 쥐고 있던 약지의 손목을 놓아주고 말았다.

약지는 풀려나자 제대로 서 있지도 못하고 비틀거리며 물러났다. 천요랑군 주위의 회오리바람 때문에 제자리에 서 있을 수가 없는 것이다.

"비, 비룡아……."

겨우 고개를 든 약지가 놀라 한 손으로 입을 가렸다. 동그랗게 뜬 눈에는 놀람과 공포가 함께 자리했다.

운비룡의 얼굴은 공포스러웠다.

금제된 천살지기가 천랑지의 일격에 폭발하면서 그 무서운 기운의 폭주(暴走)에 다른 사람이 아닌, 운비룡 본인도 상상치도 못할 고통에 시달리고 있는 것이다.

툭툭, 온몸의 핏줄이 지렁이처럼 튕겨져 나오고 그 떨림에 반응하듯이 찢어질 듯이 부릅뜬 눈에서 쏟아져 나오는 혈광은, 전신을 둘러싼 핏빛은 점점 더 강렬해져 붉은 아지랑이가 날개를 펼치는 것만 같았다.

머리가 깨지는 것만 같았다.

고통에 몸부림치던 운비룡은 눈앞에 있는 약지를 발견하고는 순간적으로 정신이 들었다. 그리곤 거의 무의식 중에 천요랑군에게 약지를 놓아주라고 말했지만 그 말 한마디를 하기 위해서 운비룡은 온몸을 뒤틀어야 했다. 그나마 천살지기가 폭주하기 전에 생각했던 것이기에 그것이 무슨 의미인지조차 알기 힘든 지금이다. 그저 해야만 할 것으로 생각되어 안간힘을 쓰면서 말했을 뿐이다.

그리곤.

'으으으…… 대체 이게 무슨? 머리가 깨지는 것만 같아! 모조리, 모조리 다 죽여 버리고만 싶어…… 모조리 다!'

운비룡은 으스러져라 이를 갈았다.

눈을 부릅떠도, 찢어져라 부릅뜨고서 이를 갈아도, 그래도 고통은 사라지지 않았다.

눈에 보이는 모든 것들이 시뻘겋게 보였다.

천지가 핏빛이다.

보이는 모든 것을 죽여 버리고만 싶었다. 주체할 수 없는 살기가 전신을 소용돌이치고 넘쳐 절로 온몸이 덜덜 떨렸다. 핏빛 아지랑이가 거의 몸에서 날개처럼 퍼져 나갔다.

그러나 운비룡이 말을 하면서 천살지기의 폭주에는 약간의 제동이 걸리고, 그 틈을 천요랑군은 놓치지 않았다. 힘껏 혀를 깨물었다. 핏물이 터지며 정신이 돌아왔다.

"이, 괴물……!"

그는 전력을 다해 일격을 운비룡에게 때려냈다.

이 틈을 놓치면 운비룡의 눈빛에서 벗어날 수 없음을 절감하고 있기에 동원할 수 있는 힘은 모조리 쏟아냈다. 비록 그것이 평소의 절반에도 못 미친다 할지라도.

평!

폭음과 함께 운비룡이 악! 소리와 함께 홀쩍, 나가떨어졌다.

꽉! 과곽!

까아악! 까악……!

머리 위를 맴도는 까마귀의 울부짖음이 귀청을 찢을 듯 커졌다.

"이, 이 괴물…… 죽여 버리겠다……."

천요랑군은 이를 갈면서 진기를 끌어 모았다.

그의 옷자락이 금방이라도 찢어질 듯 펄럭거렸다.

그러나 막상 나가떨어졌던 운비룡이 땅바닥에서 다시 머리를 들자, 그와 눈이 마주친 천요랑군은 거미줄에 걸린 파리처럼 그 자리에 얼어붙고 말았다.

"크크으……."

운비룡이 기괴하게 웃음을 흘렸다.

상상키 어려운 공포가 천요랑군의 심령으로 쏟아져 들어왔다.

운비룡의 그 핏빛 눈으로부터!

"마, 말도 안 돼! 어떻게 이런……?"

일그러진 얼굴인 천요랑군의 입에서 공포 어린 신음이 새어 나왔다.

그때.

"아미타불……. 대자대비 나무관세음보살!"

긴 불호 소리가 장중으로 전해졌다. 한소리 불호(佛號)이기는 하지만 그 위력은 절대 간단치 않았다.

"크아악!"

운비룡이 갑자기 머리를 움켜쥐고서 비명을 터뜨렸고, 공포에 질려 제대로 움직이지도 못하던 천요랑군이 찬물에 목욕을 한 듯이 부르르 떨며 정신을 차리게 되었다. 그 불호는 평범한 것이 아니라 불가의 항마후(降魔吼)였기 때문이다.

뿐만 아니라 이리 뛰고 저리 뛰던 동물들이 주춤거리고 공중을 날다 서로 부딪치던 새 떼들도 마치 약속이라도 한 듯이 정신없이 흩어졌다.

그리곤 이내 꾸짖는 음성이 들려왔다.

"아미타불⋯⋯. 대체 누가 있어서 이런 괴변을 일으키나 했더니, 음 시주(陰施主)였구려! 이십 년의 세월이 흘렀어도 개과천선하지 못하고 이런 짓이라니 아미타불⋯⋯. 어찌 하늘이 무섭지 않은고?"

철탑 저쪽에서 노승 한 사람이 나타났다. 가슴까지 드리운 백설 같은 수염을 흩날리며 걸어오는 노승의 손에는 구환선장(九環禪杖)이 들려 걸음을 옮길 때마다 쩔렁거리는 소리가 쟁쟁하다. 그의 뒤로는 선장을 든 두 명의 중년승이 날듯이 달려오고 있는 것이 보였다.

"심경(心鏡)? 저놈이 어떻게 여기에?"

그 노승을 발견한 천요랑군은 가슴이 섬뜩해 신음을 흘렸다.

'저 찢어 죽일 중놈은 소림사에나 있을 것이지, 대체 여긴 왜 나타났단 말이냐?'

"크아아악!"

갑자기 괴성이 터져 나왔다.

운비룡이 머리를 움켜쥐고서 고함을 치고 있었다.

전신을 덜덜 떠는 그의 몸에서는 핏빛 기운이 미친 듯 피어올랐다가 가라앉았다가 했고 그때마다 까마귀 떼가 귀청이 찢어져라 울어냈다.

"맙소사! 저건……."

그제서야 운비룡을 본 노승이 눈을 부릅떴다.

모종의 일로 개봉에 당도한 노승은 철탑에서 형언키 어려운 살기가 일어남을 보고는 불가의 사자후를 터뜨리면서 이곳으로 달려왔다. 그는 그 일이 천요랑군에 의해 일어난 줄 알았다. 그런데 저 요악한 일의 근원이 어린아이에게서라니!

그때 사방이 소란스러워지더니 개봉부 쪽에서 군사들이 절렁거리며 달려오는 모습이 보였다. 얼핏 보아도 삼사십 명은 족히 되는 것 같았고 호각 소리가 요란한 가운데 그 뒤로도 인영이 어른거리며 달려오는 것이 보이니 금세 백여 명은 몰려들 것이다.

적이 떼거지로 몰려옴을 보자 천요랑군은 가슴이 철렁했다.

'망할!'

천요랑군은 이를 갈았다.

수많은 여인들을 간살(姦殺)한 데다 그 손속이 잔인무도하여 무림공적(武林公敵)으로 몰린 사람이 그였다. 대놓고 모습을 공개한 채로 돌아다닐 처지가 아니었다.

몸만 성했다면 저깟 군사 따위야 천 명이 한꺼번에 몰려와도 눈썹 하나 까딱하지 않을 그였지만 지금은 달랐다. 운비룡의 공제(控制)에서 풀려났다고는 하지만 격렬한 정신적 타격을 받아 전신의 맥이 쫙 풀린, 그래서 제대로 서 있기조차 힘든 상태이니 무인으로서는 최악의 상황인 것이다.

'다 된 일에 이게 무슨 개 같은 일이란 말인가?'

천요랑군은 생각할수록 분해 이를 갈았다.

슬쩍 약지를 바라본 그는 아쉬움에 발을 굴렀다.

어지간하면 그녀를 채가지고 이 자리를 떠나련만 더 머뭇거리다가는 정말 떠날 수조차 없게 되는지도 몰랐다.

"크으으……."

옆에서 섬뜩한 신음이 들림에 시선을 돌린 그는 자신을 쏘아보고 있는 운비룡과 눈이 마주치자 가슴이 철렁했다.

괴로운 표정으로 전신을 덜덜 떨고 있는 운비룡의 그 무서운 혈안(血眼)! 마치 잡아먹기라도 할 듯이 자신을 쏘아보고 있는 눈! 그 눈과 마주치자마자 다시금 전신의 맥이 쭉 빠짐을 느낀 그는 감히 더 이상 운비룡을 쳐다보거나 그 자리에 더 이상 머뭇거릴 생각이 아예 사라지고 말았다.

"좋아! 오늘은 그냥 가도록 하지!"

그는 부드득 이를 갈아붙이곤 땅을 박찼다.

"아니?"

뜻밖의 사태에 나타난 노승, 심경 대사는 눈이 커졌다.

천요랑군은 비록 음적이지만 천성이 오만하고 자부심이 강하여 결코 이렇게 도주할 자가 아니었다. 사정을 알지 못하는 그로서는 놀라지 않을 수가 없었다.

바로 그때,

"음적(淫賊)! 어딜 가려느냐? 목을 내놓고 가거라!"

펑!

일성 호통 소리와 함께 숲 속으로 날아들던 천요랑군이 뒤로 튕겨지나 싶더니 그 앞에 백발이 성성한 노인 한 사람이 나타났다. 위맹한 모습의 그는 마치 폭풍과도 같은 기세로 양손을 쳐내는데 회오리바람이 태풍이라도 일어난 듯이 소용돌이쳤다.

"언가(彦家)? 으하하…… 언가의 잡졸까지 나를 능멸하려 들다니!"

노한 외침과 함께 나타난 노인에게 무섭게 쇄도해 들어기던 친요링군이 회삼을 입은 노인과 맞닥뜨리는가 싶더니 이내 반탄력을 이용하여 숲 속으로 도주하고 말았다.

멈칫했던 노인은 대노해 고함치면서 그 뒤를 따랐다.

"악적! 게 섯거라!"

그 광경을 본 노승이 급히 말했다.

"너희들은 어서 언 노시주를 따라가 돕도록 하거라."

그의 옆에 서 있던 중년승 두 사람이 물었다.

"사부님께서는?"

"나는 이 자리를 잠시간 떠날 수가 없을 듯하구나."

그의 시선이 향하고 있는 곳은 운비룡이 있는 곳이었다. 운비룡은 여전히 괴로운 신음을 흘리면서 전신을 떨고 있었다. 차츰 전신의 떨림은 줄어들고 있으나 오히려 일신에서 날개처럼 피어오르고 있는 혈광은 더 짙어지고 잠시 흩어졌던 까마귀 떼까지 다시 날아와 악을 써대고 있어 분위기는 흉흉하기 이를 데 없었다.

"언가의 장로인 언 노시주의 운추십팔타(雲鎚十八打)는 이미 경지에 이르렀지만 천요랑군의 무공은 결코 만만치 않으니 너희들이 가서 도와야만 할 것이다. 어서 가거라."

그의 명을 받고 중년승들이 반장(半掌)의 예를 하곤 숲 속으로 사라졌다.

"백존회(百尊會)가 세상에서 사라진 것은 이미 십여 년이 넘었는데 저 마두가 이처럼 공공연하게 모습을 드러내다니…… 대체 무슨 일이란 말인가?"

그들이 사라짐을 본 심경 대사는 길게 한숨을 쉬더니 수중에 든 구환선장(九環禪杖)을 들어 올렸다.

"아미타불……. 천살의 기를 타고났으니 그대로 두면 세상의 해가 될 터. 노납(老衲)이 너를 거두어 살업(殺業)을 막으리라."

길게 불호를 왼 그의 승포가 저절로 펄럭이고 자애로웠던 눈에서는 신광이 불칼과 같이 뻗어 나오기 시작했다.

그 살기에 반응했는지 운비룡이 고개를 돌려 그를 바라보았다.

무서운 살기가 공포스럽게 그를 향해 직사해 왔다.

"흐업?"

심경 대사는 놀라 눈을 치켜뜨더니 표정을 굳혔다.

한차례 부르르 몸을 떤 그는 이내 불호를 외면서 앞으로 한 걸음을 굳세게 내딛었다.

"옴 데세데야 도미니 도데 삿다야 훔 바탁…… 옴 데세데야 도미니 도데 삿다야 훔 바탁……."

일체의 귀신을 항복시킨다는 관세음보살보검수(觀世音菩薩寶劍手)의 불가진언이 장중하게 이어지며 마치 천신이 땅을 밟는 듯한 진동이 일대를 뒤흔들었다.

쿠쿵…….

그 한 걸음은 사기(邪氣)를 진압한다는 불가 진산보(鎭山步)!

"크으으……."

괴로운 신음이 운비룡에게서 흘러나왔다.

그의 전신이 벼락이라도 맞은 듯이 부르르 떨리며 그의 이마 가운데 홍옥처럼 빛나는 붉은빛이 강하게 빛을 발했다.

"세상을 위하여 살계(殺戒)를 여노니, 노납이 그 업장(業障)을 대신 지리로다……. 나무아미타불 관세음보살……."

쿠쿵!

그가 한 걸음을 다시 내딛자 운비룡의 입에서 핏물이 튕겨져 나왔다.

신음이 줄줄이 이어진다.

눈에서 쏟아지던 혈광이 흔들리면서 괴이한 빛이 얼굴에 드러났다. 온몸에서 일어나던 핏빛 아지랑이가 걷잡을 수 없이 출렁거렸다.

"옴 이베이베 이야 마하 시리예 사바하!"

쿠쿵!

다시금 그가 한 걸음을 진산보로 내딛었다.

그리고 이어진 것은 일체의 천마외도를 항복받는다는 관세음보살전 왈라수진언(觀世音菩薩囀日羅手眞言).

땅거죽이 뒤틀리며 항마진언이 장중하게 일대를 두드렸다.

천천히 쩔렁거리는 구환선장이 운비룡의 앞에서 위로 들려졌다.

"크으윽……!"

그것을 쳐다보던 운비룡이 괴로운 빛으로 머리를 움켜쥐었다.

그때.

"안 돼요!"

약지가 두 손을 벌리며 그 앞을 막아섰다.

"이 아이는 아무런 잘못이 없어요. 나를 구하기 위해서 죽음을 무릅쓰고 나섰을 뿐이에요. 왜 이렇게 되었는지는 몰라도……."

"비키거라. 저 아이는 천살의 기를 타고나 그것이 발현(發現)하니, 버려둔다면 필시 천하를 피로 씻을 터이로다! 아미타불……."

심경 대사가 준엄히 그녀를 타일렀다.

"그럴 수 없어요!"

약지는 단호히 고개를 저었다.

잔뜩 겁에 질려 있었지만 입술을 꼬옥 깨문 그녀의 얼굴에는 나이답지 않은 당참이 서려 있었다.

'허어, 평범하지 않은 상(相)이로고…….'

그녀를 잠시 바라보던 심경 대사가 갑자기 발을 굴렀다.

쿵!

"악!"

외마디 비명과 함께 약지가 튕기듯 옆으로 쓰러졌다.

"너의 업장을 노납이 대신 지리니, 너는 부디 극락왕생토록 하라!"

부우웅…….

진산보로 약지를 물러나게 한 심경 대사의 구환선장이 거대한 울림을 토해냈다. 쩔렁쩔렁 아홉 개의 고리들이 서로 부딪치면서 모였다 흩어지는 기이한 음향을 일으켜 귀가 따갑던 새 떼들의 울음소리를 압도했다.

이때 운비룡의 상태는 눈에 띄게 달라져 있었다.

전신에서 피어나던 핏빛 아지랑이가 거의 다 흩어지고 오로지 이마의 홍옥처럼 빛나는 광채만이 남아 있었던 것이다.

"아으윽! 머리가 깨지는 것 같아."

운비룡은 머리를 움켜쥐고 도리질을 쳤다. 참을 수 없는 고통에 몸부림쳤지만 고통은 조금도 줄어들지 않았다.

저 불호 소리는 너무도 듣기 싫었다. 그때마다 살기로 가득 찬 머릿속이 온통 휘저어졌고 지독한 고통에 머리가 빠개지는 것만 같았던 것이다.

그런 운비룡을 내려다보면서 선장을 치켜들었던 심경 대사의 눈에 순간, 괴이한 빛이 떠올랐다.

홍옥과도 같은 빛을 뿌리는 이마의 붉은 점!

그 점 가운데 어딘지 모르게 상화로운 빛 한줄기……

"설마…… 대반야심광(大般若心光)이란 말인가?"

그는 선장을 치켜든 채로 그대로 굳어지고 말았다.

"죽이지 말아요!"

그때 다시 일어난 약지가 그런 그의 팔을 잡고 매달렸다.

"꼼짝 마라!"

"감히 군주마마를 해치려 하다니!"

"당장 그 선장을 내려놓지 못하겠느냐?"

달려온 군사들이 일제히 소리치면서 심경 대사를 향해 창칼을 겨누었다. 기치창검이 저녁노을을 받아 삼엄하게 번뜩여 일대가 모조리 군사들의 무리로 가득 찼다.

'군주라고?'

잠시 굳어졌던 심경 대사는 뜻밖이란 표정으로 약지를 내려보았다.

"아미타불……. 이도 부처님의 뜻이겠지."

그는 길게 탄식하면서 구환선장을 내렸다.

"놓으시오. 이 아이는 그대로 두면 심성이 살기로 물들거나 체내의 저항을 이기지 못하고 이 자리에서 죽고 말 것이외다."

상대가 군주임을 안 이상, 말을 함부로 할 수 없다.

그의 말이 무슨 뜻인지 알아들은 약지는 손을 놓고 한 걸음 물러났다. 그 순간 그녀는 다리가 풀려 그 자리에 주저앉았다.

"군주마마!"

놀란 군사들이 그녀의 앞에 일제히 무릎을 꿇었다. 부축을 하고자 하나 남자들이니 감히 손을 내밀지 못했다.

"괜찮아. 난 괜찮으니 걱정하지 않아도 돼."

약지가 비틀거리면서 다시 일어났다. 군주가 중인환시리에 땅바닥에 주저앉아 있을 수는 없는 일이기 때문이다. 그런 그녀의 눈은 운비룡의 앞에 무릎을 꿇고 앉는 심경 대사를 바라보고 있었다.

심경 대사는 운비룡의 머리 위에다 손을 올려놓고서 뭔가를 중얼거리고 있는데 운비룡이 눈을 깜박거림이 보였다.

"비룡아!"

"이 아이는 지금 말을 할 수가 없소이다. 말을 시켜서도 아니 되니 노납이 이 아이를 잠시 잠들게 하리다."

뒤돌아보지 않고 심경 대사가 말했다.

그의 손에서 갑자기 기이한 빛이 일었다.

"옴 데세데야 도미니 도데 삿다야 훔 바탁…… 옴 데세데야 도미니 도데 삿다야 훔 바탁……."

기이한 주문이 다시금 심경 대사의 입에서 나직이 흘러나왔다.

"마마! 어서 환궁하셔야 합니다. 전하께서 크게 걱정하고 계십니다."

장수 한 사람이 말했다.

왕부의 시위다.

"잠시 기다리도록 해, 이 아이가 깨어날 때까지."

"마마!"

"감히 내 말을 거역할 셈이냐?"

갑자기 약지가 눈을 부릅뜨고서 그를 쏘아보았다.

당차고 맹랑한 모습이나, 어린 계집아이답지 않게 위엄스러웠다.

"어찌 감히……."

왕부의 시위는 고개를 숙여 보이고는 뒤에다 명했다.

"모두 흩어져 이 일대를 감시해라. 누구든 접근하는 자가 있다면 모조리 주살토록 하라! 알겠느냐?"

"옛!"

군사들이 절렁거리며 사방으로 흩어졌다.

군사들이 점점 더 몰려들고 있어서 이제 위험은 지나간 것 같았다.

'잠시 놀러 나온 것이 이렇게 되어버리다니…….'

약지는 내심 한숨을 쉬곤 운비룡을 바라보았다.

노승의 손 아래 운비룡은 정신을 잃어버린 듯이 눈을 감고 있었다. 하지만 눈살이 계속해서 떨리고 만면에는 고통스러운 빛이 역력한 것이 지금 그가 겪고 있는 고통이 간단하지 않음을 말하는 듯했다. 그런데 기이하게도 그의 미간에서 그처럼 빛나던 괴기한 붉은 빛은 이제 거의 보이지 않는 것이 아닌가.

상처만이 남아 핏빛의 흔적을 보이고 있을 뿐.

'어떻게 저런 일이 있을 수 있지? 다른 사람은 모두 죽었는데 죽기는커녕, 그렇게 무섭게 변하다니…….'

약지는 좀 전 운비룡의 모습이 생각나자 절로 가슴이 떨렸다.

다시는 보고 싶지 않은, 아니, 꿈에서라도 생각하고 싶지 않은 모습이었다. 그러나 운비룡이 어떻게 되었는지 모른 채로 이 자리를 떠나고 싶지 않았다.

그것이 목숨을 걸고 자신을 지켜준 아이에 대한 예의일 것 같아서.

그렇게 시간이 흘러갔다.

황혼은 속절없이 어둠 속으로 거꾸러져 가고…….

第三章
우리는 친구

첫째 마당

"대체 이게 무슨 짓이냐?"

노성(怒聲).

송왕 주대진(朱大榛)은 무서운 얼굴로 호통을 치고 있었다.

서른이 훨 넘어 얻어서 평소 눈에 넣어도 아프지 않도록 예뻐하던 막내딸이었다. 하지만 지금은 정말 화가 났다.

"경사(京師)에서 돌아온 지가 며칠이라고 그런 짓을 한 게냐? 그만큼 여행을 하고 세상 구경을 했으면 되었지, 뭐가 답답해서 사람들 눈을 속이고 밖으로 빠져나간 거야! 너 때문에 얼마나 난리가 났던지 알고나 있느냐?"

주대진은 손바닥으로 앉은 용교의(龍交椅)의 손잡이를 세차게 쳤다.

"죄송해요……."

약지는 고개를 숙였다.

"죄송으로 될 일이라고 생각하느냐? 너 때문에 한 시위가 죽었단 말이다!"

"……."

약지는 다시금 고개를 숙였다.

늘 자신에게는 모든 걸 다 해주는 아버지였다.

그렇기 때문에 어리광을 부릴 수도 있었고 뭐든 떼를 쓸 수도 있었다. 하지만 그녀로 인해 나타난 결과는 너무 커서 그녀로서는 입이 백 개가 있어도 할 말이 없었다. 방자하고 막돼먹은 다른 군주들과는 달리 약지는 올곧게 훈도받으며 자라나 남의 아픔을 이해할 줄 아는 심성을 가지고 있었기에 그러했다.

"황상(皇上)의 부름을 받고 이 년이나 경사에 가 있었는데, 대체 뭐가 부족했던 게냐? 거기서 구경을 할 만큼 했을 터이고 돌아와서 답답하다고 해서 오늘도 바깥 나들이를 나갔던 게 아니냐!"

생각할수록 화가 난 듯 주대진은 호통을 쳤다.

"왕야, 고정하세요."

궁장의 귀부인이 옆에서 그의 팔을 잡았다. 송왕의 왕비인 인청청(印菁菁)이다. 바로 약지의 친어머니였다.

"이게 고정할 일이오? 지금이 어떤 상황인데, 만약 그때 내가 초청한 고수들이 그 자리에 이르지 않았더라면 저 아이는 무슨 변을 당했을지 모른단 말이오! 말해 보거라, 대체 왜 그랬는지?"

다그침에 약지는 눈물이 글썽해졌다.

"죄송해요. 이렇게까지 될 줄은 모르고……."

입술을 깨물었던 약지는 한숨을 내쉬더니 말을 이었다.

"경사에 있는 동안 황상께서 허락하지 않으셔서 이 년간 자금성 밖으로 한 번도 나가보지 못했어요. 그러다가 돌아와서 바깥 외출이라니 너무 좋았는데…… 다들 시야를 가로막으면서 바깥 구경도 제대로 못 하게 하는 바람에 그만……."

약지는 입술을 깨물었다.

숙인 고개.

수정 같은 눈물이 뚝뚝 떨어지는 것을 보자 대노했던 송왕 주대진은 그만 마음이 약해졌다.

"답답이라? 나 이거야 원…… 그래, 대체 어떻게 호위를 속이고 빠져나갈 수가 있었던 것이냐?"

"사실은…… 경사에서 너무 무료하여…… 대내시위(大內侍衛)들에게 무공을 조금 배웠어요. 그래서……."

"허? 그래서 네 시비의 혈도를 짚고 빠져나갔단 말이냐?"

어이가 없는 표정.

주대진의 놀람은 무리가 아니었다.

천금(千金)의 신분으로 내놓고 무공을 배우지 못했을 텐데 불과 이 년 동안에 내력으로 사람의 혈도를 짚을 수 있다면 그건 결코 간단하게 볼 재질은 아니었다.

"내공도 배웠느냐?"

"예."

"……."

주대진은 말을 잃고 자신의 앞에 무릎을 꿇고 앉은 약지를 내려다보았다.

정적이 흘렀고 그것을 깨뜨리기라도 하듯이 송왕비가 머리를 저었다.

"계집아이가 어찌 그런 일을……."

그때였다.

"왕야(王爺), 대청에서 사람들이 기다리고 있습니다."

밖에서 진중한 음성이 들려왔다.

"알았다."

말과 함께 주대진은 용교의에서 일어났다.

"오늘부터 너는 당분간 왕부를 벗어날 수 없다. 자숙하고 있도록 해라. 알겠느냐?"

"예."

약지가 기어들어 가는 음성으로 답했다.

"당신이 얘를 책임지도록 하시오."

그 말을 남겨놓고 주대진은 문을 닫고 사라졌다.

그가 사라진 것을 눈으로 좇던 왕비는 길게 한숨을 내쉬고는 다가와 약지의 어깨를 잡아 일으켰다.

"일어나거라. 많이 놀랐지?"

"엄마아……."

애써 의연하던 약지는 그만 울음을 터뜨리면서 그녀의 품에 안겼다. 꺼이꺼이 터진 울음은 서럽게 서럽게 멈추지 않고 쉼없이 이어져 엄마의 가슴을 아프게 했다. 의연하다 해도 그녀는 아직 어린아이, 작은 계집아이인 것이다.

"그래그래. 이젠 괜찮으니 그만 울도록 하렴. 네 아버님께서 네게 그처럼 화를 내시는 걸 본 적이 없구나. 그만큼 너를 사랑하고 계시기 때문인 건 너도 알고 있겠지?"

"으, 응……."

추스르고자 하나 쉽지 않다.

그녀는 아직 어린아이였다. 울먹거림은 한참을 이어졌고 엄마의 따듯한 토닥임 속에서 조금씩 잦아들었다.

*　　　　*　　　　*

송왕 주대진이 도달한 대청에는 십여 명의 사람들이 그를 기다리고 있었다.

그가 들어서자 의자에 앉아 있던 사람들이 일제히 일어나 그를 맞았다. 특이하게도 관부나 상계의 사람들이 아니라 모두 강호의 사람임을 알아볼 수 있는 사람들이었다.

"모두 앉으시오. 기다리게 해서 죄송하오."

송왕의 말에 사람들이 모두 하례하면서 자리에 앉았다.

친왕은 대단한 신분이다. 그러나 송왕은 세상의 인심을 얻었다. 자신의 힘으로 남을 억압하지 않았고 가능하다면 어려운 사람을 도왔다. 그렇기에 그를 욕하는 사람이 없었고 모두가 그를 좋아했다.

이 자리에 모인 사람들은 그를 아는 사람도 있었고 그를 처음 보는 사람도 있었다. 하지만 그의 태도를 보면서 세상의 소문은 과연 헛되지 않구나라는 느낌을 가질 수 있도록 자리를 권하는 송왕의 그 한 동작에서도 성의가 보였다.

"소림의 심경 대사와 언가의 언 대협께는 다시 한 번 딸아이를 구해 준 것을 감사드리겠소이다. 정말 감사하오."

"별말씀을, 왕야."

백발의 노인이 일어나 포권을 해 보였다.

그는 언가의 장로 파운신권(破雲神拳) 언자추로서 바로 마지막에 천요랑군과 싸웠던 사람이다.

"아미타불……. 길을 가다가 어려운 사람을 만나 도움은 너무도 당연한 일이 아니겠습니까?"

심경 대사도 일어나 예를 취했다.

"결국 놓치고 말았다면서요?"

송왕의 물음에 심경 대사가 길게 탄식하였다.

"아미타불~ 그자의 무공은 결코 간단치 않은데…… 무슨 까닭인지 빈승을 보더니 그대로 달아나고 말더군요. 언 노시주와 빈승의 제자들이 같이 뒤를 쫓았지만 잡기 어려웠나 봅니다. 십여 년이나 나타나지 않았던 자가 그처럼 공공연히 나타나다니……."

송왕이 굳은 얼굴로 입을 열었다.

"본왕이 여러분을 여기에 초청한 것과 이번 천요랑군이 나타난 것은 어쩌면 관련이 있을는지도 모르겠소이다."

"관련이라시면?"

파운신권 언자추가 의아한 낯으로 그를 보았다.

"얼마 전에 황하에서 고기를 잡던 노어부가 그물에 걸린 것 때문에 배가 전복되는 일이 있었소이다."

"그물에 걸린 게 고기가 아니었던 모양이로군요."

"그렇소. 어부는 여러 사람의 힘을 빌어 그것을 물 위로 끌어 올렸는데…… 기묘하게 생긴 솥(鼎)이었소."

"솥이오?"

사람들의 얼굴에 묘한 빛이 일었다.

"그렇소. 그것은 아주 오랜 옛날 전설로 화한 주대(周代)의 전국구정(傳國九鼎) 가운데 하나인 혼돈지정(混沌之鼎)이었소."

"저, 전국구정……!"

놀람을 지나친 경악이 대청에 모인 사람들 모두를 휩쓸었다.

오직 한 사람.

그들 가운데 왼쪽 끝에 앉은 노문사 차림의 사람만이 평정할 따름이다. 환갑이 넘었을 것 같은 나이. 얼굴은 어린아이의 것처럼 붉고 윤택이 흐른다. 흰 수염이 가슴을 지나 배까지 이름은 그의 모습을 그림 속의 신선처럼 고아하게 만들기에 족하다.

…….

좌중이 일시에 조용해졌다.

누구도 함부로 말을 하기 어려워진 까닭이다.

전국구정이라 함은 아홉 개의 솥을 일컫는다.

전국(傳國).

나라를 전한다는 말처럼 그 아홉 개의 솥은 곧 천하의 주인을 의미했다. 주대의 전국구정은 이미 전설로 사라져 없어진 지 오래다. 만에 하나 그것을 발견했다고 한다면 그것을 얻은 사람은 천하의 주인이 된다는 신비로운 전설이 함께 하는 물건이 그것이다.

그런데 그런 물건이 송왕에게 전해졌다면……

그것을 황제가 알게 된다면 송왕은 무사하지 못할 뿐 아니라 그에 관련된 모든 사람들은 역모라는 굴레를 쓰고서 죽어가야 할는지도 모를 중대사였다.

중국의 황제들은 그러한 면에서는 부모 형제조차 아랑곳하지 않고 한없이 잔인해질 수 있었고 실제로 그러한 기록은 수없이 남아 있었으니까.

"핫하하하……."

송왕은 그러한 분위기를 감지하고는 너털웃음을 터뜨렸다.

"걱정하지 않아도 되오. 이 일은 이미 황상께 말씀드렸고 근일 중에 그 혼돈지정은 경사로 보내기로 되어 있소이다."

"그러십니까?"

비로소 안도의 빛이 좌중에 흘렀다.

"무량수불……. 그런데 왜 사람들을 보내어 저희들을 초청하신 것인지? 설마 하니 천요랑군 같은 자가 나타나리라 아시고 부른 건 아닐 텐데……."

노도인 한 사람이 도호를 외면서 입을 열었다.

무당파의 장로인 청송자(靑松子)다. 그는 무당 진무관을 잘 떠나지 않는 것으로 알려져 있었는데도 송왕의 요청에 의해 무당산을 떠나 이곳에 와 있었다.

"주대의 전국구정은 천하를 얻고자 하던 모든 사람이 찾으려고 했던 신물(神物)이오. 비록 하나만 발견되었다 할지라도 그 의미는 작은 것이 아니외다. 해서 본왕은 혼돈지정의 진위를 판가름하기 위해서 많은 고민을 하고 전문가들을 초빙하여 조사를 했었소……."

송왕은 주위를 둘러보며 말을 이었다.

"혼돈지정은 진품이었소. 그리고 그 과정에서 본왕은 기이한 검 하나를 발견하게 되었소. 그것은 혼돈지정 내부에 담겨 있었는데…… 나머지는 소노사(簫老師)가 말씀을 해주시오."

송왕은 무거운 표정으로 앉아 있는 노문사를 바라보았다.

노문사가 일어서며 군웅들에게 포권을 해 보였다.

"화산의 소경(簫炅)이라 하외다."

그를 아는 사람들은 고개를 끄덕여 보였고 아닌 사람들은 놀란 눈으로 그를 다시 바라보았다.

화산의 소경.

좀 더 정확히 말하자면 화산유사(華山儒士) 소경이 그의 이름이고 별호다. 당금 화산파의 장문인 일검개화(一劍開花) 육만천(陸滿天)의 사형이자 지난날 세상을 위진했던 화산오검(華山五劍)의 일인이지만 세상에 나서는 것을 좋아하지 않아 그를 본 사람은 별로 없었다. 다만 무공보다 학문을 더 즐긴다는 괴벽이 인구에 회자될 뿐.

무부(武夫)가 판을 치는 강호무림 중에 학문이 도도한 데다 무공 또한 으뜸이면 기림을 받는 것은 너무 당연한 일이었다.

"때마침 이 부근을 지나다 전부터 교분이 있었던 송왕 전하께 잠시 들렀던 노부는 전하로부터 그 검에 대한 감정을 의뢰받았소이다. 그것은 뜻밖에도 짧은 비수였는데……."

"비수요?"

"그렇소. 하지만 그것은 단순한 비수가 아니었소이다. 그 비수는 혈루존(血淚尊)이었소."

순간.

"그런……!"

"혀, 혈루존……."

사람들의 얼굴이 일제히 하얗게 질렸다.

누구도 벌린 입을 다무는 사람은 없었다. 경악과 공포가 단숨에 좌중을 압도했다.

이윽고……

"저, 정말 혈루존이었단 말씀이오?"

파운신권 언자추가 떨리는 음성으로 물었다.

"그렇소. 노부는 예전 제천존(帝天尊)이 혈루존으로 열두 명의 무림 고수를 죽이는 것을 직접 본 적이 있었소. 누구도 그 가공할 권위를 거역할 수 없었소……."

화산유사 소경이 굳은 얼굴로 답했다.

십여 년 전.

천하무림은 미증유의 혼돈에 빠져 있었다.

절세의 고수.

아니, 그 말로는 부족한 최강의 마존.

사람들은 그를 일러 제천존이라 하였다. 그는 세상에 모습을 드러내고는 비무행을 시작했고 세간에 절세라 이름하던 흉신악살 모두가 그의 발 아래 무릎을 꿇고 복속하였다. 그를 거역하는 자는 누구도 살아남지 못했고 그것을 징치(懲治)하던 신물이 바로 혈루존이다.

그렇게 해서 이루어진 백존회는 사상 최강이라 불렸다.

그 오랜 세월을 면면히 이어온 구대문파조차도 백존회의 행보에 불안을 느껴 정도문파들과 연수하여 무림맹을 만들고자 할 정도로 그 힘은 가공, 그 자체였다.

하지만 그 엄청난 백존회가 갑자기 사라졌다.

절세마두 백 명으로 이루어진 사상 최고의 힘이 소리도 없이 모습을 감추고 만 것이다.

의혹과 갖가지 억측이 세상을 어지럽게 했지만 그들의 모습도, 천하제일고수라던 제천존도 그 모습을 드러내지 않았다.

구대문파는 전력을 기울여 그 내정(內情)을 알아내었다.

놀랍게도 돌연한 제천존의 실종으로 인해 백존회에 내분(內紛)이 일어 그들 자체가 잠적하기에 이르렀음을.

과연 어떻게 된 것일까?

내막을 아는 사람은 아무도 없었다.

"무량수불……. 대체 혈루존이 어떻게 거기에?"

무당의 청송자가 신음을 흘린다.

"본왕도 그 연유를 모르겠소이다. 하지만 제천존의 혈루존이 나타난 것이 간단한 일이 아님을 알고 있기에 소노사와 의논한 끝에 일단 개봉 근교에 있는 소림, 무당, 화산, 종남파 및 몇 분 명숙(名宿)에게 이곳으로 달려와 주도록 통보하였던 것이오……."

송왕 주대진의 말에 대청에 있는 사람들 모두의 얼굴에 깊은 그늘이 드리웠다.

설마 하니 이런 일이 기다리고 있을 줄이야.

"혈루존이 나타난 것이…… 제천존의 실종과 관련이 있겠습니까?"

한 사람이 나섰다.

지금껏 침묵을 지키고 있던 종남파의 속가장로 은하검객(銀河劒客) 사도공보(司徒公輔)였다.

"그건 아무도 알 수가 없겠지요. 하지만 혈루존이 나타난 것을 백존회에서 안다면 절대 그냥 있지 않을 거라는 건 확실합니다."

화산유사 소경이 침중한 음성으로 말했다.

"혈루존은 제천존의 신물이오. 백존회의 사람이라면 혈루존을 앞에 두면 제천존을 본 듯이 해야 한다는 맹세를 한 적이 있다고 들었소. 만약 그것을 지키지 않는다면 처참한 죽임을 당해야 한다고……."

그 말에 파운신권 언자추가 놀란 표정이 되었다.

"그럼 백존회에 속한 누구라도 혈루존을 손에 넣으면 백존회를 장악할 수가 있다는 말입니까?"

"아마 그럴 것이오."

"으으음……."

화산유사 소경의 답변에 파운신권 언자추는 신음을 흘렸다.

모두의 얼굴은 창백하리만큼 굳어 있었다.

"그럼…… 여기에 천요랑군이 나타났던 것도……."

파운신권 언자추가 다시 중얼거렸다.

"그럴 가능성을 배제하기 어렵소. 만약 그들이 혈루존의 출현을 안다면 어떤 대가를 치르고라도 혈루존을 수중에 넣으려고 할 것이오."

"무슨 수를 써서라도…… 혈루존이 그들의 손에 들어가게 해서는 안 되겠군요."

"물론이오."

화산유사 소경이 고개를 끄덕였다.

그때 송왕 주대진이 입을 열었다.

"백존회가 혈루존을 노리고 달려든다면 본 왕부로서는 그 물건을 보호하기 어렵소. 해서 여러분을 모신 것이오. 황상께서나 본왕은 이 물건이 다시금 백존회에 들어가서 세상을 소란스럽게 하는 건 바람직하지 못하다고 생각하고 있소. 그러니 혈루존을 어떻게 하면 좋을지 여러분들의 의견을 듣고 싶소."

…….

잠시 침묵이 대청을 눌렀다.

"아미타불……. 전하께서 혹 가진 생각이 있으시다면 먼저 들었으면 합니다. 빈승은 소림사를 떠나올 때 장문인으로부터 모든 것은 전하의 뜻에 따르라는 말을 들은 바가 있습니다. 그 말은 전하께서 이미어떤 의중을 장문인께 전한 게 아닌가 싶습니다만……."

"으하핫핫하하하……."

송왕 주대진은 심경 대사의 말에 크게 웃었다.

"소림사의 나한당(羅漢堂)을 지키고 있는 수도승이 세간의 일을 그처럼 잘 꿰뚫어 보고 있으니 과연 소림의 이름은 허명이 아니외다그려."

그는 정색을 하고 사람들을 둘러보았다.

"본 왕은 혈루존을 이곳에서 가장 가까운 소림사로 옮겼으면 하오. 해서 그 일을 이미 소림사의 장문인께 알렸소. 그리고 다른 문파의 장문인께는 일단 고수를 파견하여 그 호송을 돕도록 부탁하였소이다. 그게 지금까지의 경과요."

"소림사로……."

나지막한 중얼거림이 대청을 흐른다.

송왕 주대진이 여유를 주지 않고 손뼉을 쳤다.

"물건을 가져오너라."

말과 함께 그는 군웅들을 바라보며 다시 말했다.

"만약 저들이 눈치를 챈 것이 사실이라면 빨리 서둘러야 할 것이오. 물건을 이리 가져올 것이니 모두 보고 어떻게 할 것인지, 언제 출발하는 것이 좋을지를 의논해 주시면 좋겠소."

그의 일 처리는 신중하고도 매끄러워 느슨하게 말을 풀어 나가다가 일순 흐름을 휘어잡아 대청에 있는 군웅들을 명하는 위치에 섰다.

그것은 결코 간단하지 않지만 그의 그러한 태도에 반감을 느끼는 사람은 없었다. 그들의 정신은 바짝 긴장이 되어 가져올 혈루존에 집중이 되어 있는 상황이기 때문이다. 그리고 설사 반감을 느낀 사람이 있다 한들, 송왕 자신이 무엇을 취함도 아니고 소림사는 물론, 자파의 장문인들에게 이미 허락을 받은 것처럼 하니 이의를 제기하는 것 자체가 불가능했다.

돌아가서 각파의 장문인에게 물어보고 다시 오면 모를까.

그렇게 의논 아닌 의논은 간단히 결론을 향해 치달려 버리고 말았다.

그때였다.

"저, 전하!"

다급한 외침과 함께 위사 하나가 구르듯이 문을 박차고 들어왔다.

좀 전에 혈루존을 가지러 갔던 위사였다.

갑자기 불안감이 군웅들의 가슴을 때렸다.

"무슨 일이냐?"

송왕 주대진이 굳은 얼굴로 물었다.

"무, 물건이…… 물건이 사라졌습니다!"

한쪽 무릎을 꿇은 위사가 떨리는 음성으로 소리쳤다.

"뭐라고?"

송왕 주대진의 얼굴이 창백해졌다.

둘째 마당

지독한 고통.

무서운 악몽(惡夢)…….

운비룡은 갖가지 험악한 꿈에 시달렸다. 피칠을 한 사람들이 눈앞에서 죽어 나가고 그 개떡 같은 유생 놈이 운비룡의 이마를 송곳으로 구멍을 뚫으며 사악하게 웃어댔다. 손을 짓고 고함을 쳐도 마음뿐, 아무런 소리도 나지 않는다.

"시, 싫어! 비켜…… 비켜어……!"

고함 소리는 여전히 목에 잠겨 있을 뿐, 그때 어디선가 뇌리 저 깊은 곳에서 장엄하고도 맑은 종소리가 울렸다. 그처럼 지독한 고통이 마치 거짓말처럼 사그라들었다.

먹물이 깨끗한 시냇물에 씻겨 내리듯이……

짙은 어둠이 천천히 눈앞에서 걷혀갔다.

…….

기이한 문양들의 천장이 보인다.

잠에서 깬 줄 알았더니 그게 아닌가 보다. 다 떨어져 너덜거리는 흙 벽에다 쥐가 돌아다니는 천장인데 이건…….

"이제 정신이 드느냐?"

그런데 난데없이 들려오는 음성.

"……?"

중년의 화상 한 사람이 옆에 앉아 자신을 내려다보고 있었다. 얼핏 보아 사십 대? 평범한 얼굴이지만 어딘지 모르게 엄격한 느낌이 드는 중년의 승려였다. 그는 운비룡과 눈이 마주치자 고개를 끄덕여 보였다.

"나는 소림사에서 온 대정(大定)이라 한다."

"소림사?"

운비룡은 눈이 동그래졌다.

"숭산 소림사? 그 유명한?"

미미한 웃음이 대정화상의 얼굴에 스쳐 갔다.

"맞다. 그 소림사지."

"그럼 여기가 소림사? 그럴 리가?"

한 번도 본 적이 없는 곳, 자신이 그 방 침대에 누워 있었음을 알게 된 운비룡이 흠칫 놀라 주위를 둘러보았다. 선방이라고 보기에는 너무 호화롭다.

"송왕부다. 아무것도 기억나지 않느냐?"

"송왕부?"

운비룡의 눈이 동그래졌다.

"어, 어떻게 내가 여기엘? 윽!"

운비룡은 놀라 침대에서 내려오려고 하다가 문득 가슴을 움켜쥐며 인상을 썼다. 가슴이 찢어지는 것처럼 아팠다. 게다가 머리도 깨지는 것 같아 절로 신음이 흘렀다.

"아직은 함부로 움직이지 말거라. 사부께서 너를 돌봐주시긴 했다만 아직도 내상을 다 다스리진 못했으니……."

"내상이라뇨?"

운비룡이 눈을 깜박거리며 그를 보았다.

"말을 들어보니 너는 천요랑군의 공격을 받고는 한차례 발작을 일으켜 심하게 원기가 손상되었다고 하더구나. 다행히 사부께서 널 위해 도액지법(度厄之法)으로 고비를 넘기게 하고 내상도 치료하셨지만 완쾌하려면 며칠은 누워서 조섭을 해야만 할 것이다."

"망할! 그 가짜 서생 놈이……!"

천요랑군을 떠올린 운비룡은 욕을 하려다가 문득 생각이 떠올라서 물었다.

"약지는요? 약지는 어떻게 되었어요?"

"약지라니?"

"서, 설마 그놈에게 죽은 건 아니겠죠? 놈에게 달려들다가 한 대 맞고는 정신이 훼까닥, 돌아버리는 통에 어떻게 되었는지 기억이……."

"혹시…… 너와 같이 있던 군주마마를 일컫는 말이냐?"

"구, 군주마마? 군주마마가 왜 나랑 같이 있어요? 내가 말하는 건 약지……."

문득 운비룡의 얼굴이 기이하게 변했다.

까맣게 무너지는 정신 속에서 희미하게 보이던 광경이 갑자기 기억났던 것이다.

우뚝 선 약지와 그 앞에 부복한 수많은 군사들의 모습이……

설마 그게 꿈이 아니었단 말인가?

"마, 말도 안 돼…… 아무려면 부잣집이 아니라 군주마마라니?"

운비룡은 입을 딱 벌렸다.

가뜩이나 뭐가 어떻게 된 것인지 알 수 없어 정신이 하나도 없는 판에 정말 너무도 뜻밖의 일에 뒤통수를 얻어맞은 것 같았다. 그리고 보니 뭔가 기억이 나는 것도 같았다. 걷잡을 수 없는 살기가 전신을 지배하고 있을 때 들린 불호 소리, 그리고 자신의 머리에다 손을 올려놓던 자애한 표정의 노승까지.

"아무리 힘들어도 견디어야 한다. 그렇지 않다면 넌 다시는 깨어나지 못할는지도 모르니……"

그리곤 까마득히 정신을 잃었었다.

그사이에 무슨 일이 있었던 거지? 생각을 굴려봐도 뭔지 끔찍한 느낌뿐, 명확하게 떠오르는 것이 없어 답답하기만 했다. 생각을 굴리자 머리가 더 아픈 것 같았다.

그때였다.

"큰일났습니다!"

다급한 음성과 함께 한 사람이 급하게 문을 들어섰다.

역시 중년승, 바로 심경 대사의 뒤를 따랐던 두 사람 중 한 사람이지만 운비룡이 그를 기억할 리가 없다.

"무슨 일인가? 여기서 그렇게 설치다니?"

대정이 가볍게 꾸짖었다.

"설치는 게 아니라, 지금 왕부가 발칵 뒤집혔습니다. 우리도 나가봐야 할 것 같습니다."

"그건 또 무슨 말인가? 무엇 때문에?"

"그게 말입니다……."

새로 나타난 대정의 사제인 대광(大光)이 낮게 뭔가 말했다. 그의 말에 대정은 깜짝 놀라서 대광을 바라보았다.

"정말 혈루존이 여기 있었던 말인가?"

"그랬던 모양입니다."

"으음, 보통 일이 아니군……."

"해서 사부님께서 이미 왕부를 떠나셨습니다."

"혼자 말인가?"

"예, 저더러 사형과 함께 뒤를 따르도록 말씀하셨습니다."

"저 아이는……."

대광은 눈을 깜박이고 있는 운비룡을 향해 미소를 지어 보이더니 말을 이었다.

"아직 내상이 완치되지 못했으니 며칠 더 있어야 하지 않겠습니까? 우리가 돌아올 때까지 왕부에서 잘 돌봐주겠지요. 이런 일이 벌어질 것은 예상치 못했었으니 손이 모자랍니다."

"음……."

잠시 생각에 잠긴 듯하던 대정은 운비룡을 보았다.

"우린 일이 생겨서 잠시 다녀와야 할 테니 그동안 잠이나 더 자도록 하거라. 아직 날이 새려면 한참 남았으니……."

"왜 내가 여기 있어야 하죠?"

운비룡은 고개를 갸웃거리다 물었다.

"너에 대해서 네 부모님을 만나서 좀 물어볼 말이 있어서 그렇단다. 우리가 돌아올 때까진 왕부에서 잘 돌봐줄 게다."

"그래요? 아아아하함……."

말하다가 문득 하품을 한 운비룡은 피곤한 표정이 되었다.

"그럼 다녀들 오세요. 난 잠이나 좀 더 자야겠어요."

운비룡이 피곤한 표정으로 눕는 걸 보자 대정과 대광은 머리를 끄덕이곤 방을 빠져나갔다.

"저 아이를 혼자 두고 가는 게 마음에 걸리는군요."

대정이 닫힌 방문을 돌아보며 말했다.

"어쩔 수 없는 일 아닌가? 저들이 잘 지켜주겠지."

대광은 횃불이 밝혀진 곳에서 자신들을 바라보고 있는 병사를 보면서 대꾸했다.

"사부님이 저 아이에게 관심이 많으신데…… 지금은 어쩔 수가 없군요. 부탁을 하고 갈 밖에. 소제는 바로 소림사로 출발할 테니 사형은 바로 사부님께 가주십시오."

"소림사로 말인가?"

"사부님께서 서찰을 써주셨습니다. 장문방장께 사태를 말씀드리러 가야지요."

"원군까지 필요하단 말이군……."

"정말 백존회와 관련이 되었다면요."

"……."

그들은 무거운 표정으로 번을 서고 있는 병사들에게 운비룡을 부탁하고는 그곳을 떠나갔다.

　　　　*　　　　　*　　　　　*

"구, 군주마마!"

시비(侍婢) 소향(蘇香)은 놀라 입을 딱 벌렸다.

하얗게 질린 얼굴이 촛불 아래에서 굳어진 것이 역력했다.

"잔말 말고 내 대신 어서 여기 누우라니까!"

약지는 자신보다 나이가 두 살 많은 시비 소향에게 명했다.

"마마, 그런 짓을 했다가는 당장 소비(小婢)는 왕야께 물고를……."

"그런 일 없을 거야. 그냥 내가 돌아올 때까지 넌 여기서 자는 척하고 있으면 돼. 아니…… 자고 있어도 된다."

"안 됩니다. 왕야께서 근신하라고 하셨는데 여기를 나가시면……."

"그 아이가 어떤지 한번 보고 오기만 할 거야. 아직도 깨어나지 못했다면서?"

"그래서 소비가 알아보지 않았습니까? 소림사에서 온 그 노승이 잘 보살펴 주고 있다구요. 지금 객실에서…… 음!"

말을 하던 소향은 나직한 신음을 지르며 그 자리에 주저앉았다.

하지만 그보다 약지의 손씀이 더 빨랐다. 약지는 그녀의 허리를 감아 넘어지는 힘을 이용하여 그녀를 밀어서 침대에다 뉘었다. 순간적으로 그녀의 혼혈(昏穴)을 점해 버린 것이다.

"수혈(睡穴)을 점하려고 했는데……."

약지는 그녀가 완전히 늘어져 버리자 입맛을 다셨다.

대내에서 시위들에게 배운 무공은 약하지 않았지만 아직은 내기(內氣)를 뿜어내는 것이 쉽지 않았다. 물론 그 정도로도 아버지인 주대진을 놀라게 했었지만.

"어떻게 되었나 보고 오기만 할 거야. 그 아인 날 위해서 목숨을 내놓고 덤볐었단 말이야. 아무리 천민이라고 할지라도 모른 척 그냥 둘 수는 없잖아……."

약지는 소향을 자신의 침대에 뉘어 돌려놓고는 이불을 덮었다. 그리곤 앞의 휘장을 치고 촛불을 꺼서 자는 것처럼 만들고는 살그머니 고양이 걸음을 시작했다.

＊　　　＊　　　＊

그들이 나가고 얼마나 지났을까?

운비룡은 실눈을 뜨고서 주위를 살폈다.

그리곤 고양이처럼 살그머니 일어난 운비룡은 가볍게 몸을 날려서 문 옆에 붙어 섰다. 귀를 기울여도 아무런 기척도 들려오지 않았다.

살짝 문을 열고 고개를 내민 운비룡은 미간을 찡그렸다.

밤이라고 하더니 사방이 대낮처럼 환했던 것이다.

문 앞으로 원락(院落:정원)이 자리하는데 여기저기에 횃불이 밝혀져 있고 횃불 옆에는 병사들이 창을 치켜들고 우뚝 서 있었다. 꼴을 보아하니 아마도 지금 자신이 있는 방은 도좌방(倒座房:객실) 중의 하나인 듯했다.

"젠장! 아예 나갈 자리가 없군!"

털썩, 문 옆에 주저앉으며 운비룡이 투덜댔다.

"망할! 아버지를 만나겠다고? 그 주정뱅이를 만나서 뭔 소리를 들으라구……."

생각만 해도 머리가 지끈거렸다.

물어보긴 뭘 물어보나?

그렇지 않아도 사사건건 트집인 고주망태 아버지였다. 왕부에서 찾아가서 뭘 물어본다면 아마 패 쥐이려고 할지도 몰랐다.

망할! 길 안내 한번 한 게 무슨 일이 이따위로 꼬여?

"역시 계집은 가까이 하는 게 아니라니까."

나이답지 않은 소리를 중얼대며 운비룡은 창가로 다가서서는 까치발로 바깥을 내다보았다.

뒤쪽 길.

저쪽에서 횃불이 일렁이기는 하지만 앞과는 달리 어둡다.

"개구멍만 있다면 못 나갈 내가 아니지."

운비룡은 창턱에 매달리는가 싶더니 슬쩍 발로 벽을 차면서 아주 수월하게 창턱을 기어올라 넘었다. 누가 보았다면 감탄할 몸놀림이었다. 도저히 그 나이 또래의 아이가 쉽게 보이기 힘든 것이었기 때문이다.

"아이구, 빌어먹을!"

운비룡은 가슴을 움켜쥐고 쩔쩔맸다.

어려서부터 담 넘기를 밥 먹듯 했다. 그런데 창에서 뛰어내리자 그 충격으로 눈앞이 깜깜해졌다. 뭘로 두들겨 맞은 느낌이랄까, 속이 울렁거리고 금방이라도 뭘 토해낼 것만 같았다.

"시팔…… 힘 한번 잘못 쓰고 병신 되는 거 아닌가 모르겠네. 내가 미쳤지, 계집애 때문에 그게 무슨 짓이람……."

운비룡은 입맛을 다시곤 주위를 살폈다.

객실 창 뒤쪽은 어두웠고 인적도 없다. 쩔렁거리면서 순찰을 도는 병사들의 모습과 급히 움직이는 자들의 모습이 보이긴 하지만 그 정도에 겁먹을 운비룡이 아니었다.

'제기랄! 움직이기가 거북해서 잘못하면 들킬지도 모르겠네……'

운비룡은 햇불을 든 자들이 삼삼오오 떼를 지어 어두운 곳으로 돌아다니는 것을 보고 아까 중들이 한 말이 거짓이 아님을 알게 되었다. 뭔가 심상치 않은 일이 생긴 것이다.

까치발로 반은 기고 반은 걷는 형태로 지형지물과 어둠을 이용하여 운비룡은 건물을 끼고 돌아 담장을 향해 전진했다.

바삭.

아주 낮은 소리가 났다.

운비룡의 발 아래 나뭇가지가 밟힌 소리였다.

"누구냐?"

어떤 놈인지 귀도 밝았다.

고함치는 소리와 함께 휙휙! 옷자락 날리는 소리가 들리면서 무사들 서너 명이 한꺼번에 운비룡이 있는 곳으로 날아드는 것이 아닌가. 햇불을 든 병사들이 이내 뒤를 따라 냅다 쫓아왔다.

'이크! 큰났다!'

운비룡은 가슴이 철렁해 얼굴이 흙빛이 되었다.

둘러봐도 피할 곳이 없었다.

바로 그 순간, 누군가가 뒤에서 운비룡을 잡아끌었다.

"누……!"

운비룡은 눈이 동그래졌다.

"쉿, 아무 소리 말고 따라와."

낮은 음성이 뒷전에 속삭이듯 들려왔다.

"뭐야?"

무사 한 사람이 주위를 돌아보면서 소리쳤다.

"분명히 여기서 무슨 소리가 난 것 같았는데……."

뒤따라온 병사들이 사방을 수색했지만 거기엔 아무것도 없었다. 단순히 어둠 때문이 아니라 실제로 아무도 없었던 것이다.

"넌?"

원래 있던 곳에서 삼사 장가량 떨어진 곳, 어둠 속에서 운비룡은 눈을 크게 떴다.

그를 끌어당긴 사람은 뜻밖에도 약지였던 것이다.

"대체 어떻게 된 거야? 네가 왜 밖에 나와 있어? 지금 왕부에 일이 생겨서 자칫 잘못하면 큰 경을 칠는지도 모른단 말이야."

약지가 굳은 표정으로 운비룡을 추궁했다.

"집에……."

"뭐라고?"

"집에 돌아가려고……."

약지는 어이없는 빛으로 운비룡을 보았다.

"이 밤에 말이야? 지금이 어느 때인지 알고나 하는 소리야?"

"밤이니 집으로 돌아가려는 거지……."

말끝을 흐린 운비룡은 주위를 돌아보았다.

어둠에 묻힌 주변은 높은 담이 에워쌌다. 좀 전에 얼떨결에 들어온 이곳에는 나무들과 기암괴석들이 시야를 막는데 멀리 정자의 모습이 달빛 아래 때 아니게 운치롭다.

"여긴 어디지?"

"왕부의 전원(前院)이야. 이쪽을 돌아가면 후원으로 가서 내 거처로 갈 수가 있게 되지."

'왕부 후원이 거처라고?'

그 말에 운비룡은 눈을 깜박거렸다.

"왜?"

운비룡의 표정이 이상함을 본 약지가 고개를 갸웃했다.

"정말 네가…… 군주마마가…… 맞아?"

더듬거리는 운비룡에 약지는 멈칫하다가 웃음을 떠올렸다.

"누가 그래?"

"정말이야? 어떻게 그런……."

운비룡은 설마 했던 일을 확인하자 벌린 입을 다물지 못했다.

"그래, 이제 알았으니 어떻게 할 건데?"

그의 그런 모습을 약지는 재미있는 듯 눈을 반짝이며 바라보았다.

달빛 아래 녹음(綠陰)에 그늘진 약지의 검은 외투를 걸친 모습은 선명했고 예뻤다. 발그레한 볼이며 그 눈빛은 여지껏 한 번도 보지 못한 천상의 옥녀(玉女)와도 같았고 기품마저 느껴졌다. 하긴 아에 입은 옷조차 달랐다. 그리고 보니 사람이 전혀 달라 보였다.

운비룡은 떨떠름하게 입을 열었다.

"원래는 군주마마라고 고두백배해야겠지만……."

"해야겠지만?"

"난 군주마마와 친구를 한 게 아니라 약지와 친구를 한 거니…… 그냥 약지로 있어주면 안 될까…… 요?"

운비룡이 눈치를 보며 말끝을 흐리자 약지는 참지 못하고 킥, 웃음을 터뜨렸다.

"넌 정말 맹랑한 아이로구나? 모두 내 신분을 알고 나면 감히 고개도 못 드는데 여전히 친구를 하자고?"

"역시 안 되겠죠……."

운비룡은 떨떠름하게 머리를 긁적거렸다.

"좋아, 그렇게 하자! 내 생명의 은인인데 그것도 못하겠니? 게다가 우린 이미 약속했었잖아? 친구 하기로."

"저, 정말요?"

운비룡이 눈을 크게 떴다.

말이야 그렇게 하면서 뻗댔지만 정말 군주마마, 하늘 같은 송왕의 금지옥엽이 자신과 친구를 하리라고는 생각지도 못했다. 다만 이 밤에 날 찾아왔으니 설마 죽이기야 하겠느냐고 버텼을 뿐이었다. 너무도 뜻밖의 승낙에 벌린 입이 다물어지지를 않았다.

"약아빠진 다람쥐 같더니 지금 네 표정은 바보 같다."

약지의 말에 운비룡은 어색하게 머리를 긁적였다.

"나원…… 날 바보라는 사람은 첨 보네……."

"풋! 그럼 네가 천재라도 되니?"

"그럼, 난……!"

운비룡은 갑자기 말을 멈추었다.

약지가 입을 틀어막았던 것이다.

옷자락 펄럭이는 소리가 나면서 한 사람이 앞쪽 정자의 지붕에 날아내리더니 주위를 둘러보았다.

잠시 주위를 둘러보던 그는 이내 어둠 속으로 사라졌다.

"아바마마의 호위 무사야. 여긴 위험해. 정말 나갈 생각이니? 지금 시간에? 통금 시간이라 순라꾼들이 있을 텐데?"

"밖에만 나가면 그건 상관없지…… 요."

운비룡이 말끝에다 요 자를 들릴 듯 말 듯 붙이자 약지는 살짝 웃더니 정색을 하고 물었다.

"우린 친구 하기로 했으니까 군이 말을 높이지 않아도 돼. 정말 갈 수 있겠니? 많이 다쳤을 텐데……."

"머리가 좀 아프긴 하지만 괜찮아……."

기다렸다는 듯이 이번에는 요 자가 거의 들리지도 않았다.

약지는 운비룡의 이마를 동여맨 흰 천을 보더니 머리를 저었다.

"쓸데없는 고집은……. 만약 내가 널 발견하지 않았더라면 넌 무사들에게 잡혀 큰일을 당했을지도 몰라."

"안 잡힌 게 중요한 거지……. 참, 날 어떻게 찾았어…… 요?"

아무리 왕부가 자기 집이라지만 이 어둠 속에서 자신을 찾아낸 것이 운비룡은 못내 궁금했다.

"네가 어떻게 되었나 보러 오던 중이었어. 그런데 네가 창문을 넘는 걸 보고 따라왔지."

"그랬구나, 어쩐지……."

"꼭 고집을 부려야겠다면 날 따라와, 내가 바래다주지."

"정말?"

"그럼."

둘은 어둠 속을 고양이처럼 전진해서 앞으로 가는 것이 아니라 후원으로 갔고 그곳에서 담장에 이를 수 있었다.

넓기도 넓었다.

"이 담 너머가 왕부의 바깥이야."

보니 담장의 높이만 대략 일 장이나 된다. 어른이라도 넘어갈 수 있는 높이가 아니었다. 성벽처럼 보일 지경이었다.

"무지하게 높네……."

운비룡이 중얼거리자 약지는 피식, 웃으며 말했다.

"여자들이 출입하는 문이 있어. 그리로 나가면 돼. 자, 이거 받아."

약지가 작은 비단 주머니 하나를 내밀었다.

"이건?"

"보심환(補心丸)이란 약이야. 소림사의 노스님이 널 치료하면서 아주 심각한 표정이었어. 뭐가 잘못된 건지 물어도 대답을 하지 않고 탄식만 하길래 걱정을 했었는데 넌 멀쩡한 것 같으니 신기한 일이잖아? 나중에 들으니 한동안 치료를 해야 할 거라고 하던데…… 이 보심환은 북경을 떠날 때 황제께서 주신 거니 틀림없이 효과가 있을 거야. 원래는 이걸 네게 주려고 온 건데……."

운비룡은 졸랑졸랑 말하는 그녀의 얼굴을 바라보았다.

눈앞에 선 그녀는 달빛을 받아 작은 선녀처럼 예뻤다. 나이 열둘에 저런 아름다움에다 마음씨도 곱기만 하다…….

약지가 눈을 깜박였다.

"뭘 그렇게 보니?"

"아, 아니. 그냥 고마워서……."

"고맙긴? 너 아니면 난 그자에게 잡혀가고 말았을 텐데……."

말하던 그녀는 문득 생각이 미친 듯 아! 하는 표정으로 손가락에서 반지를 빼내 운비룡에게 내밀었다.

"받아."

"이건……?"

"언제고 내 도움이 필요할 때가 있으면 송왕부로 날 찾아와. 이걸 보이면 위사들이 널 나와 만나게 해줄 거야."

운비룡은 엉겁결에 그 반지를 받았다.

작은 옥지환(玉指環). 투명한 옥 반지에는 정교한 조각이 새겨져 보통 물건은 아닌 것처럼 보였다.

운비룡은 손에 들린 주머니와 반지를 물끄러미 내려보다가 중얼거렸다.

"내가 보호한다고 껄떡댄 사람이 군주마마라는 걸 알고 나서 난 후회를 했었어. 내가 왜 미친 짓을 한 거지? 라고……."

"무슨 소리야?"

"높은 분들은 늘 그렇잖아. 남이 어떻게 되든 나만 좋으면 되니, 내가 죽든 말든 아무런 상관도 하지 않을 거라고 생각했던 거지. 그런 사람들을 위해서 내가 왜 그 따위 짓을이라고……. 그런데……."

"그런데?"

운비룡은 씨익, 웃었다.

"잘했다 싶어, 갈게!"

말과 함께 몸을 돌린 운비룡은 대뜸 담장을 향해 달리기 시작했다.

그런 운비룡을 약지는 멀뚱히 바라보았다. 이렇게 대뜸 가려고 할 줄은 몰랐을 뿐 아니라 이곳으로는 넘어갈 수도 없을 만큼 높았기에 그냥 쳐다보고 있는 것이다.

그렇게 담장 밑에 도달한 운비룡을 붙든 것은 약지의 음성.

"잠깐!"

"……?"

운비룡은 얼떨떨한 얼굴로 약지를 바라보았다.

"너 날 속인 게 있었지?"

"무슨?"

운비룡의 눈이 동그래졌다.

"네 이름!"

그녀의 말에 운비룡의 얼굴이 묘하게 구겨졌다.

"그건 속인 게 아니라…… 그냥 내 이름일 뿐이야. 말호라는 건 너무 촌스럽잖아……."

입이 비쭉 나온 운비룡의 표정을 보고 약지는 피식, 웃었다.

"말호란 이름이 촌스러워서 운비룡으로 고쳤단 말이지? 하긴 말호보단 운비룡이 낫긴 하네."

약지는 입을 가리며 웃었다.

그 모습을 멍청히 바라보고 있던 운비룡이 문득 말했다.

"우린 다음에 만날 때도 정말 친구야?"

그의 말에 약지는 웃음 지은 채로 고개를 끄덕여 보였다.

"그래."

운비룡의 얼굴에 웃음이 피어올랐다. 그의 입이 자신은 알지도 못하는 사이에 귀밑까지 찢어지고 있었다.

친구란 말이지?

친구…….

"아!"

약지는 놀라 입을 딱 벌렸다.

활짝 웃던 운비룡이 갑자기 냅다 들고뛰더니 왕부의 벽을 차면서 옆에 있던 나무로 튕겨가는가 싶더니만 대뜸 나뭇가지의 탄력으로 통통 위로 솟구쳐 올라 공중에서 빙그르르 원을 그리면서 단숨에 담장 위로 올라갔던 것이다.

운비룡은 담장 위에서 약지에게 웃어 보이며 손을 흔들더니 그대로 담장 밖으로 뛰어내려 사라져 버렸다.

"대체 어떻게 저런…… 저 애가 정말 무공을 모르는 애가 맞는 걸까?"

아니, 그보다 과연 아프긴 아픈 건가?

약지는 고개를 갸웃거리다가 자신의 거처로 돌아갔다. 정말 신기한 아이다, 라고 생각하면서…….

"아이고, 시팔……."

하지만 그 순간 운비룡은 담 너머에서 땅바닥에다 머리를 처박은 채로 게거품을 게워내고 있었다.

약지에게 한껏 멋있게 보이느라고 평소보다 무리해서 전력으로 담을 넘은 것까지는 좋았다. 그러나 담을 뛰어내리면서는 힘이 다해 그대로 머리부터 땅에다 갈아버리며 널브러지고 말았던 것이다.

물론 평소라면 그럴 리는 없었겠지만.

하늘과 땅이 맞닿고 별이 사방으로 쫓아다녔다.

"으으…… 천하의 운비룡이 이게 무슨 꼴이냐? 아이구, 시팔, 씨파알! 대가리가 깨지는 것 같네……. 아구구……."

머리가 깨지는 것 같아 머리를 움켜쥔 채, 속이 울렁거려 헛구역질을 해대면서도 운비룡은 분기를 참지 못하고 성질을 부렸다. 하지만 인적이 끊어진 왕부 뒤쪽 그늘에서 위로해 줄 사람이 있을 리 없고 여기 오래 머물지 말아야 함을 운비룡, 말호는 너무 잘 알고 있었다.

헛구역질을 하면서, 시팔, 시팔…… 끊임없이 욕을 해대면서 운비룡은 엉금엉금 기어서 그곳을 떠나야 했다.

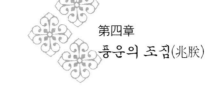

第四章
풍운의 조짐(兆朕)

첫째 마당

하루가 지났다.

무덥던 날이 지나고 다시 밤이 돌아왔다.

운비룡은 기둥에다 머리를 박은 채로 졸고 있었다.

어찌어찌 집까지 돌아오긴 했는데 가슴팍을 불로 지지는 것 같아서 밤새 한잠도 자지 못했다. 약지가 준 보심환은 그 점에서 확실히 뛰어난 효과가 있어서 아침이 되면서부터 겨우 숨을 쉴 만해져서 돌아다녔지만 종일 병든 닭과 같이 졸면서 보낸 하루였다.

하지만 그가 아닌 다른 사람이었다면 병든 닭이 아니라 죽은 닭이 된 지 오래되었을 것임을 운비룡은 아직 알지 못했다.

"야, 말호(末虎)……."

문득 들려온 소리에 운비룡은 눈을 떴다.

시야를 가로막는 덩치가 있다.

그보다 충분히 머리통 하나는 더 큰 데다 옆으로 벌어진 건 더 해 보인다. 게다가 좀 작아 보이는 옷 속에서 느껴지는 근육은 강건하기까지 해 보이는데 까치머리를 한 얼굴은 동안(童顏)이다. 운비룡과 비슷해 보이는 나이지만 덩치만 보자면 어른에 조금도 손색이 없어 보이는 거구다.

"뭐라구?"

운비룡이 인상을 쓰며 거구의 소년을 쏘아보았다.

"애들이 모두 기다려. 가자. 중와자거리의 놈들이 네가 없다고 와서 설치고 다닌단 말…… 억!"

화로에서 밤알이 튀듯 운비룡이 튀어 올랐고 그 주먹에 턱을 얻어맞은 소년은 외마디 비명과 함께 뒤로 나동그라지고 말았다.

"아이고오…… 왜, 왜 그러는 거야?"

소년은 벌렁 넘어진 채로 턱을 감싸 쥐고서 죽는시늉을 했다.

"다시 말해 봐. 뭐라고?"

"뭘 말이야? 중와자 쪽 애들이……."

"그거 말고. 날 뭐라고 불렀어?"

"부르…… 우씨! 난 또 뭐라고……. 야, 그렇다고 친구를 마구 패냐? 이런 젠장할……. 말로 해도 되잖어! 그럼 네가 말호 아니면 별호(別虎)냐?"

거구의 소년이 벌떡 일어나면서 씨근거렸다.

…….

문득 소년이 말꼬리를 흐리며 슬그머니 입을 다물었다.

운비룡의 눈빛이 새파랗게 변하고 있었다.

소년의 얼굴이 어색하게 변했다. 거구의 소년은 황급히 손을 흔들어

대면서 말했다.

"시팔…… 그노무 성질 하곤. 그게 뭐 그리 대단하다구. 알았어. 다신 말호라고 부르지 않으면 되잖아. 운비룡이라고만 부를게! 제발 그렇게 좀 쏘아보지 마라. 응? 대장아."

은근슬쩍 다시 말호가 나오자 운비룡은 소년을 쏘아보다가 어쩔 수 없다는 듯이 혀를 찼다. 어제만 같았어도 그냥 두지 않겠지만 지금은 그럴 기분이 아니었다. 게다가 좀 움직였다고 가슴까지 뻐근하다.

"이번이 마지막이다. 한 번만 더 해봐. 네놈 턱을 아예 깨진 유리 조각으로 만들어주고 말 테니까."

"젠장, 알았다고 했잖아! 그런데…… 이제 보니 머린 왜 그러냐? 누구한테 깨졌냐?"

"깨지긴……."

운비룡이 거구의 소년을 쏘아보았다.

"하긴 누가 널……."

말은 하면서 고개를 갸웃한 소년은 운비룡의 손을 잡아끌었다.

"가자."

"네가 가서 해결해."

"대장은 너잖아!"

"너랑 사대천왕이 가면 충분히 해결할 수 있잖아. 철룡(鐵龍) 동구(童邱)가 그런 놈들 하나 처리 못해서야 어떻게 천왕파가 개봉성을 장악할 수가 있겠어?"

"그, 그건 그렇지만…… 그놈들은 달라."

"다르긴 뭐가 달라? 지난번에 박살난 놈들이잖아."

"아냐. 반루가의 애들이 중와자 애들이랑 같이 있단 말이야."

"반루가? 그놈들이 죽고 싶어서 환장을 했나…… 지난번에 그렇게 깨지고 또 뎀빈단 말이야?"

"다른 놈들이 왔어. 그놈들에게 사대천왕이 모조리 다 깨졌어. 봉구는 코피가 터지고 천비는 어딘가 부러졌는지 꿈쩍도 못해. 소문에는 무공을 배웠다고 하던걸?"

"무공을? 몇 살이나 되길래?"

"우리 또래야. 젤 큰 놈이 열다섯 살이래."

"별거 아니잖아. 그래 봐야 지까짓 게 얼마나 세길래……."

"그러니까 네가 가야 해. 안 그러면 놈들이 이리 쳐들어오는지도 몰라."

"픽!"

문득 운비룡이 코웃음을 쳤다.

"감히 여기로 온다고? 좋아……. 가서 전해! 이리 오라고."

"오, 오다니?"

"애들 다 불러들여. 맘대로 헤집고 다니라고 내버려 둬. 어떤 놈들인지 내가 한번 보지!"

"안 간다고?"

"지금은 다 귀찮아. 너도 가라."

갑자기 생각이 미친 듯 운비룡은 손을 훼훼 저었다.

"말호오…… 비룡아! 왜 그러는 거야? 어디 아프냐?"

황급히 말을 바꾼 동구는 이해가 안 되는 표정으로 운비룡을 바라보았다. 매우 걱정스러운 표정이다. 금방이라도 손을 내밀어 이마라도 짚어볼 것 같은 눈빛이었다.

하긴 동구가 아는 말호는 이럴 리가 없다.

이미 쏜 화살처럼 밖으로 튀어 나가 달리고 있어야 할 그였으니까. 어떻게 지켜온 길거리의 골목대장인데……. 게다가 운비룡이 만든 천왕파는 단순한 아이들의 패거리가 아니었다.

"그냥 생각할 게 좀 있어서 그래. 그러니 넌 가라."

생각이 미친 듯이 운비룡은 손을 저었다.

"난……."

"계속해서 알짱거리면 턱주가리를 돌려 버릴 거야?"

운비룡이 사나운 눈빛으로 동구를 쏘아보았다.

"아, 알았어……."

동구는 마지못해서 주춤거리면서 밖으로 나갔다.

"대체 뭔 일이래…… 말호가 쌈을 마다하다니?"

밖으로 나가 집을 돌아보며 머리를 긁적이던 동구는 난감한 표정으로 성 쪽으로 사라져 갔다.

"망할……."

툴툴거린 운비룡은 다시금 눈을 감고서 기둥에 머리를 기댔다.

눈을 감자마자 뇌리에 떠오르는 얼굴 하나.

그저 그런 계집아이인 줄 알았는데 자신을 보면서 웃는 얼굴을 보면서부터 달라졌다. 대체 무엇 때문이었을까? 무엇 때문에 그렇게 악착같이 목숨을 걸고 그 아이를 지키기 위해서 덤벼들었을까? 군주였기 때문은 아니다. 그때는 약지가 군주인 것을 알지도 못했으니까. 평소의 운비룡이라면 그냥 길 안내를 해준다는 것 자체가 있을 수 없는 일이었다. 한 푼이라도 생기지 않으면 잠을 잘망정, 누굴 위해 나설 운비룡이 아니었다.

그런데 왜 그랬을까?

예쁜 계집아이를 처음 본 것도 아니다.

기루에 가면 널린 게 동기(童妓)였고 눈이 어지러울 만큼 예쁜 예기(藝妓)도 수없이 본 운비룡이다. 개봉의 뒷골목이라면 모르는 곳이 없도록 싸돌아다니는 운비룡이니까.

그런데 달랐다.

그 웃음을 보는 순간, 모든 것이 달라졌다. 세상이 온통 환해지는 것 같은 착각이 들었다. 웃음 속에서 드러나는 하얀 이. 아직 단순(丹脣)이라 부르기 어려운 그 입술과 어울린 얼굴이 웃을 때, 소녀답지 않은 고귀한 아름다움으로 빛남을 운비룡은 보았다.

그리곤 내내 그 얼굴이, 그 웃음이 뇌리를 떠나지 않는다.

군주(郡主).

감히 상상하기도 어려운 신분.

군주라면 황제의 형제인 왕의 딸이라는 의미다. 언감생심 그 얼굴을 잘못 보는 것만으로도 목이 떨어지고 남음이 있는 시절이었다.

약지(藥芝).

그녀가 웃고 있었다.

예의 환한 그 미소를 지은 채로 그를 보면서.

"우린 친구야."

"에이, 시팔……!"

운비룡은 신경질적으로 머리를 마구 흔들어댔다. 자신을 찾아와 약을 건네준 그 눈빛, 그 얼굴, 그 웃음이 도무지 머리를 떠나지 않았다.

바로 그때,

"이놈, 말호야!"

운비룡을 부르는 소리가 집 안에서 들려왔다.

"내참, 말호라고 부르지 말랬잖아요!"

운비룡이 안을 돌아보며 버럭 소리를 질렀다.

왈칵!

문이 떨어질 듯 벌컥 열리며 한 사람의 얼굴이 나타났다.

"뭐가 어째? 네놈이 말호가 아니면 대호냐?"

빛 바랜 얼굴에 백발이 성성한 노인이 으르렁거렸다. 세월의 흔적이 심하게 얼굴을 더듬고 간 그 사람은 놀랍게도 노삼이었다. 그의 나이로 보자면 이처럼 늙어 보이는 건 믿기 힘들 정도였다.

"싫다는데 왜 자꾸 말호라고 하냔 말이에요! 난 뻗대나게 살 거란 말예요! 구름을 타고 하늘을 날아서 용처럼……."

"큭큭…… 놀구 있네. 기지도 못하는 놈이 날 생각부터……. 잔소리 말고 당장 가서 술이나 사 와!"

노삼, 운비룡의 아버지가 코웃음을 쳤다.

"밤인데 무슨 술이에요?"

"이놈이!"

노삼이 대뜸 운비룡의 머리를 쥐어박았다.

"아얏! 왜 때려요?"

"이 자식이 그래도! 당장 안 가?"

노삼은 운비룡의 머리통을 세차게 쳤다. 비록 손바닥을 펴서 친 것이라고 하지만 연달아 탁탁 때리니 골이 휑하니 휘둘린다.

"우이씨…… 왜 자꾸 머리를 때려?"

"이놈이 오늘 죽을라고 작정을 했나? 어딜 기어올라? 아버지 말이

말 같지 않냐? 당장 갔다 오지 못해?"

분기탱천한 노삼은 펄펄 날며 달려들어서 운비룡의 엉덩이를 잇달아 걷어찼다. 한두 번 해본 솜씨가 아니다. 몇 번 해본 솜씨는 저렇게 거침없이 손질을 해댈 수가 없는 법이니까.

마당으로 몸을 피한 운비룡이 투덜거린다.

"종일 비실거리면서 일어나지도 못한 아들에게 술이나 사 오라고 그러고…… 진짜 우리 아버지가 맞나 몰라……."

"이놈이!"

노삼은 대뜸 옆에 있던 술병을 집어 던졌다.

와장창!

운비룡이 슬쩍 고개를 젖히자 머리를 스치며 날아간 술병이 요란한 소리를 내면서 깨졌다.

"개좆같은 소리 하덜 말고 좋은 말 할 때 빨랑 갔다 와!"

노삼은 눈을 부릅뜬 채로 문을 탁, 닫아버렸다.

"에이, 시팔……."

투덜대던 운비룡의 말꼬리가 사라졌다.

"뭐라?"

다시 문이 왈칵, 열리며 노삼이 머리를 내밀었던 것이다.

"간다구요. 가면 되잖아요! 제기랄……."

어슬렁거리며 문 앞으로 나서던 운비룡이 물었다.

"돈은?"

"나중에 주마."

"나중에 주긴? 개뿔, 뭐가 있어야 주지……."

"뭐라고? 이런 때려죽일 놈이……."

노삼이 다시금 눈을 흡떴다.

하지만 운비룡, 막내아들 말호의 모습은 이미 사라진 다음이다.

*　　　　*　　　　*

운비룡은 길게 하품을 하곤 눈앞에 걸린 낡아 빠진 간판을 바라보았다.

천화점(天火店).

널빤지에 불로 지저서 글씨를 새긴 이 간판은 이 일대에선 제법 유명한 곳이지만 술을 팔지는 않았다. 그럼에도 운비룡은 입맛을 다시더니 천화점의 간판이 달린 기둥 아래 놓인 의자에 털썩 주저앉아 다시 입이 찢어져라 하품을 하더니 졸기 시작했다.

어찌어찌 성안으로 들어오긴 했는데 모든 게 다 귀찮았던 것이다.

그런데 눈을 감은 지 얼마 되지 않아서 운비룡은 묘한 기척을 느끼게 되었다. 슬그머니 실눈을 떠보자, 그의 앞에 언제 나타난 것인지 한 사람이 우뚝 서 있었다.

검은빛 옷. 흑의장삼을 두른 그는 커다란 방갓[方笠]을 써서 얼굴이 보이지 않는다. 하지만 운비룡보다는 키가 큰지라 코밑에 자란 수염과 더부룩한 수염이 엉긴 턱 선은 보인다. 얇은 가죽으로 된 신조차 검다. 그 신발도 발목에 단단히 묶어서 날렵해 보였다.

하지만 그보다 흑의인에게서는 어딘지 모르게 섬뜩함이 느껴졌다. 그게 운비룡을 멈칫하게 만들었다.

"여기가 천화점이 맞느냐?"

흑의인이 물었다.

감정이 없는 목소리. 보통 들을 수 있는 목소리가 아니라 억양이 묘한, 얼음이 갈라지는 것 같은 음성이었다.

"글 몰라요?"

운비룡이 미간을 찡그린 채로 턱으로 위를 가리켰다.

기둥에 달린 천화점이라는 나무에 불로 지진 간판.

순간, 싸늘한 살기가 일어났다.

슬쩍, 고개를 든 방갓 아래에서 음산한 눈빛이 무서운 살기를 담고서 운비룡을 짓눌렀다. 마치 시퍼런 비수가 튀어나와 운비룡을 단숨에 찔러 버리는 것만 같았다.

그런데 그 살기에 압도되어 숨조차 제대로 쉬지 못하고 그 자리에 질려 있어야 할 운비룡이 어깨를 슬쩍 떨더니 제자리 뜀을 뛰듯 깡충 뛰어 옆으로 물러나는 것이 아닌가.

불과 두어 자이지만 그걸로 살기를 피하기에는 충분했다.

뜻밖이란 빛이 흑의인의 눈에서 드러났다.

"……"

그는 묘한 눈빛으로 운비룡을 바라보고 있다가 천천히 입을 열었다.

"무공을 배운 놈이냐?"

"무공?"

경계의 빛을 떠올리면서 운비룡이 흑의인을 바라보았다.

흑의인이 막 다시 입을 열려는 순간이었다.

"무슨 일로 오셨습니까?"

우렁한 음성이 들려왔다.

말과 함께 운비룡의 뒤에 거한이 모습을 드러냈다.

흑의인은 호리한 편이었고 보통의 키였다. 그러나 나타난 사람은 그보다 족히 머리 하나는 더 컸다. 웃통을 벗어젖힌 그의 상체는 우람한 구릿빛 근육으로 뒤덮여 있어서 감탄할 만했다. 가히 철탑거한(鐵塔巨漢)이라 할 그의 얼굴은 뜻밖에도 앳되다. 스물을 넘겼을까? 강인한 그 얼굴에는 또한 순박한 빛이 어려 있어서 그의 성품이 어떤지 대번에 느껴질 정도였다.

"이곳이 개봉에서 가장 쇠를 잘 다루는 곳이라고 들었는데 맞나?"

흑의인이 청년을 보고 물었다.

"가장 쇠를 잘 다루는지는 모르겠지만 천화점이라는 대장간인 것은 맞습니다."

청년이 말을 받았다.

"이것을 봐주게."

흑의인이 천으로 둘둘 만 것을 내밀었다.

"영업 시간이 지났습니다."

"먼 길을 찾아왔다."

흑의인이 굳은 음성으로 말하며 천으로 감싼 것을 청년에게 안겼다.

"……."

잠시 그를 바라본 청년이 고개를 끄덕였다.

"안으로 들어오시지요."

운비룡이 머리를 박고 졸던 곳은 천화점의 문 앞 기둥이다.

판자로 대충 막아놓은 문이 바로 뒤에 있고 문 안은 바로 대장간이었다. 각종 농기구들이 벽에 돌아가면서 걸려 있고 나무로 만든 평상 하나가 벽에 붙어 있는데 거기에는 부엌칼 등의 주방 기구들도 놓여 있는 것이 평범한 대장간에 다름이 아니었다.

서너 평쯤 되는 그 공간 안쪽으로 다시 문이 하나 있고 그 문 안이야 말로 천화점이라는 대장간이라 할 수 있었다.

풀무와 철침(鐵砧:모루) 등이 문 안쪽으로 얼핏 보였다.

"저 꼬마는?"

문 옆에서 빼쭉 고개를 내밀고 있는 운비룡을 슬쩍 일별(一瞥)한 흑의인이 청년을 바라보았다.

"제 동생이니 걱정 않으셔도 됩니다."

간단히 답한 청년이 천에 말린 것을 풀었다.

"이건……!"

청년의 안색에 놀란 빛이 드러났다.

천 안에서 나타난 것은 한 자루의 도(刀)였다.

두 자 일곱 치가량의 도신(刀身)의 정교한 형태나 서릿발 같은 빛을 뿜어내는 모습은 범상하지 않았다. 하지만 심한 충격을 받은 듯 날이 상해 있어 원래의 모습이 아닌 듯했다.

"다시 벼릴 수 있나?"

흑의인의 눈빛이 기대에 빛났다.

"쉽지 않겠습니다. 날이 상해서 이대로라면……."

"쉽다면 이곳까지 가져오지 않았다."

"어렵겠습니다. 날이 상했는데 다시 벼릴 수가 없습니다. 이 칼은 백련정강에다 보기 드문 현철(玄鐵)류를 섞어서 날 부분을 세웠습니다. 그것이 망가졌으니 칼로서의 수명은 끝났다고 해야겠지요. 저희 집 같은 일반 대장간에서 다룰 수 있는 물건이 아닙니다."

청년이 순박한 얼굴에 난감한 빛을 띤 채로 머리를 긁적였다.

"되살려준다면 돈은 얼마든지 주겠다."

"돈으로 될 수 있는 일이 아닙니다."

"날에 현철이 섞여 있음을 한눈에 알아볼 수 있는 것은 아무나 할 수 있는 일이 아니다. 내일까지 만들어준다면 황금 열 냥을 주겠다."

"황금…… 열 냥……."

놀란 빛으로 청년이 흑의인을 바라보았다.

단순히 칼을 벼리는 금액으로는 상상도 하기 힘든 액수였다.

"내일까지."

흑의인을 향해 청년이 머리를 저었다.

"불가능합니다. 현철을 구하고 새로 벼르고 하는 일은 이런 곳에서 할 수 있는 일이 아닙니다. 병장기만을 전문으로 하는 솜씨 좋은 곳을 찾아가십시오."

"이곳에서 만드는 칼에 대한 소문은 이미 들었다."

흑의인이 싸늘히 말을 잘랐다.

"개봉제일의 도검상은 보광철기(寶光鐵器). 하지만 그곳보다 더 뛰어난 칼을 만드는 곳이 여기라고 들었다. 설마 아니라고 할 텐가? 중요한 결투가 있어서 반드시 이 칼이 필요하다!"

그의 눈에서 번들번들한 살기가 피어났다.

"설사 할 수 있다고 하더라도 내일까지는…… 불가능할 거고 더더구나 아무런 재료도 없이…… 아고!"

말을 하던 청년은 갑자기 비명을 질렀다.

난데없이 지팡이 하나가 날아들어서 그의 뒤통수를 쳐버린 것이다.

"이놈, 이놈!"

퍽퍽퍽!

그리곤 대뜸 사정없이 날아들어 그를 후려 패는 지팡이.

"……?"

살기를 뿜어내던 흑의인은 어리둥절한 빛이 되어 멀뚱해졌다.

"핫하하하……."

난데없이 나타나서 신나게 청년을 패버린 사람이 흑의인을 보며 누런 이를 드러내면서 활짝 웃었다.

"이놈이 아직 철이 없어서…… 죄송, 죄송합니다. 제가 이 천화점의 주인입니다. 저랑 이야기를 하시지요. 얼마를 주시겠다구요?"

"노백(老伯)! 이건…… 악!"

픽!

청년은 대뜸 지팡이로 머리를 얻어맞고는 다시 머리를 감싸 쥐었다.

가히 전광석화처럼 청년의 머리통을 지팡이로 팬 사람은 대머리노인이었다. 체구는 청년보다 작고 허리도 굽어 이미 황혼이 한참이지만 평생을 불과 함께한 흔적이 느껴졌다. 청년을 팬 지팡이도 그가 짚고 있는 것이었다.

"한 번만 더 참견함 넌 명년 오늘이 제삿날이야! 알간? 클클클…… 이놈이 덩치만 크고 힘만 세지 아직 어려서 세상일을 잘 모릅니다. 뭐, 지깟 놈이 세봤자 소싯적에 검술을 익힌 이 늙은이에겐 어림도 없습니다만……. 핫, 하하하……."

연신 어색한 웃음을 터뜨리는 대머리 노인은 검버섯이 핀 얼굴을 흑의인에게로 가져가면서 은근한 어조로 말을 이었다.

"현철을 다룬다는 건 아무나 할 수 없는 일이지요. 더구나 그걸 내 일까지라면…… 기간도 문제고 돈도 문제지요……. 게다가 만약 저걸 새로 별러 날을 세우고자 한다면 약간의 현철도 새로 구해야 할 건데…… 개봉성에서는 불가능한 일이지요."

"얼마면 되겠소?"

흑의인이 불쑥 물었다.

흠칫했던 대머리노인의 얼굴에 흐뭇한 웃음이 피어올랐다.

"흘흘흘…… 말이 통하는 손님이십니다……."

거기에 난데없이 뛰쳐드는 소리.

"잘도 통하겠다!"

"저눔이!"

말을 한 것이 운비룡임을 본 대머리노인이 대뜸 지팡이를 휘두르면서 달려갔다.

하지만 운비룡은 이미 뒤도 돌아보지 않고 눈썹이 휘날리게 골목길로 달려간 다음이었다.

"고얀 놈 같으니, 어른이 말씀하시는데 사사건건 참견이야. 나타나기만 해봐라……."

씨근거리며 수중의 지팡이로 탁탁, 땅을 치던 대머리노인은 문득 씨익 웃으며 다시금 흑의인을 향해 몸을 돌렸다.

"아이고, 죄송합니다. 이제 조용해졌으니 다시 말씀을 해볼까요? 그러니까……."

무엇인가 모르게 긴장되었던 분위기는 대머리노인이 나타남과 함께 산산조각, 흔적도 없이 사라지고 말았다.

음산한 분위기를 풍기던 흑의인마저도 멀뚱하게 서 있을 따름.

둘째 마당

"제길, 늙은이가 힘도 좋아······."

운비룡은 투덜거리며 밤길을 걷고 있었다.

아무리 생각해도 열받는다.

"어떻게 그놈의 지팡이는 피할 수가 없단 말이야? 좀만 늦었으면 오늘도 죽도록 맞는 거였지······. 망할! 대호(大虎) 형은 뭐 할 게 없어서 그 노무 철방앗간에서 착취를 당하고 있나 몰라? 그 힘이면 어디서든 두 배는 누워서도 벌 수가 있을 건데."

투덜투덜.

못마땅한 건 끝이 없다.

하지만 정작 못마땅한 건 자신이다.

뭔지 모르게 그날 이후 가슴이 답답하고 모든 일에 짜증이 났다. 아무것도 하기가 싫어서 뒹굴거리며 졸기만 했다. 형이 집으로 들어가라고 뒤에서 소리를 질렀지만 별로 들어가고 싶은 생각도 없다. 오늘 들어가나 내일 들어가나 뭐 달라질 것도 없지 않은가.

밖으로 돈 게 하루 이틀도 아닌데…….

"엄마를 내가 어떻게 했나?"

알지 못할 소리를 중얼거리던 운비룡은 문득 걸음을 멈추었다.

꼬무락거리는 손가락에 잡힌 물건 하나.

희미하게 골목길 사이로 스며드는 달빛에 드러난 그것은 작은 옥지환이다. 바로 약지가 그에게 준 옥으로 만든 반지였다. 따스함으로 자리한 옥지환은 운비룡이 종일 만지작거렸음을 그 온기로 짐작케 한다.

손바닥에 놓인 옥지환을 바라보던 운비룡은 입맛을 다셨다.

"제기랄, 하필이면 군주마마가 뭐야!!"

옥지환을 꽉 움켜잡은 운비룡은 주먹을 불끈 쥐었다.

머리를 흔들었다.

대체 뭔 일이란 말인가.

왜 약지의 웃는 모습이 눈앞에서 사라지지 않는 것일까?

"미치겠군. 대체 이게 무슨 일인지 모르겠네! 그 엄청난 신분인 군주마마를 잊어버릴 수가 없다니, 뭘 어쩌겠다구…… 장가라도 갈 거냐?"

자신의 머리를 한 번 쥐어박은 운비룡은 이를 악물면서 골목길 앞쪽을 바라보았다.

그리고 쭈욱 가면 얼마 가지 않아 반루가에 도달하게 된다.

반루가는 개봉성의 번화가다. 그리고 전장(錢莊) 등의 돈장사 하는 자들이 모인 곳이기도 하니 덤빈다는 놈들도 아마 새로 이사 온 세도가의 애들일 것이다.

"네놈들 재수가 없는 거지."

문득 운비룡이 코웃음 치며 중얼거렸다.

이래저래 심난하니 꼬장거리는 놈들에게 화풀이나 하자는 생각이었다.

엉금엉금 기면서부터 눈앞에 알짱거리는 놈을 그냥 놔둔 적이 없다. 힘으로 안 되면 무슨 방법을 써서라도······. 일곱 살이 되면서부터 운비룡의 앞에는 적이 없었다.

열 살 형아?

그날로 묵사발이 되어 벌벌 기면서 엄마 찾아 울고 갔다.

열두 살이 된 금년 들어서는 스무 살이 넘은 놈들도 운비룡을 함부로 하지 못했다. 동네 골목대장으로 시작한 싸움질. 그러나 운비룡은 코흘리개 꼬마 적부터 다른 애들과는 달랐다. 그냥 골목대장으로 끝나지 않았고 바로 옆에 있는 동네 애들과 싸우면 반드시 그 애들을 자신의 영역 하에 집어넣었다. 그렇게 병탄된 아이들은 매월 운비룡에게 얼마간 공전(恭錢)을 바쳐야만 했고 그 돈을 물 뿌리듯 쓰면서 차츰 돈을 어떻게 써야 하는지를 알게 되었다.

골목대장에서 시작한 천왕파는 그렇게 해서 아이들이라고 보기 힘든 조직력을 갖추고 있었다. 물론 겉으로 보기에는 그냥 아이들의 패거리일 따름이다. 실제로는 그것이 운비룡의 의도 하에 그렇게 보이고 있다는 것이 더욱 사람을 놀라게 할 만했다. 누군가가 그것을 알아낼 수 있다면······.

반루가 또한 그러한 천왕파의 영역 하에 들어 있었다.

그런데 어떤 세도가의 도련님이 뭐가 뭔지 모르고 덤비는 모양이니 그놈이 어떻게 되든 그건 운비룡의 잘못이 아니었다.

운비룡에 대항한 놈이 어떻게 되는가만 알게 해주면 그만이었다.

열다섯 살이라고 해봐야 세도가에서 떠받들려 자란 놈일 테니 뻔했다. 그런 놈들은 이미 열 살 되던 해에 묵사발을 내준 지 오래였으니까.

하지만 불야성을 이루듯 환하게 불을 밝히고 있는 반루가에 오가는 사람들 중에는 애들의 모습은 별로 보이지 않는다. 하긴 애들이 돌아다니기는 조금 늦은 시각이었다. 좀 있으면 이경(二更)이 될 테니 부잣집 애들이 돌아다니지 않는 게 오히려 정상일 터이다.

〈변성전장(卞城錢莊).〉

환하게 밝혀진 등불. 좌우로 밝혀진 등불 아래 보이는 그 변성전장이란 횡액(橫額:간판)은 반루가에서 유명한 전장이고 개봉성에서도 첫째 둘째를 다투는 큰 곳이었다. 문루의 앞에는 좌우로 돌 사자 한 쌍이 자리해 당당하고 문 안쪽으로는 영벽(影壁)이 있어 내부를 바로 볼 수는 없다. 밤이니만큼 대문은 닫혔고 좌우의 작은 문을 통해서 안으로 들어갈 수가 있었다.

문 안에 있던 소년이 운비룡이 문 안을 기웃거리는 것을 보고 놀라 눈이 커졌다.

"너?"

운비룡은 말없이 손가락을 까닥거렸다. 오라는 뜻.

그리곤 그곳을 떠나 변성전장 옆 골목으로 가 섰다. 그늘진 어둠이 서린 곳이라서 유심히 보지 않으면 쉽게 눈에 띄지 않는 곳이다.

"어떻게 여길 왔어?"

소년이 주위를 살피며 황급히 나타났다.

나이는 운비룡보다 많아 열대여섯 정도인데 체구는 크지 않아도 눈빛이 반짝이는 것이 눈치가 빨라 보였다. 하관이 빠른 얼굴에 눈알이 불안하게 왔다 갔다 해서 마음이 매우 불안함을 한눈에 알아볼 수 있었다.

"누구야?"

소년을 보고 운비룡은 대뜸 물었다.

"왜 여길 온 거야? 어서 가. 잡히면 큰일나!"

"누구냐고 물었잖아."

운비룡이 소년을 노려보았다.

그 눈길에 소년은 끄응, 한숨을 내쉬더니 말했다.

"우리 집 셋째 도련님이야."

"셋째? 공부하러 갔다던 그 셋째 말이냐?"

"맞아. 그 도련님이 돌아오셔서 넷째 도련님이 네게 당한 이야기를 듣고는 널 죽여 버린다고 찾아다니는 중이야. 그 와중에 천왕파를 알아내고는…… 너도 들었겠지? 사대천왕이 모조리 아작난 거?"

운비룡은 미간을 찡그렸다.

"놈이 무공을 배웠나?"

"그렇다고 들었어. 무림고수에게서 무공을 배웠다고 하던데? 공부하러 간 게 바로 그런……. 그러니 넌 잠시 숨어 있는 게 좋을 거야. 걸리면 넌 아주 끝일 수도 있어. 그 도련님 성질이 아주 더럽거든."

"흥! 그깟 놈이 더러워 봤자지. 지금 어디 있어?"

"나도 몰라. 초저녁에 나갔는데 어딜 갔는지는 모르지."

소년이 갑자기 정색을 했다.

"무슨 짓을 하려는 건지 알겠는데, 이 도련님은 네가 그동안 상대했던 사람들하곤 달라. 게다가 그 도련님에게는 호위 무사까지 있단 말이야. 아무리 너라고 해도 어림도 없어."

픽, 운비룡은 코웃음 쳤다.

"힘으로 모든 걸 하려는 놈은 골빈 놈이지. 안 될 것 같으면 내가 미쳤다고 대가리를 들이밀겠냐? 일단 어떤 놈인지 한번 만나보기로 하지."

"제발 어서 가. 너랑 있는 거 셋째 도련님에게 들키면 나까지 죽는다구!"

안절부절못하는 소년을 보고 운비룡이 이를 드러내고 웃었다.

"아삼(阿三), 넌 우리 천왕파 사람이야. 그걸 잊으면 평생을 후회하게 될 거야. 알지?"

"시팔! 알고 있으니까 이러는 거잖아! 알고 있으니까 어서 가."

아삼은 운비룡의 등을 떠다밀었다.

어차피 중와자 쪽 애들을 앞세워 돌아다니는 중이라니 반루가에 놈이 있지 않을 것은 미리 짐작하고 있었다. 어떤 놈인지 미리 알아볼 요량으로 가장 소식이 빠른 변성전장의 아삼에게 갔었던 것이다.

그런데 상대가 변성전장의 셋째라면 이야기가 좀 다르다.

일 년 전, 거들먹거리는 변성전장의 넷째를 유인해서 거름구덩이에 빠뜨리고 분기탱천한 놈을 다시 술통에다 거꾸로 박아서 반쯤 죽여놓았었다. 물론 그 짓을 한 것이 운비룡이라는 것을 본 사람은 없지만 그게 누군지 모를 사람도 없었다.

변성전장에서는 이를 갈며 운비룡에게 복수를 하려고 사람을 풀었지만 실제로 증거가 없는 데다가 하도 다람쥐처럼 숨어서 잡을 수가 없으니 그건 아직도 미해결이었다.

게다가 변성전장의 장주인 변재경(卞裁耕)은 통이 큰 사람이라서 애들 싸움에 뭘…… 이라고 치부해 버려서 안주인이 방방 뜨다가 주저앉은 일이 되었었다.

그때 울면서 넷째가 한 말이 있었다.

"셋째 형이 돌아오기만 하면 넌…… 죽었다!"

해서 그 셋째란 놈이 어떤가를 알아보았었다.

뚱뚱하고 좀 모자란 넷째와는 달리 영민하고 성질이 보통 아니라고 하였다. 공부를 하러 떠났다고 하는데 어디로 갔는지는 핵심 가족 외에는 아무도 알지 못했다.

"십 년은 걸릴 거라고 하더니 벌써 돌아왔단 말이지? 무공을 배우러 간 거고?"

운비룡은 미간을 찡그렸다.

뭔지 모르게 갑자기 기분이 좋지 않아졌다.

"무공이란 말이지? 빌어먹을!"

투덜거린 운비룡은 격하게 머리를 긁적였다.

이야기꾼들, 그리고 여기저기에서 강호영웅들의 그 가슴 뛰는 영웅담을 수없이 들었다. 주루에서 일한 적도 있고 얼마 전까지는 기루에서 안내를 했던 적도 있어서 강호(江湖)란 곳이, 무림(武林)이란 곳이 정말 존재함도 알고 있었다.

하지만 그게 대단하다고 생각하지는 않았다. 일부러라도.

운비룡은 어릴 때부터 보통 아이와는 달랐다.

머리도 좋고 아주 특별한 감각을 지니고 있음을 크면서 자각(自覺)하게 되었다. 또래 애들보다 엄청난 순발력과 근력을 가지고 있었고 뭔가를 느끼는 육감도 특별났다.

특별히 공부를 한 적은 없지만 어깨 너머로 본 것만으로도 어지간한 글자는 다 읽고 쓸 수 있을 정도라 또래나 그 위의 사람들조차 대단하게 보인 적은 없었다. 언제라도…… 하기만 하면 저 정도야! 라는 생각을 하고 있었기 때문이다.

그런데 무공은 달랐다.

자칭 천재 운비룡답게 무공도 아주 잘 배웠다.

표국(鏢局)의 후원으로 숨어들어 가서, 무관(武館)의 연무장으로 가서 연습하는 무공을 따라 배운 적이 여러 번 있었다.

그걸 돈 주고 배우기는 배가 아팠기 때문이다.

과연 운비룡이라고 할 만큼 숨어서 한 번 보기만 해도 그 멍청이들이 하루 종일 팔다리가 떨어져라 움직이는 것보다 훨씬 더 잘할 수가 있었다. 그 진도는 가히 가공할 만했다.

개봉에서 가장 유명한 성진무관(星震武館)에서 제일급의 수제자들에게만 밤에 몰래 전수하는 성진십팔식(星震十八式)을 한 번 보고는 그대로 따라 할 수가 있었고 뭐가 잘못되었는지까지 느낄 수가 있었다. 만약 평생을 그 성진십팔식을 화경까지 수련하여 개봉유수의 고수라고 불리는 성진권(星震拳) 혁무조(赫戊朝)가 그것을 보았다면 입에 거품을 물었을 터이다.

도저히 가능하지 않는 일이었기 때문.

그런데 문제는 그 다음이다.

다음날이 되면 전혀 기억이 나지 않았다.

손발이 꼬이고 그처럼 간단했던 투로(套路)가 도무지 시현되지를 않는 것이다. 아예 본 적이 없던 것처럼, 아니, 아득히 먼 옛날에 한 번 본 적이 있었던 것처럼 막연하기만 했다.

왜인지 이유를 알 수 없었다.

미친놈처럼 틀어박혀서 보름간이나 배운 걸 복습하면서 자지 않으려고도 해보았다. 자기만 하면 잊어버리니까. 하지만 사람이 자지 않고 버틸 수는 없는 일. 결국 버티다 버티다 일주일 만에 곯아떨어졌고 결과는 전과 동.

돌아버리는 줄 알았다.

매일 가서 보고 다시 밤마다 발광을 해보았다.

그러나 다음날이면 역시 마찬가지.

뭔가 희미한 기억이 남지만 배워지지는 않았다. 그처럼 좋은 머리도 뭣도 아무런 소용이 없었다.

아버지에게 물었다.

왜 그런지 아느냐고.

술을 마셔대던 아버지는 힐끔 그를 보더니 말했다.

"네놈이 커서, 인연이 닿으면 알게 되겠지……."

제길! 무슨 빌어먹을 놈의 말이 그래?

하루 종일 술만 퍼마시고 주정만 해대는 아버지가 갑자기 무슨 선문답이란 말인가?

집 뒤, 산자락에 있는 암자의 중도 그런 소리는 하지 않았다.

인연이라고?

그런 거 기다리느니 개대가리에 뿔 나길 기다리지. 차라리 내가 하고 만다!

그렇게 해서 동네 골목대장이었던 말호는 이름을 운비룡이라고 바꾸곤 세력을 넓히기 시작했다. 걸기적거리는 놈은 모조리 박살을 냈다. 물론 운비룡이 피떡이 된 것도 한두 번이 아니었다. 그러나 비록 무공을 하지 못한다 해도 상대의 움직임을 미리 알아채는 육감에 나이답지 않은 힘. 게다가 체구의 작음을 보완키 위해서 연습한 돌팔매질은 날아가는 새도 떨어뜨릴 만큼 대단해 장정이라도 운비룡의 돌팔매에는 견뎌내지 못했다.

게다가 회복이 기이하게도 빨라 어지간한 타박상은 다음날 아침이면 거의 다 나았다.

무관에서 무공을 연습한 애들도 운비룡에게는 이기지 못하였고 올해 초부터는 천왕파가 명실 공히, 동네 애들뿐만이 아니라 개봉성의 아이들이라면 모두가 그 영향권에 들기에 이르렀다.

"아직 아무도 몰라……."

운비룡이 씨익, 웃었다.

차근차근 십 년만……

아니, 오 년만 지나면 천왕파는 애들 조직이 아니라 개봉성의 밤을 지배하는 조직으로 바뀌게 될 것이었다.

개봉성을 양분하는 어둠의 지배자는 두 군데.

삼룡방(三龍幫)과 흑호회(黑虎會)다.

그 두 곳이 개봉성의 기루 및 주루, 객잔 상점 등을 장악한 가장 강한 세력이다. 그 외 십여 개의 세력이 그 아래에서 기생하고 있어 운비룡은 그중 하나를 몇 년 이내에, 라며 내심 계획을 짜고 있었다.

누가 들었다면 어이가 없어서 웃었을…….

하지만 실체를 안다면 누구도 웃지 못할 그런 계획을 아무도 주목하지 않는 꼬마 하나가 머리 속에서 그리고 있는 것이다.

그렇게 생각을 굴리면서 골목—중와자로 향하는 지름길—을 달리던 운비룡은 갑자기 걸음을 멈추었다.

뭔가 이상한 느낌이 들었다.

하늘을 쳐다보았다.

좁은 골목길 좌우로는 지붕이 시야를 막는다.

지붕과 지붕이 이어진 골목에서 하늘을 쳐다보면 마치 하늘에 좁은 길 한줄기가 난 것만 같다.

검은 하늘은 구름에 가린 어스름한 달빛에 을씨년스럽다. 비라도 쏟아질는지 거무스레한 구름들이 여기저기에서 구물거린다. 하지만 그뿐이다.

"이상하군…… 분명히 뭔가……!"

고개를 갸웃거리던 운비룡의 안색이 달라졌다.

뭔가가 휙— 하늘을 날아 지나갔던 것이다.

"뭐지?"

운비룡은 눈을 끔벅거렸다.

새라고 하기엔 너무 크다. 그렇다고 밤눈이 밝은 운비룡이니 잘못 볼 리도 없다.

대체…….

근자에 들어 갑자기 이상한 일만 생긴다.

괴이한 빛으로 하늘을 올려다보던 운비룡은 고개를 갸우뚱하곤 다시 앞으로 달리기 시작했다.

아니, 달리려고 했다.

그러나 그러지 못했다.

그럴 수가 없었기 때문이다.

第五章
쫓는 자와 쫓기는 자

첫째 마당

골목[胡同]은 매우 길었다.

좌우의 집들은 거의 다 문을 닫았다. 불빛 한 점 비치지 않는 골목은 어두울 수밖에 없었다. 인적이 끊어진 골목은 금방이라도 옆에서 귀신이라도 튀어나올지 모를 그런 어둠에 묻혀 있었다.

그 어둠 속에서 누군가가 운비룡을 쏘아보고 있다.

그것도 지붕 위에서.

"헉?"

운비룡은 놀라 눈을 크게 떴다.

늘씬한 키에 온몸을 두른 검은 야행의(夜行衣).

등에는 한 자루 검을 맸다. 긴 수실이 바람에 흩날리지만 어둠 속에 마치 달덩이처럼 떠오른 흑의인의 얼굴은 옥으로 조각을 한 것처럼 수려하다. 하지만 그 가운데 눈빛은 얼음처럼 차디찼다.

"노인 하나가 이곳을 지남을 보지 못했느냐?"

흑의인이 지붕 위에서 운비룡을 내려다보면서 물었다.

맑은 음성이지만 차고 감정이 섞이지 않은 목소리였다. 저 아름다운 얼굴에서 어떻게 저런 목소리가 나올까 싶은……. 놀랍게도 그 흑의인은 여자였던 것이다.

그것도 나이가 이제 스물을 겨우 넘긴 듯한.

하지만 그 얼굴은 얼음 같아 어딘지 모르게 섬뜩했다.

"아, 아무도……."

운비룡은 겁먹은 표정으로 머리를 저었다. 방금 전과 전혀 다른 표정이지만 흑의여인은 그것을 알지 못했다. 하긴 이런 상황에서 운비룡 정도의 꼬마가 겁을 먹는 건 너무 당연한 일이었다.

"상처를 입어서 운신이 쉽지 않을 게다. 정말 보지 못했느냐?"

흑의여인이 다시 물었다. 잔뜩 겁을 집어먹은 모습을 보고 흑의여인의 음성은 조금 부드러워졌다.

"아, 아뇨…… 아무도 못 봤는데요?"

운비룡은 다시금 머리를 흔들었다.

"으음……."

나직이 신음을 흘린 흑의여인은 어깨를 움찔했다.

순간 여인의 신형은 누가 잡아 올린 것처럼 하늘로 날아올랐다. 찰나간에 몸을 날려 건너편 지붕 끝을 살짝 밟는가 싶던 흑의여인의 신형이 무서운 속도로 시야에서 사라져 버렸다.

놀라운 경공.

"귀신같군……."

그것을 보고 운비룡이 놀라 중얼거렸다.

근자에 들어 만난 사람들의 능력은 실로 뛰어났다. 저 흑의여인만 하더라도 나이가 얼마 되지 않은 것 같은데 지붕을 밟으며 하늘을 마음대로 날아다니지 않는가?

"하지만 멋있네……."

한참 흑의여인이 사라진 곳을 바라보고 있던 운비룡이 문득 중얼거렸다. 기루에서 웃음을 팔던 여인들, 시장바닥에서 악다구니를 쓰는 여자 같지 않은 여자들만 보던 운비룡이니 그건 너무나 당연할 수밖에 없었다. 그 나이 또래 계집애들이 콧물을 줄줄 흘리는 것을 보던 운비룡이 맑고 고아한 기품의 약지를 보고 한눈에 반해 버린 것이나 다를 바가 없는 감정이라고나 할까.

"젠장! 그거 놀랐다고 오줌이 마렵다니……."

고개를 빼밀고서 주위를 두리번거리던 운비룡은 바지춤을 까 내렸다. 흑의여인의 출현에 놀랐던 마음이 가라앉자 심한 요의(尿意)를 느낀 것이다.

누구 눈치를 볼 자리도 아니고 볼 운비룡도 아니다.

쏴아아— 어린애답지 않은 오줌발이 세차게 벽을 향해 쏟아진다.

바지를 까 내리고 오줌을 누고 있던 운비룡은 뭔지 괴이한 기분에 의아한 표정이 되어 주위를 두리번거렸다.

순간.

"크악?!"

어지간한 운비룡도 이번에는 기겁을 했다.

오줌을 누고 있던 벽에 검은 기운이 어리더니 그 속에서 사람의 눈이 나타나서 자신을 노려보고 있음을 발견한 까닭이다.

혼비백산, 뒤로 물러나다가 바지에 걸려 철퍼덕, 그 자리에 주저앉고 말았다. 오줌발이 위로 솟구치다 잦아들었다. 바지가 젖지 않으면 오히려 이상한 일이다.

"귀, 귀신······!"

땅바닥에 주저앉은 채로 운비룡은 주춤주춤 뒤로 물러났다. 벽에 눈이 생기다니!

하지만 그게 끝이었다.

더 이상 말을 할 수가 없었다.

눈 정도가 아니라 아예 벽에서 솟아 나온 검은 그림자가 슬쩍 손을 젓자 입을 벌릴 순 있어도 말을 할 수가 없게 되어버렸기에.

"······?"

운비룡은 놀랍고 당황해서 눈을 끔벅거렸다.

'널 해치고 싶은 생각은 없으니 조용히 해라. 알겠지?'

벽에서 나온 검은 그림자가 전음지성으로 말했다.

희미한 어둠 속에서 드러난 그 모습은 귀신이 아니라 사람의 모습이었다. 머리에서부터 오줌을 덮어쓴 그 행색은 낭패하기 이를 데 없다. 반백의 머리카락에 얼핏 육십 대로 보이는 그의 얼굴은 창백하고 피로에 찌든 것처럼 보였다. 듬성한 눈썹에 쥐눈. 뾰족한 코밑으로는 염소수염을 길러 한마디로 좀도둑처럼 보일 모습이었다.

"······."

운비룡은 모깃소리 같은 음성이 귀에 들리자 눈을 크게 뜨고서 황급히 고개를 끄덕였다. 목소리가 안 나오니 놀라 눈이 토끼눈이 되어 똥그래졌다.

조심스레 주위를 살핀 노인은 운비룡의 목을 만졌다. 그러자 운비룡은 다시 말을 할 수가 있게 되었다.

"누, 누구……?"

"퉤퉤! 그놈…… 오줌 맛이 개판이군. 으으…… 절호장(絶戶掌)이 이처럼 지독할 줄이야. 네게 부탁을 하나 해도 되겠느냐?"

짙은 회삼을 입은 노인이 가슴을 부여잡은 채로 운비룡에게 말했다. 그의 얼굴은 고통으로 잔뜩 일그러져 있었다.

"무슨……?"

운비룡이 주춤거리며 그를 보았다. 그 얼굴에는 두려움이 가득했다.

"나는 지금 악당들에게 쫓기고 있다. 좀 전에 네가 본 여자만 해도 겉보기는 예뻐 보이지만 실제로는…… 크으윽, 강호상에서 냉심차혼(冷心姹魂)이라 불리는 흉악무쌍한 현상금 사냥꾼이다."

"현상금 사냥꾼?"

"그래…… 현상 붙은 자나 다른 사람의 부탁을 받고 사람을 쫓는…… 크으으으…… 노부는 현상 붙은 자가 아니니 그렇게 놀란 눈으로 볼 거 없다. 그 계집애는 나쁜 무리들의 사주를 받고 나를 쫓고 있을 따름이니…… 후우……."

그는 다시금 가쁜 숨을 내쉬었다. 밭은기침이 툴툴 흐른다.

"나는 무림맹의 비밀 사자란다. 강호무림의 안녕을 위해서 숨어서 움직이는 사람이지……. 임시로 결성되어 무림맹이 있음을 지금은 강호에서도 아는 사람이 별로 없단다. 후욱, 후우후우…… 이것을 개봉부 남쪽에 있는 천향루(天香樓)의 장방에게 비밀리에 전해줄 수 있겠느냐?"

쥐눈의 노인이 운비룡에게 작은 주머니를 내밀었다.

"그냥 내 생김을 말하면 누가 보냈는지 알 것이다. 그리고 이건…… 네 수고비란다. 물건을 잘 전달하면 아마 수고비로 두 배는 더 받을 수 있을 게다."

말과 함께 그는 운비룡의 손에다 그 주머니와 함께 반짝이는 은자 하나를 놓았다. 얼핏 보아도 한 냥은 되어 보이는 은자였다.

그것을 본 운비룡의 겁먹은 얼굴이 조금 풀어졌다. 암중에 그것을 본 노인은 숨을 몰아쉬더니 말했다.

"부탁하마. 노부가 죽는 것은 별게 아니지만 자칫 천하가 도탄에 빠져 수많은 사람이 죽을 수도 있다……. 그렇게 되면 노부는 죽어서라도…… 눈을 감을 수가 없을 것이다. 크으윽……."

노인은 채 말을 끝맺지 못하고 가슴을 움켜쥐었다.

괴로운 표정이 역력했다.

그렇게 괴로운 가운데에도 천하를 걱정하는 의연한 모습은 그의 지금 행색이나 겉모습과는 많이 달라 사람을 감동시키고 남음이 있었다.

하지만 상대는 다른 사람이 아닌 운비룡이었다.

그런 노인을 한참 바라보고 있던 운비룡이 한 말은 전혀 엉뚱한 것이었다.

"사람…… 맞아요?"

잠시 멀뚱한 얼굴로 운비룡을 쳐다본 노인은 운비룡이 아직 어린애임을 새삼 깨닫고 한숨을 내쉬고 말했다. 그리고 그 얼굴에 떠오른 것은 쓴웃음.

"맞다. 좀 전에 네가 본 것은 내가신법(內家身法) 가운데 하나인 귀영신법(鬼影身法)이라는 것이다. 어둠 속에 몸을 숨겨서 일반인들이 볼 수 없게 하는 공능(功能)이 있지."

그 설명에 운비룡이 눈을 빛냈다.

"무공이란 말인가요? 강호에서 사용한다는 상승무공?"

"맞다. 노부는 강호의 정세를 살피는 사람이니 당연히 경공 방면으로 아무래도 남보다 조금 나은 점이 있지⋯⋯."

그는 말끝을 흐리며 고개를 내밀고 운비룡을 바라보더니 묘한 눈빛으로 고개를 끄덕였다.

"이제 보니 네 근골이 매우 훌륭하구나. 무공을 배운다면 아주 빨리 공(功)을 얻을 수 있겠다. 네가 이 심부름만 잘한다면 노부가 맹에 추천을 하여⋯⋯ 네가 무공을 배울 수 있게 해주겠다."

"정말요?"

"그럼. 물론이다⋯⋯!"

빙긋이 웃음 지어 보이던 그는 급히 운비룡을 끌어안으며 그의 입을 막았다. 그의 신형은 바람처럼 벽에 붙어 섰다.

"⋯⋯?"

운비룡은 말도 하지 못하고 눈만 말똥거렸다.

⋯⋯.

잠시 숨 막히는 침묵.

그들이 몸을 숨긴 담장 위쪽에서 소리도 없이 그림자 하나가 골목을 가로지르며 사라지는 것이 보였다.

"무서운 놈들, 벌써 여기까지 쫓아왔구나⋯⋯."

노인은 신음을 흘렸다.

휘익, 휘이익!

호각 소리와 휘파람 소리가 그 뒤를 따르듯이 여기저기에서 어둠을 뚫고 호응하듯이 들려왔다.

그는 운비룡을 풀어주면서 긴장된 표정으로 당부했다.

"부탁한다. 네가 잘해준다면 비단 너만 좋은 것이 아니라, 천하무림인들이 모두 너에게 고마움을 표하게 될 게다. 너는 무림맹으로 가서 무공을 배울 수도 있겠지……. 그럼 너는 하늘을 날 수도 있고 장풍으로 바위를 쪼갤 수도 있을 게다. 부디 조심하거라."

운비룡이 그에게 천진하게 활짝 웃어 보였다.

"걱정 마세요. 누굴 만나면 검은 옷을 입은 여자에게 쫓겨가는 걸 봤다고 하면 되죠? 쫓겨서 저리로 갔다고 하면 될까요?"

운비룡이 반대쪽을 가리키는 것을 보고 노인은 낭패한 얼굴이 웃음을 머금었다.

"그래, 그렇게 하고 너는 바로 천향루로 달려가 그것을 전하면 된다. 절대로 누구의 눈에도 띄면 안 된다. 알겠지? 네게 천하가 달렸다!"

그가 비장한 표정으로 운비룡의 어깨를 두드렸다.

"알았어요!"

운비룡이 야무지게 말했다.

긴장된 얼굴로 골목으로 막 나가려던 운비룡이 노인을 돌아보았다.

"그런데 말이죠…… 혹시 잘못 전하면 어떻게 해요? 그 장방은 어떻게 생겼어요?"

입에다 손을 댄 낮은 속삭임이다.

그 물음에 노인은 얼핏 미간을 찡그리다가 고개를 저었다.

'그 사람은…… 아마 조금 뚱뚱하다고 해야 할 게다. 겉보기로는 말라 보이겠지만……. 음, 너는 되도록 많이 알지 않는 게 좋다. 어서 가거라. 조심하고…….'

전음으로 말한 노인이 불안한 모습으로 손을 저었다. 빨리 가라는.

그것과 함께 그의 모습은 찰나간에 어둠 속으로 스며들어 이내 보이지 않게 되었다.

그걸 놀란 눈으로 바라본 운비룡은 흠칫, 정신을 차리고는 이내 골목 밖으로 달려나갔다.

얼른 그곳을 벗어나고픈 마음이리라.

그 운비룡의 뒷모습을 어둠 속에 신형을 감춘 노인은 초조하게 바라보고 있었다. 저 꼬마가 조금이라도 시선을 돌려줄 수 있어야만 이곳을 벗어날 수가 있을 것이기 때문이다.

하지만 운비룡의 표정이 골목을 나오자마자 전혀 달라졌음을 그는 짐작조차 하지 못했다.

뛰는 걸음은 다람쥐처럼 재빠르다.

금방이라도 개봉성을 가로질러 버릴 듯이.

하나 운비룡의 걸음은 골목을 벗어나자마자 가로막혔다.

흑의무사 하나가 운비룡의 앞을 가로막았던 것이다. 한 자루의 창을 들었고 창에는 붉은 수실이 길게 휘날린다.

"어디를 가는 꼬마냐?"

"지, 집으로······."

운비룡이 겁에 질린 표정으로 더듬거렸다.

"꼬마 너 혼자서 이 시간에?"

잠시 머리를 굴린 흑의무사는 골목길을 슬쩍 굽어보면서 다시 물었다.

"혹시 쥐눈의 늙은이 하나를 보지 못했느냐?"

"아, 아뇨······!"

운비룡은 과장되게 머리를 흔들었다.

여전히 겁먹은 표정이지만 그는 머리를 흔들면서 눈과 입술을 옆으로 삐죽 비틀어 골목을 가리켜 보였다.

"알았다. 가보거라."

그러나 무사는 건성으로 물었을 뿐, 기대하지 않은 모양으로 그의 답을 흘려 버리고 얼굴도 제대로 보지 않았다.

그 말을 듣자 운비룡은 혀를 찼다.

"등신."

"뭐라고?"

운비룡을 스쳐 지나려고 하던 무사가 얼떨떨한 표정으로 운비룡을 노려보았다.

"악!"

무사가 발목을 부여잡고 깡충거렸다.

운비룡이 대뜸 그의 정강이를 걷어차고는 내빼기 시작한 것이다.

"너, 너 이놈 거기 안 서!"

흑의무사가 노해 소리쳤다.

서라고 설 운비룡이었다면 정강이를 찰 리가 없다.

건너편 골목으로 시위를 떠난 화살처럼 튀어 들어가던 운비룡은 턱! 한 사람의 가슴에다 얼굴을 파묻고 말았다.

놀란 눈으로 올려다보니 덩치가 큰 사람이 그를 내려다보고 있었다. 부리부리한 고리눈에다 장비처럼 고슴도치수염이 얼굴을 온통 덮어 위맹한 모습이었다. 게다가 덩치도 우람해서 안령도를 움켜쥔 그는 기세가 당당했다.

그의 주변으로는 스무 명도 넘는 무사들이 움직이고 있었다.

"너 이놈의 자식!"

그 무사가 노해서 달려왔다.

"멈춰. 바보 녀석!"

엄심갑(掩心甲)에 붉은 수건을 목에 두른 그는 운비룡의 덜미를 잡으려는 무사의 손을 탁, 치면서 운비룡을 향해 물었다.

"저기, 맞느냐?"

그는 운비룡의 손짓으로 가리킨 방향을 가리키면서 눈짓으로는 방금 운비룡이 나온 골목을 가리켰다. 그는 이 무사들의 우두머리였고 마침 흑의무사 뒤에서 운비룡의 묘한 표정을 보았던 것이다.

'저건 또 뭐 하는 짓이래?'

그 모습을 보면서 흑의무사가 얼떨떨할 때,

"맞아요! 노인 한 사람이 흑의를 입은 여자에게 쫓겨서 저쪽으로 도망갔어요!"

운비룡은 손짓을 엉뚱한 곳으로 하면서 눈동자를 한껏 돌려 다시 골목을 가리키며 끔벅거렸다.

"저쪽으로 갔단 말이지? 양삼은 이쪽으로, 구십은 저쪽으로! 빨리빨리!"

대한은 손짓으로 골목의 좌우를 가리키며 소리쳤다.

동시에 그는 목에 건 호각을 길게 불었다.

그리곤 그는 운비룡의 옆에 선 그 흑의무사에게 명했다.

"이 꼬마를 잘 지켜라."

그 말과 함께 그는 붕새처럼 떠올라 방금 운비룡이 나온 골목으로 덮쳐 들어갔다.

그 속도는 무섭게 빨랐다.

"관군인 줄 알았더니 무림고수네……."

그 광경에 운비룡이 중얼거렸다.

동시에 골목길 좌우로 갈라지는 것처럼 보였던 무사들이 일제히 골목길로 따라 들어갔고 일부는 지붕 위로 날아올라 갔다. 평범한 무사들이 아니었다. 마치 검은 물결이 바닥과 지붕까지를 덮으면서 골목길로 밀려가는 것 같은 느낌이었다.

평!

순간, 골목 길 안에서 폭음이 터져 나왔다.

"으핫하하……! 귀영신투(鬼影神偸)! 도망갈 수 있을 것 같으냐?"

뒤이어 터져 나오는 홍소(哄笑)!

"크윽…… 빌어먹을……."

신음과 함께 한 사람이 골목에서 날아올라 반대편으로 향했다.

하지만 무사들은 한쪽에만 있는 것이 아니었다.

운비룡에게 무림맹 사자라고 말했던 그 회삼노인은 반대편으로 몸을 날렸지만 이미 그쪽에서도 사람들이 달려오고 있어 사면초가였다.

조금 전 대한이 불었던 호각은 바로 그 신호였기 때문이다.

주변에 깔렸던 사람들이 모두 몰려오는 듯, 달려오는 사람은 그들뿐만이 아니었다. 사방에서 사람들의 모습이 지붕 위로 솟구침이 보인다. 막다른 골목에 몰리자 회삼노인은 이를 갈면서 신형을 뽑아 올려 지붕 위로 올라갔다.

이렇게 모습을 드러내는 것은 모두의 표적이 되어 전혀 원하는 바가 아니었지만 도망갈 곳이 없으니 어찌할 도리가 없었다.

"쥐새끼 같은 놈을 믿었다니—!"

지붕 위로 올라간 그는 운비룡이 있는 쪽을 바라보며 이를 갈았다. 진기가 서린 음성이었기 때문에 크지 않아도 한 서린 분노가 그대로 전달되었다.

운비룡은 깜짝 놀라 자신을 지키는 무사의 뒤로 숨었다.

"아이고, 무서워……."

운비룡이 덜덜 떨면서 뒤로 숨어들자 무사는 당황했다.

"뭐 하는 짓이야?"

"저, 저 노괴(老怪)가 절 잡아죽이려나 봐요. 살려주세요……."

운비룡은 그의 바짓가랑이를 잡고 매달렸다.

꽝! 꽝……!

귀를 찌르는 폭음이 잇달아 들리며 지붕 위로 올라가자마자 바람처럼 서너 개의 지붕을 날아 넘던 그 회삼노인이 비틀거리면서 뒤로 물러나는 것이 보였다.

그러나 그의 무공은 정말 약하지 않아서 이내 사람들의 사이를 뚫고서 사라졌다.

"서라!"

여기저기서 고함 소리가 터져 나왔다.

사람들의 신형이 여기저기에서 솟구쳐 올라 무섭게 그 뒤를 따랐고 그 모습을 제대로 볼 수 있다면 일대 장관일 것이었다. 골목길로도 횃불을 치켜든 무사들과 관군까지 나타나 회삼노인이 사라진 곳으로 물밀듯이 밀려갔다.

"겁먹을 것 없다, 놈은 이미 사라졌으니까."

운비룡의 앞에 있던 무사가 고개를 빼밀고 보다가 운비룡을 향해 말했다.

그를 향해 운비룡이 씨익, 웃어 보였다. 그의 눈은 장난스럽게 웃고 있었다.

"사내가 겁은 무슨…… 어차피 그가 있던 곳에서는 여기가 보이지 않는걸?"

"뭐라고? 그런데 왜? 우욱!"

의아한 얼굴로 눈을 깜박이던 무사가 돌연 눈을 부릅떴다.

"아이고오오……."

쥐어짜는 신음과 함께 그는 바지춤을 움켜잡으면서 그 자리에서 온몸을 꼬았다. 운비룡이 그의 사타구니, 양물을 대뜸 걷어찼던 것이다. 그 힘은 결코 만만치 않아 그는 졸지에 하늘이 노래졌다.

"이, 이놈이이……."

"바보야. 그래야 널 떼놓을 수 있을 거잖아? 머리가 그렇게 안 돌아가니 평생 대장 하긴 글렀다. 그럼 다시 보지 말자구."

운비룡은 웃는 얼굴로 그를 향해 손을 흔들어 보이곤 다람쥐처럼 골목길로 사라졌다.

"크으으…… 저, 저놈이……."

무사는 운비룡을 따라잡으려고 발걸음을 옮겨보았지만 오금이 저려 아직은 무리였다. 불길이 쏟아지는 것 같은 사나운 눈으로 잡아먹을 듯이 운비룡이 사라진 골목을 노려보는 것이 고작이었다.

둘째 마당

골목길 몇 개를 바람처럼 내달리고 나자 운비룡은 걸음을 멈추었다.

꼬불꼬불한 길을 내달린 것도 모자라 골목 사이에 난 담장 개구멍으로 들어가서 다른 골목으로 빠져나가기까지 했으니 누가 그를 쫓아올 것인가.

내달릴 때는 신난 표정이던 운비룡은 막상 쫓는 사람이 없는 것을 확인하자 표정이 달라졌다. 뿐만 아니라 걸음걸이도 개판이 되었다. 어기적거리는 걸음은 흡사 오리걸음이다.

"시팔…… 그 늙은이 때문에 이게 무슨 꼴이람? 척척해서 돌아삐겠다. 천하의 운비룡을 오줌싸개로 만들다니!"

결국 참지 못하고 입을 비집는 투덜거림.

오줌을 누다 그렇게 되었으니 척척한 바지가 기분 좋을 리가 없다. 긴장해서 몰랐지만 일단 이렇게 골목을 벗어나자 생각할수록 화가 나는 것이다.

"무림맹? 놀구 있네. 그 얼굴로 무슨 정의의 사자에다 천하의 운명을 따져? 속일 사람이 없어서 하필 나냐…… 바보 늙은이. 날 미끼로 써서 거길 벗어나려고 했던 걸 내가 모를 줄 알아?"

운비룡은 코웃음 쳤다.

일곱 살부터 뒷골목을 돌아다녔다.

죽도록 얻어터진 적도 한두 번이 아니고 실제로 죽을 뻔도 여러 번 했었다. 그렇게 지낸 게 벌써 오 년이니 어지간한 소식이야 모르는 게 없었다. 얼마 전까지도 주루에서 점소이를 했던 운비룡이다. 표국도 제 집처럼 들락거리는 운비룡에게 지금 있지도 않은 무림맹 운운했으니 거짓말이 들통나는 건 너무 당연한 일이었다.

게다가, 뭐 임시로 결성된 비밀의 무림맹이란 것이 사실이라 할지라도 운비룡은 그 심부름을 해주고 싶은 생각이 눈곱만큼도 없었다.

자신을 바라보면서 굴리는 그 눈빛을 보고 회삼노인이 자신을 이용하려 함을 짐작했다. 그래서 일부러 똘똘한 빛을 보이지 않았다. 그런 심부름을 잘못하다가는 귀신도 모르게 죽기 딱 알맞다는 걸 운비룡은 경험으로 잘 알고 있었던 것이다.

"천향루의 장방이 뚱뚱하다고?"

운비룡은 다시금 피식, 웃었다.

천향루는 중와자 근처에 있는 객잔겸 주루, 찻집까지 겸하고 있는 제법 큰 곳이다. 그곳의 장방인 왕소장(王小將)은 원래 체구가 바짝 마른 사람이었다. 하도 성질이 지랄 같아서 살이 찔래야 찔 수가 없는 사람이었던 것이다. 그런데 그런 사람을 두고 뚱뚱할 거라니? 하긴 말라 보인다고 연막을 치긴 했지만 그걸로 통할 운비룡이 아니었다. 게다가

행여라도 정말인가 아닌가 확인하러 갈 생각 따윈 꿈에도 없으니 말랐든 뚱뚱하든 아무런 의미가 없는 일이었다.

운비룡은 슬쩍 옆에 있던 담장 너머로 고개를 들이밀고 주위를 두리번거렸다.

담장 옆으로 널어놓은 빨래가 보였다.

이쪽 골목에 자리한 집들은 대개 사합원의 형태였다.

앞쪽이야 담 안쪽이 마당일 수 없지만 후원에 자리한 후조방이야 여자들이 거주하는 곳이니 빨래가 있는 게 당연하다.

뒤로 조금 물러났다가 발로 담장을 슬쩍 차면서 폴짝 뛰어올라 담장 지붕을 슬쩍 잡고서 담을 넘어가는 것은 마치 계단을 올라가는 것만 같아 말 그대로 다람쥐가 담을 넘는 것처럼 보였다.

밤바람에 펄럭이는 빨래들.

그 널린 빨래 가운데에는 운비룡이 입을 만한 바지가 있었다. 그것 또한 이미 보고 들어온 것이니 오줌을 싼 바지를 벗어놓고 갈아입는 데 조금도 주저함이 있을 리 없다.

주위를 돌아보니 모두 잠들었는지 불도 꺼졌고 사람의 기척은 들리지 않는다.

'젠장, 이제야 살 것 같으네! 대체 그 영감이 뭘 줬는지나 보자.'

운비룡은 담장에 기대 회삼노인이 준 주머니를 꺼냈다.

비단 주머니는 운비룡의 손바닥만했는데 겉은 꽁꽁 묶어두었다.

그렇다고 풀지 못할 운비룡일 리가!

품에는 형을 졸라 만든 작은 비수가 하나 있었으니 주머니를 묶은 줄을 끊는 데 부족함이 있을 리가 없다.

"얼씨구?"

주머니 속에 든 걸 본 운비룡의 눈매가 일그러졌다.

검은빛을 띤 둥근 물건.

그건 뜻밖에도 팔찌였다. 옥이나 다른 물건처럼 귀해 보이지는 않는다. 거무튀튀한 게 정교한 조각 따위도 없이 기묘한 문양 한줄기가 팔찌를 감돌고 있는 게 다였다. 아무리 살펴봐도 무슨 문양인지 알아볼 수가 없었다. 그냥그냥 긁어놓은 것 같은 선이 한줄기 구불구불 있을 뿐이다. 한마디로 귀해 보이는 물건은 아니었다.

"흐음……."

운비룡은 묘한 빛으로 팔찌를 손에 쥐고서 살펴보았다.

달빛 아래 드러난 팔찌는 아무리 봐도 별게 아닌 것처럼 보였다.

"나한테 좋은 물건을 줄 리가 없지……."

픽, 웃으며 팔찌를 던져 버리려던 운비룡은 묘한 표정으로 다시금 팔찌를 보았다.

팔찌가 꿈틀 하는 느낌을 받았던 것이다.

"뭐지?"

다시 팔찌를 살펴봐도 별다른 점은 보이지 않았다.

"착각을 한 건가? 하긴 팔찌가 움직일 리가 있겠어?"

고개를 갸웃하면서 팔찌를 살피던 운비룡은 그것을 손목에다 껴보았다. 어른들에게 맞춰진 것이니 제아무리 손목이 굵어봤자 헐렁할 수밖에 없었다. 손목이 아니라 팔뚝에다 차면 몰라도…….

"까짓 거, 낼 날 밝으면 보지."

손목에 팔찌를 찼던 운비룡은 그걸 죽죽 밀어 올려서 팔뚝에다 찼다. 거의 어깨 어림까지 올라가자 팔찌는 크기가 대강 맞았다.

결정을 하자 운비룡은 두어 걸음 뒤로 물러났다가 다시 담장을 차고 그 탄력으로 담장을 넘어갔다.

중와자는 골목 하나를 지나 길을 건너면 되니 코앞이었다.

상대가 변성전장의 넷째라면 철룡 동구 혼자서는 무리일 것이다. 그 멍청한 놈은 아마도 운비룡의 말대로 애들을 끌고 가서 밀어붙이고 있을 테니 그 결과야 보지 않아도 뻔했다.

얼마를 달리자 어둠이 갑자기 사라지고 사방이 밝아졌다.

주루와 객잔, 그리고 여러 상점들이 아직도 불을 끄지 않고 있어서 어두운 골목길과는 전혀 달랐다.

중와자에 도달한 것이다.

와자(瓦子)라고 하는 것은 시장을 의미한다.

사람들이 아직 활기차게 돌아다니고 있어 이곳에는 밤이 존재하지 않는 것 같았다.

                    *   *   *

퍽!

세찬 힘에 동구는 그대로 나가떨어져 벽에 처박혔다.

"끄으으……."

이를 악물고 땅을 짚었다. 머리가 깨진 건지 이마에서 핏물이 주루루 흘러 떨어진다. 그래도 후들거리는 다리로 겨우 몸을 일으키자 발 하나가 날아와 사정없이 가슴을 차버렸다.

"아이고!"

절로 비명이 입을 비집고 튀어나왔다.

이번에는 큰대 자로 뻗어버렸다. 손가락 하나 까닥할 수가 없었다.

아니, 움직이고 싶지도 않았다.

"망할 놈…… 그러게 안 된다니까……."

어느새 퉁퉁 부어터진 입술로 동구가 들리지도 않는 소리를 중얼거린다.

얼마쯤 운비룡을 원망하는 것 같기도 했다.

"말해 봐. 놈이 어디 있지?"

어디선가 낭랑한 음성이 들려왔다.

눈을 끔벅거리자 희미해진 시야에 한 사람의 얼굴이 잡혔다.

깎은 듯 수려한 미목.

샛별 같은 눈은 날카롭고도 무섭게 빛난다. 나이는 열대여섯? 동구는 저 잘생긴 얼굴에 숨은 심성을, 그 눈빛이 얼마나 무서운 살기를 머금고 있는지 이제 잘 알고 있다. 자신보다 키가 큰 것도 아니고 힘이 센 것도 아닌 것 같았지만 한 번도 때리지 못하고 줄창 맞다가 이 꼴이다. 하긴 사대천왕 모두가 이렇게 당했다. 하지만 자신도 이렇게까지 당할 거라고는 정말 생각하지 못했었다.

"쿨럭, 말했잖아? 필요하면 찾아오라고 했다구욱……!"

갑자기 말이 콱 막혔다.

금의를 입은 그 소년이 동구의 목줄기를 사정없이 밟아버렸기 때문이다.

"존댓말을 써. 너 같은 버러지 같은 놈들과 말을 섞을 내가 아니다. 알겠나?"

금의소년이 동구의 목을 밟은 발의 무릎에다 팔꿈치를 얹으며 몸을 숙여 동구를 내려다보았다.

동구의 얼굴이 금방 시뻘겋게 달아올랐다.

숨을 쉬지 못하고 캑캑거리지만 금의소년은 꿈쩍도 하지 않고 웃으며 동구를 내려다볼 뿐이다. 말이야 웃는 얼굴이지만 그 눈빛은 얼음처럼 싸늘하기만 하다.

"부하들이 이 꼴인데도 두목이란 놈이 거북이처럼 대가리를 처박고 숨어서 기어 나오지도 못하다니…… 겨우 그런 놈이 두목이란 말이냐? 하긴, 너희들 같은 무지렁이들의 두목이란 놈이 오죽하겠냐마는……."

"캑캑……!"

동구가 목을 밟은 금의소년의 발을 붙들고 요동쳤다. 하지만 자신보다 월등히 큰 동구의 목을 밟은 금의소년의 발은 꿈쩍도 하지 않았다. 마치 거대한 기둥이 땅에 뿌리라도 내린 듯이.

"내 동생에게 충성을 맹세해라. 그럼 널 용서하고 잘살 수 있도록 해주마. 아니, 네놈들 패거리의 두목이 되도록 해주지. 어떠냐?"

금의소년이 다시 말했다.

"그, 그래! 내, 내 부하가 되면 만날 고기를 먹게 해주마."

금의소년 뒤의 뚱뚱한 소년이 자신의 가슴을 두드렸다.

골목길. 그 소년의 뒤로 십여 명의 애들이 둘러서 있고 그 옆으로 대여섯 명의 애들이 바닥에 쓰러져 꿈틀거리고 있음이 보인다.

"바보 녀석……."

금의소년이 그 소년을 노려보았다.

"혀, 혀엉……."

뚱뚱한 소년은 울상이 되었다.

"형이라고 부르지도 마라! 너 같은 놈이 내 동생이라니……. 이런 버러지들에게 당하고도 나를 형이라고 부를 자격이 있단 말이냐?"

"그, 그놈은 달라……. 진짜야! 정말 그놈은 다르다니까."

"한심하군. 겁에 질린 꼴이라니……. 놈에게 특별난 점이 없다면 넌 내게 죽을 줄 알아."

말과 함께 금의소년은 한 걸음 뒤로 물러나며 말했다.

"놈에게 안내해라. 그럼 넌 천왕파의 두목이 된다."

"……"

동구는 한참 숨을 몰아쉰 다음에서야 간신히 일어날 수가 있었다. 하지만 헐떡거릴 뿐, 움직일 생각은 하지 않았다.

"내 말 못 들었어?"

금의소년의 음성에 살기가 돋았다.

"한 가지만…… 물어볼까?"

난데없는 동구의 말에 금의소년은 동구를 보았다.

"넌 몇 대 맞으면 친구를 배신하나 보지? 우리 동네에선 그런 놈을 아주 개새끼로 치는…… 크엑!"

동구는 채 말을 끝내지도 못하고 금의소년의 발길질에 사납게 나가 떨어졌다. 핏물이 허공에 흩뿌려졌다. 무려 일 장이나 붕 떴다 나가떨어진 동구는 꿈틀거릴 뿐, 일어나지도 못했다.

"좋아. 죽고 싶다면 죽여주지. 너 같은 무지렁이 한두 놈쯤 죽이는 건 일도 아니다."

금의소년이 냉정히 말하면서 천천히 동구에게로 다가섰다.

동구의 눈에 공포의 빛이 어렸다.

금의소년에게서 정말 살기가 느껴졌기 때문이다. 누구라도 느낄 수 있는 본능적인 공포.

그때였다.

第六章
악연(惡緣)과 선연(善緣)

첫째 마당

"넌 사람을 죽여본 적이 있나 보지?"

피식, 웃는 음성 하나가 들려왔다.

금의소년이 미간을 찡그렸다.

시선을 돌리자 꼬마 하나가 눈에 들어왔다.

평범한 무명 옷. 특이한 생김새도 아니다. 하지만 골목 바깥에서 스
며드는 희미한 빛에 드러난 얼굴에서 반짝이는 눈빛은 금의소년을 직
시하고 있었다. 묻지 않아도 그 꼬마가 운비룡임을 알아볼 수 있었다.
이곳에 나타났다면 자신이 누군지 알고 나타났을 것인데 저렇게 태연
한 표정을 지을 수 있다면 보통내기는 아닐 것이기 때문이다.

"네가 말호란 놈이구나."

금의소년이 웃으며 말했다.

푸근해 보이는 웃음이지만 실제로는 먹이를 발견한 맹수의 포만감

과도 같은 웃음이기도 하였다.

하지만 운비룡이 누군가?

"아하, 네가 저 변사(卞四)의 형이라는 변삼(卞三)인가 보네?"

그 말에 변삼, 변성전장의 셋째 변진우(卞震宇)의 안색이 달라졌다.

올해 나이 열다섯. 어릴 때부터 기재라는 소리를 들었다. 천성적으로 지기를 싫어해 배움이 뛰어나 아버지의 총애를 한 몸에 받았다. 집에서 무림고수를 초청해 배우던 무공으로도 모자라 삼 년 전에는 대문파의 제자로 들어간 그였다. 그곳에서도 출중한 자질을 보여 직전제자(直傳弟子)가 되었으니 자부심이 하늘을 찔렀다. 사문의 사숙을 따라 잠시 집에 들르게 된 변진우는 동생의 하소연에 감히…… 라고 하여 운비룡을 찾아 나섰지만 심심풀이로밖에는 생각하지 않았다.

그런데 감히 네가에다 변삼이라니?

금의소년, 변진우의 얼굴이 음침해졌다.

"네놈이 죽고 싶어서 발악을 하는구나?"

"하하…… 누가 죽을지는 봐야 아는 일이지! 점쟁이도 아닌데 어떻게 미리 알 수가 있겠나? 안 그래?"

꼬박꼬박 반말이다.

"네놈이 주둥아리만큼 실력을 가지고 있는지 한번 봐야겠구나."

변진우가 냉랭히 말했다. 그때.

"말호야! 도망쳐어…… 놈은 우리가 상대할 수 없는…… 캑!"

부르짖던 동구가 변진우의 뒷발질에 피를 뿌리며 널브러졌다. 어딜 어떻게 맞았는지 꿈틀거리기는 하지만 고개도 들지 못하였다.

"네놈이 두목이라며? 그렇다면 어디 와서 구해 가봐라."

널브러진 동구의 머리를 발로 누르며 변진우가 어린아이답지 않게 차갑게 웃었다. 고르게 난 이. 잘생긴 얼굴임에도 어딘지 모르게 섬뜩한 느낌이 드는 웃음이었다.

그런데,

"난 누가 하라면 싫어하는 사람이라서 말이지……."

운비룡은 고개를 저으며 몸을 돌리는 게 아닌가?

그리곤,

"미친개처럼 사나워 보이니 난 너랑 놀기 싫어졌어. 사람이 개에게 물리면 재수 더럽잖아?"

손을 흔들어 보이며 골목 밖으로 걸어가기 시작했다.

"이, 이놈이……."

변진우의 얼굴이 일그러졌다.

한낱 천한 잡놈이 언감생심 자신을 능멸한다는 것은 상상도 해본 적이 없었다. 어차피 정식 무공을 익힌 자신인지라 당장 강호에 나가도 허접한 놈들쯤이야 몇 놈 패줄 자신도 있었다. 호위 무사가 따르는 것도 돌려보냈다. 그런데 감히…….

"오늘 네놈을 죽여주마!"

말과 함께 변진우는 땅을 박찼다.

"우와─!"

그 뒤에 있던 아이들이 입을 딱 벌렸다.

변진우가 땅을 박차자 그 몸이 공중으로 훌쩍 뛰어오르더니 삼 장이나 되는 거리를 날아 운비룡을 덮치는 것을 보았기 때문이다. 거리의 아이들로서는 상상도 할 수 없는 광경이었다.

태연히 걸어가던 운비룡은 삼 장 거리를 단숨에 날아간 변진우가 허공에서 후려 팬 일격을 피해내지 못했다.

팍!

등을 맞은 운비룡이 맥없이 앞으로 풀썩 쓰러져 데굴데굴 굴러가는 것처럼 보였다.

"봐, 봐! 저게 우리 형이야! 한 방이면 끝난다니까!"

운비룡을 보자 내심 겁을 먹고 있던 넷째 변광우(卞匡宇)가 신이 나서 손뼉을 치면서 소리쳤다.

변진우는 운비룡을 쳐 날려 버리고는, 땅에 내려서자마자 다시 달려가면서 운비룡을 발로 돌려 찍었다.

세찬 바람 소리가 일었다.

거기에 찍히면 어디가 부러지거나 터질 것이 틀림없었다.

팍!

바닥에서 흙먼지가 일면서 운비룡은 아슬아슬하게 그 발길질을 피해 몸을 굴리면서 한 손으로 땅을 짚고 벌떡 일어섰다.

변진우의 입장에서는 운비룡이 땅에서 훌쩍 솟아난 꼴이라 내심 깜짝 놀랐다. 무공도 배우지 않은 꼬마 놈이 그렇게 일어날 수 있을 줄은 상상도 하지 않았기 때문이다. 하나 명가(名家)의 무공을 연마한 변진우답게 흥! 하고 코웃음 치면서 운비룡의 가슴을 향해 바람처럼 은한초개(銀漢初開)의 일식으로 일권을 후려쳤다. 마치 그렇게 될 것을 알고 미리 준비한 것 같은 응변이었다.

"으악!"

운비룡의 입에서 비명이 터져 나왔다.

'이놈이?'

변진우는 일순 괴이한 생각이 들었다. 가슴을 향해 일권을 질러내면서 마주친 운비룡의 눈이 웃고 있었기 때문이다.

이런 상황에서 웃고 있을 리가 없지 않은가? 공포에 질리거나 당황해야 할 텐데 웃고 있다니? 하지만 그렇다고 제놈이 자신의 일권을 피해내거나 견뎌낼 수 있으리라고는 전혀 믿을 수 없었다. 사문의 기공(氣功)을 수련하여 바윗돌도 깨는 자신의 주먹인 것이다.

"건방진 놈, 죽어봐라!"

허세를 부리고 있다고 생각한 변진우는 냉소하면서 그대로 운비룡의 가슴을 사정없이 후려쳤다.

퍽!

으악!

비명이 터져야 옳았다.

그런데 퍽 소리와 함께 크윽! 괴이한 비명이 터져 나온 것은 변진우에게서였다.

"이, 이게 뭐야?"

변진우가 주춤, 물러나며 일그러진 얼굴로 손을 떨었다.

운비룡의 가슴을 친 순간에 뭔가 물컹, 하더니 퍽! 터져서 손을 덮고 일부는 얼굴과 가슴까지 튀는데 괴이한 냄새가 진동을 했던 것이다.

"크으으…… 세긴 세에네."

운비룡이 비틀 하면서 신음을 흘렸다.

가슴을 움켜잡은 형태인데 자세히 보면 가슴에 있는 뭔가를 양손으로 잡고 있었다. 작은 그릇 같은 건데 거기에는 뭔가 검은 것이 담겨 있다가 터져서 줄줄 흘러내리면서 악취가 진동을 했다.

"그, 그게 뭐냐?"

변진우가 일그러진 얼굴로 소리쳤다.

운비룡이 씩, 웃었다.

"바보, 넌 똥도 모르냐? 이 빌어먹을 개가 설사를 했나? 냄새가 지독하네. 호오? 노려보는 걸 보니 나머지도 필요한가 보지? 옜다, 다 가져라!"

말과 함께 운비룡은 손에 들고 있던 걸 변진우에게로 냅다 집어 던졌다.

"허억?"

변진우는 냄새를 풍기는 그것이 사방으로 똥물을 뿌려내면서 자신에게 날아오는 것을 보고 기겁을 하고 옆으로 몸을 날렸다.

픽!

바닥에 퍼진 개똥은 지독한 냄새를 풍기며 흩어졌다. 정말 문제가 있는 개똥인지 묽기도 묽었다.

"이, 이놈……!"

겨우 그것을 피한 변진우의 얼굴이 시퍼렇게 변했다.

말 그대로 치솟는 살기가 얼굴빛까지 변하게 한 것이다. 손을 덮은 개똥은 정말 운비룡의 말대로 설사를 한 건지 지독한 악취에다가 물렁거려서 손을 떨어도 사방으로 튈 뿐, 떨어지지가 않았다. 게다가 얼굴과 가슴팍 옷자락까지 튄 것은 코가 떨어질 것 같은 냄새를 풍기니 결벽증이 있는 변진우로서는 견딜 수가 없는 일이었다.

"죽여 버리겠다……!"

변진우는 정말 살의를 느꼈다.

죽인다고 해도 정말 죽일 생각은 없었고 어디 하나 분질러 주고 말 생각이었다. 하지만 이젠 달랐다. 정말 죽여 버릴 작정이었다. 그렇지 않고서는 이 분을 풀 수가 없었다.

살기가 이글거리는 눈빛으로 변진우가 운비룡에게로 다가섰다.

그 모습을 보면서도 운비룡은 태연했다.

그리고,

"이번에는 또 무슨 똥이 필요하냐?"

나온 말은 황당했고 그 다음 행동은 더욱 황당했다.

내민 왼손에 뭔가가 들려 흔들리고 있는데, 묵직해 보이는 봉지였다. 축 처진 그 봉지를 흔들며 운비룡은 씨익, 웃어 보였다.

불어오는 바람에 그 봉지에서 고약한 냄새가 풍기는 것을 맡은 변진우는 기가 막혀서 얼굴이 시뻘게졌다.

"이, 이런, 거북이 꼬랑지 같은 더러운 놈이……."

득득, 이가 절로 갈린다.

하지만 너무 화가 난 그는 미처 생각하지 못했다.

자신의 주먹은 분명히 운비룡의 등을 쳤다. 그 일격은 어른이라 할지라도 일어나지 못할 정도의 경도(勁度)를 가졌었다. 그런데 어떻게 운비룡이 그렇게 벌떡 일어날 수 있었는지 평소의 변진우라면 냉철하게 생각을 할 수가 있었을 것이었다.

그러나 너무 화가 난 변진우는 그것을 지나쳐 버렸다.

좀 전, 운비룡은 몸을 돌린 채 걸어가고 있었지만 온 신경을 뒤에다 두고 있었기 때문에 한 가닥 기운이 등 뒤로 덮침을 직감할 수 있었다.

'뭐야?'

쫓아오는 발소리를 기대했던 운비룡은 뭔가 심상치 않은 것을 느끼자 앞으로 몸을 내던졌다.

그 순간에 변진우의 일격은 운비룡의 등을 쳤다.

그러니 그 힘의 대부분은 실제로 운비룡의 등을 치지 못한 셈이었다. 그리곤 몸을 굴리면서 변진우의 발 찍기를 피한 운비룡은 벌떡 일어나 미리 준비했던 개똥 그릇을 변진우의 주먹에다 디밀었다.

원래 처음부터 그 과정은 운비룡의 생각대로였다.

운비룡은 자신이 변진우의 상대가 되기 힘들 것으로 짐작하고는 몇 가지를 준비했다. 그리고는 그걸 들키지 않기 위해서 어두운 곳에서 변진우의 약을 올려 그를 유인했던 것이다.

결과는 대성공이었다.

하나 상대는 그가 생각했던 것보다 고수였다.

밤거리 뒷골목을 주름잡는 그런 주먹질하던 자들과는 차원이 다른 무공을 체계적으로 배우고 있는 정식 수련자인 것이다. 비록 아직 경지에 이르지 못했다 할지라도 그것만으로도 운비룡의 막무가내가 통할 상대가 아니었다. 운비룡의 반응이 조금만 늦었더라도 지금쯤 바닥에 누워 복날 개처럼 얻어터지고 있을 터였다. 겉으로야 느물거리지만 실제로는 가슴이 서늘해진 운비룡이었다.

그러나 내색을 할 운비룡이 아니다.

"뭐라고? 거북이 똥이 필요해? 그건 지금 당장 구할 순 없는데……."

오히려 난감한 표정으로 혀를 찼다.

열두 살 먹은 녀석이 그렇게 느물거리니 어이가 없는 일이었지만 변진우의 눈에는 가증스럽기 짝이 없기만 했다. 쳐 죽여도 시원치 않았다.

"노옴……!"

변진우는 눈을 찢어질 듯이 부릅뜨고서 운비룡을 향해 덮쳐 갔다.

"바보야, 기다리고 있었다!"

그러자 운비룡이 크게 웃으며 그에게 손에 들었던 봉지를 냅다 던져 버리는 것이 아닌가?

저 더러운 걸 손으로 칠 수야 없다. 치면 어떻게 될지 보지 않아도 뻔한 일이기 때문이다. 그렇다고 흘려보내기에는 속도가 너무 빨랐다. 도저히 꼬마가 던진 것이라고 볼 수 없도록 빠르고 정확했다.

변진우는 오늘 평생을 통해 갈아댄 것보다 더 많이 이를 간다.

"으드득! 이 쳐 죽일 놈!"

부러져라 이를 갈아대면서 변진우는 손을 거두고 옆으로 피할 수밖에 없었다.

순간,

"무슨?!"

변진우는 눈을 부릅떴다.

마치 허깨비처럼 그가 피하는 곳에서 한 사람이 불쑥 솟아올랐던 것이다.

그를 향해 이를 드러내고 웃는 그 얼굴은 바로 운비룡이었다.

운비룡은 처음부터 이 상황을 머리 속에 그리고 있었다. 해서 손에 든 봉지를 던지자마자 변진우가 피할 곳으로 몸을 날렸던 것이다.

그리곤 변진우의 얼굴에 틀어박히는 운비룡의 주먹.

퍽!

변진우의 얼굴이 사정없이 돌아갔다.

주먹이 틀어박힌 곳이 턱과 볼이 만나는 귀 어림이니 한순간 정신이 아득해졌다.

쓰러질 듯 옆으로 휘청하는 변진우의 얼굴을 걷어 올린 것은 운비룡의 발이었다. 이미 그곳으로 쓰러질 것을 알고 있었다는 듯이 운비룡은 무릎을 쳐 올리고 있었다.

콰작!

피가 튀면서 변진우가 뒤로 넘어졌다.

채 비명도 지르지 못했다.

그런 그를 향해 운비룡은 몸을 날려 달려들었다.

개똥?

그런 건 처음부터 상관도 하지 않았다.

뒤로 넘어진 변진우를 올라탄 운비룡은 양손으로 변진우의 턱을 연달아 후려쳤다.

퍽퍽!

변진우의 얼굴은 금방 피투성이가 되었다.

상상도 하지 않았던 사태에 변진우는 정신이 나갔다.

그런 변진우를 운비룡은 사정 보지 않고 팼다. 기회는 늘 오는 게 아니었다. 한순간의 틈도 놓치지 않는다. 그게 바로 운비룡이 지금까지 싸우면서 터득한 비법이었다. 틈이 없다면 생기게 하라는 것도 스스로 터득한 것이었지만.

"혀, 혀엉……."

변광우는 믿을 수 없는 광경을 보고 겁에 질려 양손가락을 입에다 모조리 틀어박은 채로 주춤거리며 물러났다. 울상인 그 얼굴은 금방이라도 도망칠 것만 같은 모습이었다.

다른 아이들도 마찬가지였다.

"와아아~!"

환성을 올리는 것은 얻어터져 드러누웠던 천왕파의 아이들이었다.

역시 우리 대장이야!

입이 째졌다.

그때였다.

반항조차 못한 채 얻어맞고 있던 변진우가 손을 걷어 올리면서 몸을 비틀었다.

난데없는 격한 움직임에 그 위에 올라타고 있던 운비룡 또한 옆으로 넘어질 수밖에 없었다. 상황이 심상치 않다고 판단한 운비룡은 쓰러지면서 한 손으로 땅을 짚고서 옆으로 굴러갔다.

펑!

운비룡이 있던 자리에서 폭음이 터졌다.

변진우의 손이 뒤집어지면서 그 자리를 후려친 것이다.

땅바닥을 짚고서 변진우가 머리를 들었다.

얼굴이 엉망진창이었다.

눈 한쪽은 거의 감겼고 입과 코에서는 핏물이 줄줄 흘렀다. 어딜 어떻게 다쳤는지 피 범벅이라 알아보기조차 힘들었다.

그러나 부릅뜬 한쪽 눈에서는 살기가 이글거렸다.

"죽, 여, 버린다……."

어눌한 음성으로 변진우가 내뱉었다.

"하하…… 정말 그럴 수 있겠어?"

먼저 일어난 운비룡이 하하 웃었다. 하지만 그 말은 채 끝맺지도 못했다.

변진우의 몸이 땅바닥에서 그대로 튕겨 올라 운비룡을 향해 덮쳐 왔던 것이다.

눈앞에서 창졸간에 벌어진 일이다.

아무리 운비룡의 몸이 날래다 해도 피할 수가 없었다. 다급해진 운비룡은 양손을 교차시켜 앞을 가로막았다.

팡!

요란한 소리와 함께 운비룡이 튕기듯 뒤로 밀려 나가떨어졌다.

그 뒤에는 벽이 있었다.

이곳은 공터가 아니라 골목이었다.

세차게 벽에 부딪친 운비룡은 머리를 흔들었다. 눈앞에서 변진우가 한 손을 쳐들어 자신을 향해 눌러오고 있음이 보였다.

거리는 반 장가량이나 되었다.

운비룡이라면 충분히 피하고 남음이 있는 거리였다.

옆으로 몸을 굴리듯 달려갔다.

그런데 심상치 않았다.

답답한 기운이 어느새 그 앞을 가로막고 있었다. 무형의 담장이 눌러오는 것만 같았다.

퍽!

"크윽!"

운비룡은 철퇴가 가슴을 치는 것 같은 충격을 받고 다시 뒤로 튕겨졌다. 세차게 벽에 부딪치다 못해 온몸에서 부서지는 소리가 났다. 어지간한 운비룡이었지만 그 충격을 견디지 못하고 그 자리에 허물어지고 말았다.

"뭐, 뭐지?"

운비룡은 머리를 흔들었다. 입에서 핏물이 흘러내렸다. 입 안이 찢어져서 나오는 피가 아니었다. 속에서 올라왔다. 정신이 몽롱하고 가슴이 타는 듯 쓰라렸다.

이해가 되지 않았다.

변진우의 손은 자신에게 닿지도 않았다.

그런데 어떻게 이런?

그것이 내가(內家)의 벽공장력(霹空掌力), 소위 장풍(掌風)이란 상승절기임을 운비룡으로서는 이해할 수 없었다. 이미 천요랑군에게서 타격을 받아보긴 했지만 그런 놀라운 일을 눈앞의 변진우가 할 수 있으리라고는 꿈에도 생각할 수가 없었기 때문이다. 그렇기에 자신이 내상을 입었다는 것조차 자각할 수 없음은 너무 당연했다.

하지만 아무것도 더 이상 생각할 수 없었다.

퍽!

꿈틀거리며 몸을 일으키는 운비룡에게 변진우의 발이 날아들었으므로.

입이 벌어짐과 동시에 운비룡은 하늘로 떠올랐다.

그리고 그 떠오른 운비룡을 향해 변진우는 다시 발을 뻗었다.

세찬 바람 소리가 일며 그 발에 채인 운비룡은 휴지 조각처럼 벽에 처박혔다.

퍽 소리가 나는 것이 어디가 깨지거나 부러진 것만 같다.

퍽퍽!

그래도 발길질은 연달아 계속되었고 운비룡은 정신 차릴 여가 없이 그 발길질에 나뒹굴었다. 그때마다 핏물이 튀어 올랐다. 운비룡은 이미 피투성이, 혈인(血人)이 되어버렸다.

"마, 말호야······."

겨우 머리를 든 동구가 그것을 보고는 얼굴이 하얗게 질렸다.

그래도 꿈틀거리며 일어나는 운비룡을 보면서 변진우는 음산히 웃었다. 피투성이의 그 얼굴은 이미 조금 전의 준미했던 미공자의 것이 아니라 살귀(殺鬼)처럼 흉악하게 보였다.

"좋아…… 제법 질긴 놈이로구나. 네놈이 과연 이 일격을 맞고도 일어날 수 있다면 널 살려주기로 하지. 흐흐……"

변진우는 음산히 웃으며 오른손을 들어 올렸다. 아지랑이 같은 기운이 그 손에서 맴돌고 있었다.

"저, 정말로 죽일 거야?"

겁 많은 변광우가 겁먹은 표정으로 주춤거리며 물러났다.

"헤헤…… 겨우 그걸로 말이냐? 좋아, 얼마든지…… 얼마든지 해봐. 그까짓 거…… 맞아주지."

운비룡이 퉁퉁 부어터진 눈으로 희미하게 보이는 변진우를 보면서 이죽거렸다.

말은 어눌했지만 그걸로 충분했다.

변진우는 크게 숨을 들이마시며 진기를 운기했다.

손에서 맹렬한 진기의 힘이 요동쳤다.

사부가 말했었다.

절대로 함부로 운용하지 말라고.

왜 그런지는 아직 제대로 터득하지 못한 신공을 바위에다 시험해 보고서야 알았다. 바윗돌의 내부가 모조리 가루가 되어 바람에 날리는 것을 보고서.

이것이면 놈을 죽이기에 충분하고도 남으리라.

변진우는 현청신공(玄清神功)의 괴자결(壞字訣)을 운기하고 있었다. 아직 숙련되지 못했지만 맞는 순간, 운비룡이란 놈이 죽는 것은 의심할 여지가 없었다.

'위험해!'

그 형상을 보고 운비룡은 뭔지 모를 심상치 않음을 직감했다. 눈앞이 제대로 보이지 않을 정도로 시야가 희미했지만 이런 경우는 둘 중 하나를 선택해야 한다는 걸 운비룡은 직감적으로 알고 있었다.

그대로 도주하거나 아니면……

"크헉?!"

변진우는 눈을 부릅떴다.

허리도 제대로 못 편 채로 엉거주춤 일어나 비틀거리고 있던 운비룡이 갑자기 무섭게 튀어 올라 그의 가슴으로 뛰어들면서 격렬하게 그의 명치를 들이받았던 것이다. 전혀 생각지 못했던 일이라 엉겁결에 손을 쳐냈지만 변진우는 이미 운비룡과 함께 나뒹굴고 말았다.

넘어지는 순간, 뻑! 하는 소리와 함께 운비룡은 머리로 변진우의 턱을 받아버렸다.

변진우는 턱이 젖혀졌고 비명조차 지르지 못했다.

뒤이어 격렬한 고통이 명치에 쑤셔 박혔다.

"컥!"

운비룡이 넘어진 그의 배 위에서 무릎으로 다시금 변진우의 명치를 찍었던 것이다. 초식의 변화나 배움이야 운비룡이 제대로 배운 변진우를 따라갈 수가 없음이 당연하다. 하지만 이렇게 뒤엉킨 이전투구(泥田鬪狗)라면 어른들도 운비룡에게 이긴다는 말을 하기 쉽지 않았다.

변진우의 몸이 손쓸 새도 없이 고통에 새우처럼 웅크러들었다.

콰작!

다시 터져 나오는 뼈가 울리는 소리.

운비룡이 변진우의 머리를 잡아 들고는 냅다 들이받아 버린 것이다. 피가 튀면서 변진우의 눈이 돌아갔다. 머리를 감싸 쥔 변진우가 뒤로 넘어가 부들부들 떨기만 했다.

얼굴이 온통 피투성이였고 이마가 터져 핏물이 흘렀다.

"별거도 아닌 놈이……."

운비룡은 변진우가 한동안 일어나지 못할 것임을 알고는 비틀비틀 몸을 일으켰다. 더 때리라고 해도 그럴 힘이 없었다. 만약 변진우가 한 번만 더 버틸 수 있었다면 그 자리에 누운 것은 운비룡이었을 터이다. 겨우 조금 나았던 이마의 상처가 박치기에 터져 핏물이 흘러내렸다. 시야를 가리는 핏물, 손등을 들어 닦아내자 간신히 희미하게 눈앞이 보였다.

운비룡과 눈을 마주치자 변광우는 그 흉악한 모습에 그만 사색이 되어 주저앉았다.

"사, 살려줘……."

"치사한 놈…… 다시는 이런 짓 하지 않는다고 맹세를 하곤……."

운비룡이 비틀거리며 다가옴을 보자 변광우는 그만 울음을 터뜨리면서 싹싹 빌었다.

"엉엉! 다시는, 다시는 안 할게! 어엉엉…… 다시는……."

"돼지 같은 놈……."

운비룡은 변광우에게 발길질을 해버렸다.

변광우가 뒹굴자 운비룡은 아이들을 둘러보았다.

"누가 또 덤빌 테냐?"

감히 나서는 아이가 있을 리 없다.

바로 그때였다.

"위험해!"

누군가가 다급히 외쳤다.

겨우 몸을 일으켰던 동구였다.

깜짝 놀란 운비룡이 급히 뒤를 돌아보자 놀랍게도 피투성이의 변광우가 일어나 자신을 향해 손을 쳐오고 있는 것이 아닌가!

거리는 불과 두 자가량.

피하기는커녕, 그 자리에서 움직일 힘도 없는 운비룡이었다. 게다가 얻어맞기도 전에 가슴이 답답해졌다. 바로 좀 전에 느꼈던 그 기분 나쁜 느낌의 괴이한 기운이 전신을 눌렀다.

그런데 바로 그때.

둘째 마당

불쑥, 몽둥이 하나가 나타났다.

썩썩 대강 굵은 나뭇가지를 깎아 만든 듯한 몽둥이.

그것은 운비룡과 변진우 사이에 불쑥 끼어들었다. 그리고는 변진우가 무리해서 쏟아낸 현청신공의 경력을 맞이했다.

부우웅—

희미한 떨림이 몽둥이에서 일어나는가 싶더니 놀랍게도 변진우가 죽을힘을 다해 쏟아낸 경력이 소리도 없이 흩어지고 말았다.

"왁!"

마지막 힘을 다해 무리하게 신공을 운기한 변진우는 마침내 견디지 못하고 한 모금의 핏덩이를 토해내고는 그 자리에 주저앉고 말았다. 그러면서도 그는 괴이하고도 놀란 빛을 띤 눈으로 갑자기 나타난 몽둥이를 바라보았다.

몽둥이.

그것을 쥔 사람은 팔뚝 하나가 깍짓동 같은 거한(巨漢)이었다.

부리부리한 눈에 헝클어진 더벅머리. 하지만 눈에서 빛나는 정광(精光)은 사람을 압도하는 기백으로 빛난다. 허름한 옷에 털이 숭숭한 정강이를 그대로 드러낸 그는 맨발이었다. 아니, 맨발이라기보다는 짚신을 신고 있었는데 그나마 발가락이 드러나 보였다. 윗옷도 낡기는 마찬가지다. 둥둥 걷어붙인 소매는 떨어져 너덜거렸다.

그렇게 낡은 옷이지만 크게 더러워 보이지 않는 게 다행이지만 등에 거적 하나를 메고 있으니 아무리 좋게 말해도 거지라는 걸 부인할 수는 없는 모습이었다. 하지만 얼굴을 다시 보니 나이는 채 서른이 되지 않은 것처럼 보인다.

"뭐, 뭐냐?"

변진우가 일그러진 얼굴로 물었다. 말을 하자 입에서 핏물이 게워 올려진다. 하지만 저 거지 놈이 저 보잘것없는 몽둥이 하나로 자신이 쏟아낸 현청신공을 화해(解)시켜 버리다니……

그때 남루한 대한이 물었다.

"그 나이에 현청신공을 삼성(三成)지경에 이르도록 수련했으니 기특하군. 그런 진경(進境)이라면 멀지 않아 현청건강기(玄淸乾罡氣)에 입문할 수 있겠구나. 종남(終南)의 문하냐?"

"그, 그걸 어떻게?"

"그 나이에 현청신공을 전수받았다면 진산제자(鎭山弟子)일 터, 혼자 강호행을 할 순 없을 테니 은하검객 사도공보 선배를 따라 나왔느냐?"

변진우의 얼굴이 하얗게 질렸다.

"다, 당신은 누구요?"

"종남은 이미 오래전부터 구대문파의 일원으로서 우뚝하여 그 행사에 삿됨이 없고 사람을 대함에 부끄러운 적이 없었다. 물론 그 힘을 믿고 약한 사람을 괴롭힌 적도 없었지. 한데 네가 사문의 총애를 받아 종남파의 진산절기를 수습하고도 어린아이를 상대함에 있어 이런 모진 손속을 전개하다니…… 어찌 용서할 수 있는 일이겠느냐? 더구나 등을 보인 상대에게 암수라니!"

대한은 고리눈을 부릅뜨고서 꾸짖었다.

그 기세는 당당하고도 위엄스러워 장내의 모든 꼬마들을 압도하고도 남았다.

설사 어른이 있다 한들, 어찌 그 위엄을 느끼지 못하겠는가.

상대가 단숨에 자신의 사승내력(師承來歷)을 갈파해 버림을 보자 변진우는 주눅이 들었다.

"다, 당신은 어떻게 되는 사람이신지……."

거지라고 얕보고 대뜸 하대를 하던 말투가 잔뜩 움츠린다.

"나는 조비(趙조)라고 하는 사람이니 사도 선배에게 내가 누군가를 물어보면 알 것이다!"

그는 눈을 굴려 운비룡을 바라보았다.

"괜찮으냐?"

"괜찮아요."

운비룡은 눈을 깜박이며 그를 뚫어져라 보면서 답했다.

"괜찮지 않을 텐데?"

말과 함께 그는 손을 내밀었다.

그 움직임은 별게 아닌 것 같았지만 실제로는 비할 바 없이 빨라 순식간에 운비룡의 맥문을 거머쥐었다. 하나 운비룡은 그 기운을 느끼고는 슬쩍 한 걸음 뒤로 물러나 그 손길을 피해 버리고 말았다.

놀람이 대한 조비의 눈에 스쳐 갔다.

이 꼬마가, 더구나 온몸이 심하게 망가진 상태의 꼬마가 자신의 손을 벗어날 수 있다는 것을 믿을 수가 없었던 것이다. 하지만 그는 평범한 사람이 아닌지라 내밀었던 손을 뒤집는 사이에 운비룡의 맥문을 움켜쥘 수가 있었다.

"뭐, 뭐 하는 거예요?"

"해치려는 게 아니니 걱정할 것 없다."

말과 함께 그는 운비룡의 맥을 짚어보고는 미간을 찡그렸다.

그의 덩치와 운비룡이 같이 서 있으니 고목에 매미가 붙어 있는 형국이다.

'괴이하군. 내상이 있긴 한데…… 그리 대단하질 않군? 분명히 정통으로 한 번 맞는 걸 보았는데…… 더구나 마지막 일격을 내가 해소시켜 주었다 할지라도 거리가 가까워 진상(震傷)을 면하기 어려웠을 텐데 무공을 배운 적이 없는 꼬마가 내가기공을 맞고도 멀쩡할 수가 있단 말인가?'

그는 내심 고개를 갸우뚱거려야 했다.

원래 그는 이곳을 지나다가 운비룡이 여기저기서 똥을 긁어 담는 모습을 보고 괴이하여 그 뒤를 따라 여기에 이르러 그 광경을 지켜보게 되었던 것이다.

운비룡의 내부는 멀쩡하지는 않았다.

하지만 위험할 정도도 아니었다. 그냥 조리를 잘하면 될 정도라서 우려할 만한 것은 아님이 신기할 따름이다. 내가기공에 타격을 받으면

장부(臟腑)가 상하게 되어 그 후유증이 만만치 않다. 일반인이라면 자칫 평생을 두고 고생할 수도 있었다. 그렇다고 내공을 수습한 흔적은 보이지 않으니 더욱 신기했다.

그는 번쩍 하는 사이에 운비룡의 가슴팍 혈도 몇 군데를 쳤다.

그러자 운비룡은 캑! 하는 소리와 함께 검붉은 피를 토해냈다.

"다, 당신이!"

운비룡이 노해 그를 쏘아보았다.

"악혈(惡血)을 토해내도록 했으니 별다른 탈은 없을 것이다. 네 동료들을 데리고 돌아가 보도록 해라."

조비는 다시 시선을 멍청한 표정인 변진우에게로 돌렸다.

"너도 돌아가거라."

갑자기 그가 눈을 부릅뜨고서 변진우를 쏘아보았다.

"너는 결코 잊지 말아야 할 것이다! 무인이 무공을 배움은 스스로의 강함으로 약자를 괴롭히기 위해서가 아님을. 만에 하나, 그것을 잊어버린다면 너는 종남의 무공을 전승(傳承)할 자격이 없다! 알겠느냐?"

그의 눈에서는 쇠라도 뚫을 듯한 신광이 폭사되었다.

당해보지 않은 사람은 짐작도 하지 못할 기세였다. 변진우는 파리가 거미줄에 걸린 것처럼 꼼짝도 할 수가 없고 막대한 기세에 손가락 하나 까딱할 수도, 숨조차 제대로 쉴 수가 없었다.

'으으으……'

식은땀이 이마를 타고, 등줄기를 타고 흘러내린다.

그저 압도되어 고개를 끄덕일 따름이었다.

그때였다.

"당신…… 거지가 맞나요?"

뜻밖의 말에 조비는 멀뚱해져서 그쪽을 보았다.

운비룡이 홀린 듯한 표정으로 자신을 보고 있었다.

"핫하하…… 내가 거지가 아니면 뭘로 보이느냐?"

"음…… 당신처럼 멋있는 거지는 한 번도 본 적이 없어서요."

운비룡의 말에 조비는 멈칫하다가 씨익, 이를 드러내고 웃었다.

그는 큼지막한 손으로 운비룡의 머리를 한번 흔들어주고는 말했다.

"그렇게 봐줬다니 고맙구나."

바로 그 순간 일진 바람이 일면서 한 사람이 조비의 뒤에 나타났다. 뜻밖에 그도 거지였다. 조비보다 더 확실한 거지. 나이는 서른이 넘어 보이는데, 조비를 대하는 태도는 깍듯하기 이를 데 없다.

"그자의 종적이 발견되었습니다."

"어디냐?"

"용정(龍亭) 부근입니다."

"알았다."

"……."

나타난 사람이 조비에게 머리를 숙여 보이고는 슬쩍 발을 구르는가 싶더니 그 자리에서 사라졌다.

우와!

숨을 죽이고 있던 꼬마들이 눈이 휘둥그레져서 입을 딱 벌렸다.

거리에서 에헤라~ 동냥만 하던 거지가 하늘을 날고 눈앞에서 감쪽같이 사라지다니, 대체 이게 무슨 일인가? 놀라지 않을 수가 없었던 것이다.

"인연이 있다면 다시 만날 수도 있겠지. 부디 다음에는 사내다운 모습으로 볼 수 있기를 바라겠다. 약속할 수 있겠나?"

그의 눈길을 받은 변진우가 이를 악물고 고개를 떨구었다.

"하, 하겠습니다."

"너는?"

운비룡은 그를 보면서 웃었다. 퉁퉁 부은 얼굴이 웃는다는 게 실제로는 한심하기 이를 데 없는 표정이다.

"사람 사는 게 봐야 알죠. 하지만 다음에 볼 땐 최소한 등 뒤에서 얻어맞지는 않겠죠."

그 말에 음? 하고 운비룡을 본 조비는 이내 파안대소를 했다.

"푸핫하하하……! 좋아, 좋아…… 기대하마."

순간,

웃음소리의 여운이 채 사라지기도 전에 그의 모습은 그 자리에서 어둠 속으로 솟구쳐 사라져 버렸다. 아이들의 눈을 의식하지 않고 절정의 경공술을 펼쳐서 지붕으로 올라가는가 싶더니 이내 어둠 속으로 묻힌 것이다.

그만큼 급한 일이라는 의미일 터이다.

…….

그가 홀연히 사라지자 갑자기 장내에는 정적이 감돈다.

길게 뻗은 골목.

시끄러움에 슬쩍 고개를 내밀었던 몇 사람들도 다시 문을 닫고 들어갔다. 굳이 상관할 필요를 느끼지 못하는 것이다.

"……."

운비룡을 사납게 쏘아보던 변진우는 흥! 하고 냉소를 흘리더니 몸을 돌려 그 자리를 떠나기 시작했다.

아직도 운비룡을 그냥 두고 싶지는 않았다.

그러나 조비는 무서웠다.

그의 눈을 생각만 해도 전신이 오그라드는 것만 같았다. 잠시 동안이지만 그가 보여준 그 강렬한 박력은 정말 평생을 두고 잊을래야 잊을 수가 없을 것이었다.

"혀, 혀엉!"

변진우가 비틀거리면서 걸어가자 변광우가 놀라서 그 뒤를 따랐다.

운비룡과 변진우를 번갈아 보던 반루가의 아이들이 뜨악해서 급히 그 뒤를 따랐다. 하지만 중와자의 애들은 엉거주춤했다. 생각했던 대로 운비룡이 박살난 것도 아니고 그렇다고 이긴 것도 아니니 어떻게 해야 하나 곤혹스러운 것이다.

"너희들!"

운비룡이 그들을 쏘아보았다.

아이들이 찔끔! 운비룡을 바라보았다.

"동구와 애들을 부축해. 그럼 용서해 준다."

"저, 정말?"

아이들의 얼굴에 화색이 돌았다.

*   *   *

쨍그랑!

접시가 깨졌다.

"악!"

음식을 권하던 시비가 비명을 질렀다.

"다 가지고 나가! 들어오지 말라고 말했잖아!"

"마, 마님께서……."

"지금 당장 나가지 않으면 널 죽일지도 몰라. 죽고 싶으냐?"

변진우는 엉망이 된 얼굴로 시비를 쏘아보았다.

열일곱 살의 시비 향옥(香玉)은 놀라 얼굴이 창백해졌다. 그리고는 다급히 방 안에서 뛰쳐나갔다. 저 작은 주인의 성미가 얼마나 고약한 지는 너무도 잘 아는 그녀였다.

"죽여…… 버리고 말 테다!"

변진우는 이를 갈았다.

거울을 보자 엉망이 된 얼굴이 보인다. 과연 저래 가지고 원래의 얼 굴이 돌아올는지 알 수가 없을 정도였다. 평소 외모에 자부심을 가지 고 있었던 변진우로서는 절대로 있을 수 없는 일이다.

가소롭게 생각했던 운비룡에게 이런 꼴이 되다니…….

그 얼굴을 본 엄마는 기겁을 하고서 의원을 부르러 사람을 보냈다.

"대체 그놈은 누구지?"

조비?

들어본 적도 없다.

하지만 사숙에게 물어보면 알 거라는 이야기는 그놈이 무명지배가 아니라는 것을 의미한다.

"그 개방이라는 거지 무리의 고수인가?"

변진우가 중얼거릴 때 밖에서 카랑카랑한 음성이 들려왔다.

"애비다."

문이 열리고 풍채가 좋은 오십 대 중늙은이 한 사람이 화려한 금포(錦 袍)를 입고서 들어왔다. 좋게 말하면 풍채가 좋고 나쁘게 말하면 매우 뚱뚱했다. 살찐 코끼리가 걸어 들어오는 것만 같았다. 그를 돼지로 호칭

하지 않음은 수염을 기른 그의 두 눈에서 빛나는 정채(精彩) 때문이다.

그가 바로 변성전장의 장주인 변재경인 것이다.

"아버님……."

변진우가 얼른 한쪽 무릎을 꿇으며 고개를 숙였다.

어머니와는 달리 변진우로서도 감히 함부로 할 수 없는 존재가 아버지다. 그는 그럴 만한 힘도 있고 야망도 있는 상계(商界)의 실력자였고 집안에서는 절대적인 권력자였다.

"꼴이 그게 뭐냐? 광우에게 들으니 또 그놈이라며?"

변재경은 혀를 차더니 말을 이었다.

"놈이 보자 보자 하니, 내가 호원 무사들을 불러서 놈을 잡아오라고 하마. 해서 놈을 이번에는 아예……."

"죄송하지만 그냥 둬주십시오."

"뭐라?"

"소자가 불민해서 이런 꼴이 되었습니다. 놈을 처리하는 것은 지금도 할 수 있습니다. 하지만 지금은 하고 싶지 않습니다. 누구도……."

변진우는 이를 악물었다.

"누구도 소자의 행사에 간섭할 수 없는 힘을 가졌을 때 다시 돌아오겠습니다. 그때까지는 놈을 건드리지 말아주십시오."

"……."

변재경은 묵묵히 변진우를 바라보았다.

촛불이 일렁인다.

대황초 네 개가 방 안을 밝히고 있어 방 안은 대낮 같았다.

"좋다. 어쩌면 이번 일은 네게 복이 될 수도 있겠구나. 그렇게 하마. 사내란 한 번의 좌절을 딛고 일어설 때마다 강해지는 법이지."

변재경은 고개를 끄덕였다.

그 얼굴에는 대견하다는 빛이 어려 있었다. 외모만 보자면 오히려 막내인 넷째가 그를 더 닮았지만, 네 아들 중 그는 이 셋째를 가장 아꼈다.

'죽여 버리겠다! 내 앞을 가로막는 놈들은 모두……! 무슨 수를 써서라도 그냥 두지 않을 테다……. 다시는 그런 수모를 당하지 않을 것이다!'

변진우는 고개를 숙인 채로 내심 이를 갈았다.

껄껄 웃는 조비의 그 호탕한 모습이 눈에 선함은 왜인가.

그 일이 평생을 두고 악연(惡緣)으로 남을 것임은 그는 물론이고 아무도 아직은 알지 못한다.

셋째 마당

"야, 이놈아! 애들을 이렇게 끌어다 놓고 가면 어쩌란 말이냐?"

등 뒤에서 고래고래 고함치는 소리가 들려온다.

"치료나 잘해주라니까 그러네."

운비룡은 쳐다보지도 않고 뒤를 향해 손을 흔들었다.

"한두 놈도 아니고 치료비는 누가 낼 거냐?"

"아무나 내면 되지."

운비룡은 중얼거리며 제세의당(濟世醫堂)이 보이지 않는 골목으로 들어섰다. 제세의당의 자칭 활화타(活華陀)라는 저 노인네는 돈을 밝히긴 하지만 하루 이틀 본 사이가 아니니 애들을 잘 봐주고 치료해서 돌려보낼 것이었다.

물론 어떻게 하든 돈이야 받아가겠지만.

"아이구, 시팔……."

운비룡은 턱을 움켜잡았다.

긴장했을 때는 몰랐는데 이젠 다르다.

온몸이 쑤시고 얼굴은 전체가 바늘로 찔러대는 것만 같았다. 터진 이마도 욱신거린다. 금방이라도 그 자리에 퍼져 눕고만 싶었다.

하지만 운비룡은 억지로 달리기 시작했다. 여기서 얼쩡거리다가 그 개자식이 언제 변심해서 수하들을 거느리고 잡으러 올는지 모르니까 일단 부근을 벗어나야 했다.

욱신거리는 몸을 이끌고 한 식경가량을 달리자 상점 가운데 눈에 익은 곳이 나타났다.

천화점.

바로 운비룡의 형이 있는 곳이고 얼마 전에 운비룡이 떠나온 곳이었다.

문은 잠겨 있었다.

하지만 옆에 난 개구멍으로 운비룡은 늘 출입이 가능했다.

땅, 땅…….

화로에는 불이 켜져 있고 철침의 위에는 손잡이가 사라진 칼 하나가 형 대호의 망치질에 날카로운 비명을 토하고 있었다. 망치가 내려쳐질 때마다 칼은 온몸을 뒤틀며 울었다.

"괴상한 놈이네?"

잠시 그 칼을 바라보고 있던 운비룡이 중얼거렸다.

망치질이 그쳤다.

운비룡을 바라본 대호는 순박한 얼굴에 눈살을 찌푸렸다.

"누구랑 싸워서 그 모양이냐? 괜찮은 거냐?"

"죽진 않아. 그 칼…… 맡기로 한 거야?"

"별수없지. 노야께서 맡겠다고 하니 해야지."

"하루 만에 가능하긴 한 거야?"

"원래는 불가능하지. 화산(火山)으로 가져간다면 몰라도……."

"그런데?"

"노야께서 잘 다듬어 날만 세우는 정도로 타협을 했다. 말투로 보아 누군가 아주 상대하기 어려운 강적과 내일 싸워야 하는 모양이더구나. 그럼 이런 보도가 아주 유용하겠지."

"날을 벼리면 보도가 될 거 같아?"

"원래 좋은 칼이다. 무림인들이 사용한다면 아마 쇠도 잘라낼 수 있을지 모르지……."

"호……."

운비룡이 감탄한 듯 칼을 들여다보았다.

대호는 버리던 칼을 집어 들어서 화로에 집어넣고 풀무질을 하기 시작했다.

"생각보다 더 까다로운 놈이야. 뭔가 내력이 있는 보도(寶刀)인 것이 분명해. 앞부분을 바로 세우고 중심을 맞추고 하려면 잠도 못하고 종일 작업을 해야만 가능할 거야."

대호가 설명해 줬다.

그는 늘 그랬다. 동생이 아무리 사고를 치고 와도 야단치는 법이 없었고 자상하게 자신이 아는 것을 모두 설명해 주었었다.

주정뱅이 아버지와는 달리 대호는 운비룡의 정신적인 지주였다. 마치 화라고는 낼 줄 모르는 사람처럼 늘 그렇게 운비룡의 옆에서 그를 지켜주었다. 그렇기에 운비룡은 답답하자 여기 와서 공연히 꾸벅거리며 졸고 있었던 것이기도 했다. 형의 옆에 있으면 그걸로도 뭔가 편안

해지기에.

숙! 슈우우욱—

불길이 날름거리며 자신의 영토에 침입한 쇳조각을 휘감기 시작했다.

…….

한참 그 광경을 바라보고 있던 운비룡이 문득 중얼거렸다.

"형."

"왜?"

"어떻게 하면 무공을 배울 수 있을까?"

"……!"

대호는 놀란 표정으로 운비룡을 바라보았다.

"무공?"

"응."

운비룡은 여전히 날름거리는 불을 보면서 답했다.

불빛을 받은 그 옆얼굴의 선은 완강했다. 저런 표정일 때는 운비룡이 무엇인가 굳게 결심한 것이라는 것을 대호는 안다.

신기한 듯 운비룡을 바라보고 있던 대호가 입을 열었다.

"왜 갑자기 무공을? 넌 무공을 배울 수 없잖냐? 담날이면 잊어버리는데……."

"알고 있었어?"

"짜식……."

대호가 사람 좋게 웃으며 손을 뻗어 운비룡의 머리를 쓸어 흔들었다. 딴엔 쓰다듬는다고 하는 것이지만 워낙 손이 크다 보니 운비룡의 머리통이 아예 떨어질 것만 같았다.

"그렇게 발광을 하는데 모를 사람이 어디 있냐? 아버지께도 물었잖냐? 왜 그러냐고."

"형은 알아?"

"웃긴 놈이네. 내가 그걸 어떻게 알겠냐? 알면 내가 여기서 이렇게 불만 피우고 있겠어? 다른 걸 하고 있겠지……."

"말해 봐."

갑자기 운비룡이 대호의 턱밑에다 눈을 올려다 붙였다.

"뭘?"

대호가 멀뚱히 운비룡을 바라보았다.

"형이 여기 있는 이유가 뭐야?"

"이유?"

대호가 눈을 끔벅였다.

"그래. 형이 멍청하지 않다는 걸 난 알아. 겉보긴 어수룩해도 실제론 전혀 안 그렇지! 그런데도 여기서 만날 얻어터지고 품삯도 제대로 못 받으면서도 죽어라고 일하는 이유가 뭐냐는 거야. 왜 이러고 있는 건데?"

픽―

대호가 웃음을 터뜨렸다.

"내가 똑똑하면 개봉 사람들 모두가 다 천재겠다. 너야 물론 똑똑한 내 동생이지만……."

그의 순박한 얼굴이 다시 푸근한 웃음을 머금는다.

"내가 여기 있는 건 이 일이 좋아서야."

"이 망치질이?"

"그래. 쇠를 만지는 건 뭐랄까?"

잠시 생각에 잠겼던 대호는 난감한 표정으로 머리를 긁적거렸다.

"하하— 이거 뭐라고 해야 좋을지 모르겠네. 그냥 좋다. 쇠를 만져서 새로운 형상으로 만들어낼 수 있다는 것이. 다른 사람은 할 수 없는 어떤 것들이 내 손을 거쳐서 생명을 부여받는 것이 말이다. 저 칼만 해도 그렇지 않으냐?"

대호는 화덕에 들어 있는 칼을 가리켰다.

슉— 슉…….

새파란 불꽃이 도신을 휘감고서 춤추고 있었다.

파르스름하던 도신은 서서히 그 불에 반응하여 온몸을 붉히고 있어 조금쯤 어두운 실내는 온통 붉은빛이 춤추는 것 같았다.

"칼(刀)은 부러지거나 날이 상하면 생명이 끝난다. 아무리 조금이라도. 물론 무뢰배들이나 칼을 모르는 사람이 저걸 휘둘러서 사람을 죽일 수는 있겠지. 하지만 도객(刀客)이 저 칼을 제대로 사용하기는 불가능하다. 그 사람이 고수라면 더 더욱 그렇겠지. 칼을 만든 사람이 의도한 그 쓰임새는 사라지는 거지. 그렇지만 저 죽은 칼에 나는 생명을 불어넣을 수가 있다. 결코 쉬운 일은 아니지만…… 그건 나에게 기쁨을 준다. 이해할 수 있니?"

"아니."

운비룡은 머리를 저었다.

"걸핏하면 쥐 터지면서 죽어라 망치질을 해야 하는 게 왜 좋은지 난 모르겠어."

"하하……."

대호는 웃으며 운비룡의 머리를 다시 흔들어주었다.

"네가 좀 더 크면 이해가 될 거야. 사람은 자신이 하고 싶은 일을 하면서 살 수 있을 때가 가장 행복하다는 걸."

"정말이야?"

운비룡이 대호의 턱에다 고개를 디밀었다.

"뭐가?"

"그게 정말이냐구! 그게 아니라 혹시 그 늙은……."

운비룡은 슬쩍 반쯤 닫힌 문 안쪽을 곁눈질한다. 혹시라도 이 천화점의 주인인 노백이 갑자기 뛰쳐나와 자신의 머리통을 지팡이로 후려 팰지 몰라서 하는 반사적인 행동이다. 언제 어디서 뛰쳐나와 팰지 모르는 괴이한 늙은이가 그였으니까.

"……이가 말이야. 뭔가 특별난 거 아니야? 무공고수라던가? 아니면 형에게 뭔가 사탕발림을 했던가…… 지가 죽고 나면 이걸 물려준다든지 말이야. 그도 아니라면……."

"그도 아니면 뭔데?"

"그건……."

운비룡은 답이 궁해졌다.

기실 마땅한 답이 있다면 이렇게 대호를 추궁하고 있지도 않았을 것이었다.

결국 운비룡은 길게 한숨을 내쉬면서 말했다.

"후…… 정말 아무것도 없어? 그 노인네 뭐 감춘 거 없어?"

대호는 픽, 웃었다.

"네가 더 잘 알잖아?"

"하긴……."

그 말에는 운비룡도 입맛을 다시고 말았다.

여우 같은 운비룡인지라 이미 여러 번 노백을 감시했었다. 화장실

갈 때부터 잠자는 시간까지 밖에서 이슬까지 맞아가면서, 어떤 때는 뒤를 졸졸 따라다니다가 얻어맞기까지 했다.

"그러지 말고 마음 잡고 일이나 하렴. 열심히 일해서 자리잡고 돈 벌고 해야지. 넌 똑똑하니까 분명히 내 나이가 되기 전에 크게 될 수 있을 거야."

"됐네!"

운비룡이 벌떡 일어났다.

"말호야."

"아, 됐다니까!"

운비룡은 신경질적으로 손을 흔들다가 어디가 아픈 듯 미간을 찡그렸다. 하지만 이내 성큼성큼 걸어서 천화점 밖으로 나가 버렸다. 문도 열지 않고 예의 들어왔던 개구멍을 통해 기어서.

"……."

대호는 묵묵히 운비룡이 사라진 곳을 바라보고 있었다.

어릴 때부터 지켜본 동생이다. 말호를 낳다가 어머님이 돌아가신 후 아버지는 변해 버렸다. 넋을 놓고 폐허가 된 동네를, 자신의 품 안에 안긴 막내를 보고 있던 아버지는 젖동냥을 하면서 세상을 떠돌다가 개봉에 이르렀다.

대호의 모진 고생도 그때부터였다.

그처럼 근면하던 아버지는 걸핏하면 술주정에 행패.

평생 뱃일을 하던 아버지가 개봉에서 할 일은 잡역밖에 없었지만 뒤숭숭한 세상에 그 일은 그리 많지 않았다. 돈만 생기면 투전에 술을 마셨다. 그러니 집에 남은 대호의 고생은 이루 말할 수가 없었다.

다행히 타고난 신체가 남달라서 나이 열넷이 되면서 이미 어른을 한참 능가하는 힘을 쓸 수가 있었다.

그 심했던 고생은 대호가 천화점에서 일을 하면서 조금 나아졌다. 하지만 아버지의 주벽은 더욱 심해져서 아예 일은 나가지 않았고 늘 술타령에 도박, 주정이었다. 막내인 말호가 밖으로 나돌게 된 것도 그 때문이었다.

늘 제 어미를 잡아먹은 놈이라고 구박을 받았던 것이다.

"불쌍한 녀석……."

대호가 중얼거렸다.

어릴 때부터 키우다시피 한 동생이었다. 정이 없다면 거짓말이고 엄마의 얼굴 한 번 보지 못한 녀석이기에 더 그랬다.

"뭐가 불쌍하냐?"

그때 문득 뒤에서 들려온 소리.

"불쌍하지요. 저 어린 녀석이…… 후우우~ 정말 안 될까요? 그냥 이대로 두고 봐야만 합니까?"

대호는 뒤도 돌아보지 않고 말했다.

"두고 보지 않으면? 네가 어떻게라도 해보겠다는 것이냐? 그 알량한 재주로?"

나타난 사람이 흘흘 웃었다.

"세상사는 어차피 천도(天道)를 따라 흘러갈 것이니 네가 마음 쓴다고 될 일이 아니다. 게다가 저놈의 인연은 속세에 있지 않으니 그냥 두고 볼 밖에. 때가 되지 않았을 뿐이니 놀람은 있을지언정 위험은 없을 게다."

현기(玄機)가 서린 말을 하는 사람.

그 사람은 뜻밖에도 돈을 목숨처럼 밝힌다는 수전노인 천화점의 주인 노백이었다. 누구도 그의 이름을 알지 못한다. 정(丁)가라는 사람도 있고 독고(獨孤)라고 하는 사람도 있었다. 그러나 모두가 아는 사실은 그가 돈을 좋아하는 노랑이고 괴팍하다는 것. 그리고 정말 오래 이곳을 지켜왔다는 것뿐이었다.

지팡이를 짚고 선 구부정한 허리의 노백.

지금의 그는 어딘지 모르게 다른 사람처럼 보였다.

슉~ 슈우욱…….

힘찬 풀무음만이 불빛으로 붉은 대장간을 누빌 뿐, 누구도 입을 열지 않았다. 그저 밝아졌다 어두워지는 화덕의 불꽃을 바라보고 있을 따름이다. 마치 석상이라도 된 듯이.

第七章
나타나는 마두(魔頭)들

첫째 마당

"제기랄!"

운비룡은 가슴을 부여잡으며 투덜거렸다.

별게 아니라고 생각했는데 가슴이 이따금 찢어지는 것만 같았다. 그나마 그 신비한 거지 조비가 손을 봐주고 난 다음부터는 숨 쉬기가 좋아졌고 견딜 만했다.

"그놈이 한 대 친 게 이렇게나 지독하단 말일까?"

운비룡은 하아, 깊게 숨을 들이켰다. 답답하던 가슴이 조금 시원해지는 것 같았다.

밤바람이 서늘하게 머리를 매만진다.

아직도 얼굴이 남의 얼굴만 같다. 만져 봐도 아프기만 하고 어떤 부분은 우둘투둘하여 남의 살을 만지는 것만 같아 기분이 이상했다. 열두 살이 된 다음에는 남에게 이렇게 맞아본 적이 없었다.

"아, 시팔! 그런 놈에게 이렇게나 맞다니……."

생각할수록 약이 올라 운비룡은 욕을 했다.

그래도 분은 풀리지 않았다. 아직까지 누구와도 싸움으로 진 적이 없었다. 싸우다 안 되면 도주하고 그래도 안 되면 숨어서라도 깨부줬다. 그런데 그놈, 변사란 놈하고 다시 싸운다면…… 자신이 없었다. 그 거지가 나타나지 않았다면 운비룡은 죽었을지도 몰랐다.

대체 그 무공이란 걸 어떻게 해야 배울 수 있을까?

운비룡은 손을 꼭, 쥐었다. 그 손에는 술병이 들려 있었고 안주거리 도 매달렸다.

아버지가 있는 집에 가는 길이었다.

술 사 오라고 난리를 친 걸 보고 나왔으니 안 사 가면 또 한바탕 홍 역을 치러야 할 것이다. 해서 술을 일부러 좋은 걸로 샀다. 늘 화주였 지만 거금을 들여 서봉주(西鳳酒)를 샀으니 보면 입이 찢어지겠지.

"오늘은 꼭 들어봐야지. 대체 그놈의 무공이 왜 안 되는지……."

운비룡은 다짐, 또 다짐을 했다.

아버지는 뭔가 알 것만 같았다. 아니, 알고 있는 것 같았다.

그까짓 무공.

정말 자신이 있었다.

그런데 배우자마자 잠만 자고 나면 잊어버리니 대체 무슨 조화인지 알 수가 없다. 그렇다고 다른 게 그런가 하면 그건 아니었다. 글은 흘 겨보기만 해도 평생 안 잊어먹고 사람은 눈빛만 스쳐 봐도 그 다음에 만나면 그가 누군지 기억해 낼 수 있었다.

그런데 이게 무슨 귀신의 장난이란 말인가?

성문은 이미 닫혔다.

하지만 집은 성 밖이다.

처음에는 성안에서 살았지만 만날 하는 일이 술 먹고 주정에 도박판인데 배겨날 리가 없다. 해서 지금은 성 밖에 다닥다닥 붙어 있는 빈민촌 한구석에 엉덩이를 붙이고 사는 것이 운비룡네였다.

그러나 성문이 닫힌 것과 운비룡과는 아무런 상관이 없다.

그 튼튼한 성도 개구멍은 있기 마련이고 천왕파는 그 개구멍을 통해서 언제라도 개봉성을 드나들 수가 있었다.

"아이고, 시팔……."

운비룡은 또 툴툴거렸다.

오 리도 걷지 않았는데 숨이 가빴다. 십 리를 달려도 멀쩡한 건강을 물려받았는데 달린 것도 아니고 채 오 리도 걷지 않아 숨이 차다니? 이건 그 개자식 때문이었다.

"망할! 무공, 무공……!"

운비룡은 이를 갈면서 눈을 부릅떴다.

어떻게 하든 무공을 배우고 말 테다.

그래서 담에는 놈을 오징어처럼 눌러주고 말겠다고 다짐하는 운비룡이었다.

하지만 그건 훗날이다.

지금은 가슴이 쓰리고 숨이 차서 일단 어디든 간에 좀 쉬어야만 할 것 같았다. 길바닥에 주저앉아 한참을 할딱거리다가 아예 벌렁 드러누워 버렸다. 누워 심호흡을 하며 조금 시간이 지나자 어느 정도 통증도 가라앉고 숨을 돌리게 되었다.

철탑에서의 일 이후 몸이 제대로 낫지도 않았는데 오늘 한바탕을 한

끝에 내상까지 입었으니 이제 겨우 열두 살짜리 꼬마가 지치지 않았다면 그게 이상한 일일 것이다.

망할 놈, 죽일 놈…….

끊임없이 중얼거리던 운비룡은 깜박 잠이 들고 말았다.

운비룡의 머리 위, 하늘 저 멀리에서는 어디선지 선명한 불꽃 하나가 빛을 뿌리고 있었다. 그것이 호존화(護尊華)라고 불림을 아는 사람도, 그것이 무엇을 의미하는 것인지를 아는 사람도 그리 많지 않았다.

*   *   *

어둠이 깃든 숲.

일대는 칠흑처럼 어두웠다.

청포인 한 사람이 나타났다. 푸른 비단옷의 그는 칠 척에 이르는 장대한 체구를 가져 태산을 보는 듯했다. 구레나룻이 얼굴을 온통 뒤덮은 청포인은 신광이 번뜩이는 눈으로 앞을 쏘아보더니 성큼성큼 앞으로 걸어갔다. 그는 높고도 깊은 공력으로 이미 이 일대에 천라지망(天羅地網)이 깔려 있음을 알고 있었다. 거의 들리지도 않는 저 얕은 숨소리는 내가의 고수들이 이 어둠 속에서 잠복하고 있음을 의미한다.

하지만 그는 그것에 대해서 전혀 신경을 쓰지 않는 듯, 아니, 알지 못하는 듯 숲 속으로 걸어 들어갔다.

문득 검은 그림자 하나가 어둠 속에서 불쑥 숫구쳐 나와 그의 앞을 막았다.

청포인은 사나운 눈빛으로 그를 쏘아보았다.

“……”

그는 말없이 흑영을 쏘아보았고, 복면을 한 그 흑영은 복면 속에서 드러난 두 눈매를 잠시 일그러뜨렸다.

참기 어려운 기세가 그를 향해 밀려왔기 때문이다.

"천좌(天座)를 뵙습니다."

그가 마침내 한쪽 무릎을 꿇었다.

그런 그를 청포인은 강렬한 눈빛으로 쏘아보다가 말했다.

"안내해라."

그의 말에 흑영은 암암리에 한숨을 내쉬고는 몸을 일으켰다.

"하좌는 이곳을 지켜야 합니다. 바로 가시면 됩니다."

그리고 흑영은 옆으로 한 걸음 물러났다.

길을 비켜준 것이다.

청포인은 누가 기다리는지 묻지도 않았다.

가보면 알게 되리라.

숲은 아주 짙었고 어둠은 정말 두터웠다.

그러나 하늘의 달은 그러한 어둠과 숲의 그늘을 빛 바래게 만들었고 그 어둠 가운데 공터에는 달빛을 받으며 반월형으로 놓인 십여 개의 의자가 있었다.

거기에는 이미 대여섯 명의 사람이 앉아 있었다.

녹포(綠袍)에 음산한 얼굴을 가진 노인, 키가 아주 작아 겨우 난쟁이를 면한 정도인데 마치 복어가 바람을 삼킨 듯 뚱뚱하긴 이를 데 없어 굴러갈 것 같은 노인이 팔짱을 낀 채로 앉아 있었고 그 옆에는 회포를 걸친 노인 두 사람이 보였다.

청삼의 유생 한 사람은 주위를 돌아보고 있다가 나타난 청포인을 보고는 흠칫, 놀란 빛을 떠올렸다.

그는 바로 천요랑군 음경도였다.

사나운 시선으로 그를 본 청포인은 주위를 쓸어보곤 차가운 음성으로 입을 열었다.

"누가 호존화를 올린 거지?"

"……"

아무도 대답은 하지 않았다.

여러 사람의 시선이 청포인에게 몰렸을 따름이다.

"우리도 호존화를 보고 달려왔을 뿐이외다."

녹포노인이 딱딱한 음성으로 대꾸했다.

"아무도 알지 못한단 말이냐?"

청포인의 말에 천요랑군은 미간을 찡그리곤 그를 보았다.

"말씀이 과하군. 마치 우리를 추궁하는 것 같소이다?"

순간, 이글거리는 무서운 안광이 섬망(閃芒)처럼 청포인에게서 천요랑군에게로 쏘아져 갔다. 뒤이어 터져 나온 광소.

"크와앗핫핫—! 좋아, 좋아! 지난 세월 천요가 눈에 뵈는 게 없어졌단 말이구나?"

천요랑군의 안색이 일그러졌다.

"아무리 천좌라 하나 너무 심한……!"

불만을 터뜨리던 천요랑군의 안색이 굳어졌다.

청포인이 그 순간에 자신에게로 한 걸음을 내딛었기 때문이다.

갑자기 무서운 기세가 일대를 짓누르며 일어났다. 마치 용권풍이 인 듯한 기세가 장내의 모든 사람들을 휘감았다. 단순히 강렬한 것이 아니라 숨을 쉬기 어려웠다. 거대한 절구에 짓눌리는 압도적인 느낌!

"백존회에서는 결코 하극상을 용납하지 못하지. 하지만 언제라도 도전하여 상좌(上座)로 올라갈 수 있는 것이 또한 우리 백존회의 규칙이니 네게 기회를 주마."

청포인은 냉랭히 말하면서 고리눈을 부릅떴다.

거리는 불과 칠 척.

천요랑군의 얼굴이 일그러졌다.

물러서자니 모양 같지 않고 맞상대를 하자니 기세만으로도 이미 격차가 느껴졌다.

저 사자 머리를 한 청포인은 사자패왕(獅子覇王)이라 불리는 절세의 마두다. 얼핏 보기에는 사십 대 후반처럼 보이지만 실제로는 칠십이 훨씬 넘었고 일설에는 구십이 넘었다고도 했다. 저 쇠뭉치 같은 두 주먹에서 펼쳐지는 사자철권(獅子鐵拳)은 강호일절, 천하제일이라 자부하는 마두 백 명이 모인 백존회에서 당당히 십위권에 드는 절대강자. 그렇기에 그를 십대천좌의 일인에 둔 것이 아닌가!

'그 계집애만 잡아왔어도……'

그랬다면 천랑소음신공을 연성할 수 있었을 테니 이런 수모는 당하지 않을 수 있었으리라. 아무리 백존회의 천좌가 하늘 같다고 할지라도 어찌 이렇게까지 할 수가 있단 말인가.

청포인, 사자패왕은 천성이 광오(狂傲)했다.

그는 평생을 거리낌없이 하고 싶은 대로 하고 살았고 잔인했지만 천요랑군과 같은 자는 경멸하였으니 그를 대함에 있어서는 조금도 사정을 보지 않았다.

천요랑군도 오만한 사람이었지만 백존회의 십대고수 중 한 명인 사자패왕과는 아직 거리가 있어 발작을 할 수도, 참기도 힘들어 앙앙불락

할 따름이었다.

그때,

"그 성정(性情)은 여전하시오⋯⋯."

낭랑한 웃음소리가 들려왔다.

사람들이 일제히 그곳을 바라보았다.

마차 한 대가 달가닥거리며 달빛 아래 나타났다.

그 마차는 참으로 기이하게 생겼다.

네 필의 말이 끄는 마차는 그다지 크지 않지만 말과 마차, 그리고 장식까지 모든 것이 검었다. 그 마차의 마부석에 앉은 마부도 검은 옷으로 전신을 감쌌다. 그는 아무도 보이지 않는 듯 무표정하게 앞을 보고 있을 따름이고 마차는 사람들에게 비스듬히 옆구리를 보이면서 멈추었다.

그 마차를 보는 모든 사람들의 눈에 놀람의 빛이 서렸다.

"묵향거(墨香車)⋯⋯ 당신이 호존화를 발했소?"

미간을 찡그린 채 검은 마차를 바라보던 사자패왕이 물었다.

"그렇소. 내가 올렸소이다."

대답과 함께 마차의 문이 열렸다.

마차 안에서 한 사람이 발을 내밀었고, 그렇게 해서 천천히 땅에 내려선 그는 느릿한 움직임으로 주위 사람들을 돌아보면서 미소를 지었다. 그는 사자패왕과 눈이 마주치자 입을 열었다.

"여전하시군요, 곽 천좌. 그리고 여러분들."

마차에서 내려선 그는 옥청 빛 유삼을 차려입었고 공작선을 들었다. 머리에는 작은 와룡관(臥龍冠)을 써 그 모습은 흡사 제갈무후의 현신을 보는 것만 같았다. 나이는 마흔 초반이나 되었을까.

그를 보는 사자패왕의 얼굴이 차갑게 변했다.

"호존화는 본 회의 모든 고수들을 소집하는 무상령(無上令)으로 오직 제천존만이 발동할 수 있소! 그런데 당신이 사사로이 호존화를 발령했단 말이오? 아무리 당신이 총사(總師)라 할지라도……."

마차에서 나타난 유생이 양미간을 좁히며 말을 끊었다.

"혈루존이 나타났소."

"……!"

그 말에 경악이 장중을 덮었다.

…….

갑자기 정적이, 숨 막히는 정적이 일대를 눌렀다.

"본 회는 이미 제천존의 실종 이후, 십 년을 기다렸소. 그런데 갑자기 혈루존이 나타난 것이오. 그것을 노리고 각지에서 고수들이 몰려들고 있는데도 소집할 고수의 숫자는 한정이 있어서 부득이 모험을 무릅썼소이다. 책임은 본인이 질 것이오."

마차에서 내린 사람이 침착히 말했다.

그의 눈은 투명하리만큼 맑았고 고요하게 가라앉아 특이했다.

"어디에? 어디에 혈루존이 있단 말이오? 그럼 제천존께서 다시 나타나셨단 말이오?"

참지 못하고 말을 한 사람은 천요랑군이었다.

"아직 아무것도 알지 못하오. 하지만 귀영신투가 송왕부에서 혈루존을 훔쳤고, 송왕부와 부중에 있던 고수들이 그를 쫓고 있는데 이미 개봉을 중심으로 이백여 리 사방이 모두 봉쇄되어 있소. 내가 조사한 바에 따르면 귀영신투는 포위망을 뚫지 못하고 결국 용정에서 저들에게 퇴로를 차단당한 것 같소……."

여전히 침착한 말이 상황을 설명했다.

하지만 그가 아는 것은 적지 않았고 그가 아는 것은 현 상황의 모든 것이었다. 그만은 그럴 능력을 지니고 있었다.

"당신은…… 정말 그요?"

문득 침묵을 지키고 있던 땅딸보 녹포노인이 물었다.

희미한 웃음이 유생의 눈가에 흘렀다.

"궁금하시오?"

"물론이지. 백존회의 머리라는 경천일기(驚天一機), 귀곡신유(鬼哭神儒)는 본 회 내부에서도 실제로 본 사람이 아무도 없으니 어찌 궁금하지 않겠소?"

"이제 보시지 않았소?"

"크크크큭…… 눈에 보이는 것이야 어찌 믿겠소? 귀곡신유는 귀신도 울고 갈 지혜를 지녔지만 무공을 알지 못하니 그로 인해서 팔방화신(八方化身)을 두어 나타날 때마다 다른 사람이니…… 당신이 과연 본인인지 아닌지 어떻게 알 수가 있겠소?"

"녹포노조(綠袍老祖)께선 나의 진신(眞身)을 알아 무엇 하시겠소?"

"그건……!"

녹포노인은 갑자기 말문이 막혔다.

"지금 중요한 것은 왜 혈루존이 난데없이 송왕부에서 나타났는가 하는 것이며, 다른 자들의 손에 그것이 들어가기 전에 우리가 그것을 손에 넣어야 한다는 것이오. 나머지 궁금한 것은 그 뒤에 생각해 보기로 합시다."

몇 마디로 명쾌하게 상황을 정리한 유생은 고개를 들고서 사자패왕을 보면서 후우, 하고 한숨을 내쉬었다.

"다행이오, 다행이야! 정말로 나는 천좌가 이 자리에 있을 것이라고는 생각하지 못했었는데…… 천좌께서 가세한다면 혈루존은 우리가 가져올 수 있을 것이오."

"……."

사자패왕은 고리눈으로 그를 바라볼 뿐, 입을 열지 않았다.

세상에 드문 재지를 지닌 천재.

천하의 누구도 안중에 두지 않았던 제천존이 한 걸음을 양보하고 인정했던 천재, 경천일기 귀곡신유.

그는 백존회의 군사(軍師)이자 총사로서 백존회의 머리와 같았다. 사자패왕 곽도가 백존회의 십대고수 중 하나로서 십대천좌(十大天座)의 한 사람이었지만 그만은 경시할 수가 없었다.

제천존이 사라진 이후, 극단적인 내분의 조짐을 보이던 백존회를 안돈시켜 강호상에서 잠적시킨 것도 그였다. 그가 아니었다면 강호는 이런 평온을 누리지 못했을 터이다.

그런데 그날 이후 소식조차 없던 그가 나타난 것이다.

이 자리에.

*　　　　　*　　　　　*

운비룡이 집에 도착한 것은 밤이 깊어서였다.

깜박 잠이 들었다가 눈을 떠보니 이미 한참 밤이 깊었다.

'시팔, 좆같네…….'

운비룡은 다시 투덜거렸다.

한잠을 늘어지게 자고 나서 좀 나아지긴 했지만 들고뛰었더니 다시 숨이 차고 가슴이 아렸기 때문이다.

그런데 막 운비룡이 집으로 들어섰을 때였다.

"에라아~이…… 미친 노무 자슥아! 어딜 갔다가 이제사 기어들어?"

욕설과 함께 운비룡을 향해 뭔가가 휙— 날아들었다.

운비룡이 고개를 슬쩍 옆으로 틀자 날아든 술병은 쨍그랑! 요란한 소리를 내면서 기둥을 치곤 부서졌다.

"우씨! 왜 빽하면 집어 던져? 귀한 아들을 죽일 작정이에요?"

운비룡이 분기탱천하여 으르렁거렸다.

"이런 빌어먹을 놈이!"

왈칵, 문이 열리며 아버지 노삼의 불쾌한 얼굴이 나타났다. 이미 술이 취해서 고주망태였다. 운비룡에게 술을 받아 오라고 하곤 그새 또 어디서 술을 마신 모양이었다.

"야, 이눔아! 네가 무슨…… 귀한 아들이야? 지어미를 잡아먹은 놈이……."

허우적거리며 나와 운비룡을 향해 주먹을 휘둘렀지만 날다람쥐 같은 운비룡이 그 주먹에 맞을 리가 없었다. 오히려 그 서슬에 헛손질을 한 노삼이 땅바닥에 허부적 엎어졌을 따름이다.

"이, 이눔이……."

땅바닥에다 얼굴을 갈아버린 노삼이 허우적거리며 일어나려고 했지만 이미 온몸이 꼬여 버린지라 쉽지 않았다.

"젠장! 이기지도 못하면서 뭔 놈의 술을 만날 그렇게 퍼마셔요?"

운비룡이 투덜거리면서도 다가가 노삼을 부축했다.

"이런 패 쥑일 놈 같으니…… 놔! 나 혼자 일어날 수 있어, 이눔아!"

운비룡의 부축에 반쯤 몸을 일으킨 노삼이 기회를 놓치지 않고 손바닥으로 운비룡의 뒤통수를 파샤~ 쌔렸다.

"제기랄! 이거 정말 던져 버릴까 부다."

"엉?"

노삼이 눈을 끔벅거렸다.

운비룡의 다른 손에 들린 술병을 발견한 것이다.

"이, 이리 내놔!"

허우적거리면서도 냉큼 술병을 가로챈 노삼은 바닥에 퍼질러앉아서 술병을 입 안에다 처박았다.

"아, 시파! 진짜 무겁네……."

운비룡은 끙끙대고 노삼을 등에다 대강 걸쳐 메고서 방에다 널브러뜨렸다. 아무리 미운 아버지라도 패대기를 칠 수야 없으니 내친다고 해도 대강 사정은 본 셈이다.

완전히 술에 떡이 되어 늘어진 아버지는 정말 무거웠다. 게다가 마시자마자 구역질에 토하기까지 했으니…….

"젠장. 정말 어디로 토끼든지 무슨 수를 해야지, 지겨워서 못살겠네……."

운비룡은 곯아떨어진 아버지의 얼굴을 흘겨보곤 팽하니 돌아섰다.

그때였다.

"크큭…… 그래, 그래……."

노삼의 중얼거림이 들렸다.

'아직?'

운비룡은 흠칫해서 뒤를 돌아보았다.

대호 형이 나무로 대강 걸쳐서 만든 침상. 거기에 널브러진 아버지는 껄떡거리며 잔뜩 인상을 쓴 채로 중얼거리고 있었다.

"미안해. 미안하다구…… 임자. 나도 그러고…… 그러고 싶은 건 아닌데…… 그런데 말이야. 꺽꺽…… 그놈 얼굴만 보면 말이야. 저놈 말호 얼굴만 보면 자네 생각이 나네그려……."

뜻밖의 소리에 운비룡은 흠칫 굳어졌다.

"불쌍한 놈이란 건 나도 알지……. 지 어미 젖 한 번 못 빨아보고…… 크흐흐흑…… 그런데도 저놈 얼굴만 보면 자네 생각이 나서…… 미안하이. 미안……."

노삼의 얼굴에는 물기가 반짝인다.

희미하게 드러난 비쩍 마른 뺨, 그 더부룩한 수염이 덮은 얼굴에는 눈물이 흥건했다. 괴로움을 참기 힘든 듯이 얼굴은 온통 일그러져 있었다.

하지만 그걸로 끝이다.

푸르릉~!

길게 코 고는 소리가 요란하게 울리니 잠꼬대였을까? 노삼은 세상모르고 곯아떨어졌다. 아마 내일 아침까지는 천둥이 치고 천지가 개벽을 해도 깨지 않으리라.

"……."

운비룡은 멍청하게 그 자리에 오래 그렇게 서 있었다.

돈만 모이면 이곳을 떠나려고 생각했었다.

저 지긋지긋한 아버지를 떠나서, 큰물에 가서 제대로 놀아봐야지! 라고 생각했고 하나하나 계획을 착착 진행시키고 있었기에 아버지가 뭐라던 속으로는 코웃음만 치고 있었다.

까짓 거…… 얼마 남지도 않았어라고.

그런데 갑자기 왜 이렇게 가슴이 답답해져 오는 것일까?

고즈넉한 달빛.

창으로 스며든 달빛은 어둠 속에서 교교(皎皎)했다.

그 달빛에 드러난 노삼의 주독 오른 불콰했던 얼굴은 이제 창백하
다. 유난히 밝은 달빛 때문에 그렇게 보이는 것 같기도 했다. 세상 모
르고 잠에 떨어진 노삼은 집 안이 떠나가도록 크게 코를 골고 있었다.

운비룡은 방 한구석에 몸을 동그랗게 웅크린 채로 무릎에 얼굴을 묻
은 채로 아버지를 보았다.

감히 올려다보기조차 어렵던 거한(巨漢).

한 손짓에 걸리기만 해도 마당 밖으로 나가떨어졌었다.

그런데 언젠가부터 그 손에 맞아도 크게 아프지 않게 되었다. 그리
고 이젠 맞지도 않는다. 몇 년만 더 지나면 아마 운비룡을 때리긴커녕
힘으로 이길 수 없게 되는지도 모른다.

작년만 해도 아버지를 업고 방으로 들어오려면 어림도 없었다.

대호 형을 찾아야만 했었다.

아니라면 졸개들을 몰고 오던지.

그러나 아버지의 그런 모습을 애들에게 보이고 싶지 않았던 운비룡
은—실제로는 모르는 사람들이 없다시피 함에도—형이 없으면 혼자서라도
죽을힘을 다해 버둥거리며 아버지를 방으로 끌고 갔었다.

그런데 이젠 그게 가능했다.

내 힘이 세진 걸까?

아니면 아버지가 가벼워진 걸까?

"젠장! 차라리 말을 말던가!"

갑자기 머리를 세차게 흔들어댄 운비룡은 벌떡 일어나 밖으로 뛰쳐나갔다.

꾸물거리는 구름 사이로 밝기만 하던 달빛이 청승맞기 이를 데 없다.

"망할!"

물끄러미 달을 바라보던 운비룡이 냅다 뛰어 땅바닥에서 막대기 하나를 주워 들었다. 한 자 반쯤 될까?

그리곤 그 막대기를 휘두르기 시작했다.

잠도 오지 않을 것 같았다. 이렇게 미친 듯이 휘두르다 보면 날이 새겠지……. 운비룡은 그렇게 미친 듯이 달밤에 막춤을 추었다.

환한 달이 변진우의 얼굴로 보였다.

패고 또 패도 달빛은 밝기만 했다.

"헉헉……."

운비룡은 휘두르던 막대기를 내던지고 땅바닥에 네 활개를 펴고 누워버렸다.

숨이 턱에 차고 심장이 터질 것만 같았다.

눈을 감았다.

눈앞에 변진우의 움직임 하나하나가 살아 움직일 듯이 생생했다.

다시 본다면 피할 수 있으리라. 그러나 그 느끼기도 어려운 무서운 힘을 피할 수는 없을 것 같았다. 그건 초식이 아니라 다른 무엇인 것 같았기에…….

"그게 정말 무공이란 말이지?"

손짓 하나에 퍽퍽! 이마가 뚫리는 광경을 보았다.

천랑인요의 그 가공할 무공…….

그 무공은 결코 개봉 성내의 어떤 무관에서도 본 적이 없었다.

"대체!"

운비룡은 벌떡 일어나 앉았다.

"대체 왜 잠만 자면 잊어버리는 거야!"

운비룡은 아버지가 잠든 방을 돌아보았다.

잠만 깨면 물어봐야지. 오늘만은 이대로 넘어가지 말아야지. 이대로는 잠을 잘 수가 없을 것 같았다.

그런데…….

"뭐지?"

운비룡은 문득 눈살을 찌푸렸다.

운비룡네는 성 밖 빈민가에서도 또 떨어진 숲 근처에 홀로 있었다. 담장도 문도 제대로 달리지 않은 빈민가 움막보다는 나은 것은 순전히 대호가 부지런해서였다. 제법 떨어졌다고는 하지만 십 리 백 리 밖은 아니다. 개 짖는 소리도 들리고 고함을 치면 들리는 거리였다.

"비명이었던 거 같은데?"

운비룡은 마을 쪽을 바라보았다.

호기심이 동하면 참지 못하는 성격이었다.

잠시 망설이던 운비룡은 집을 나섰다. 다람쥐처럼 빠르고 은밀한 움직임이었다.

*   *   *

목이 타는 듯 말랐다.

노삼은 비몽사몽 머리맡을 더듬다가 반쯤 엎질러진 물대접을 들고서는 숨도 쉬지 않고 벌컥벌컥 들이마셨다.

"후우우……."

노삼은 길게 숨을 내쉬었다.

갈증이 해결되자 침침했던 눈앞이 조금 밝아졌다.

주위를 둘러보니 아직도 방 안은 어두웠다. 아침이 되려면 한참 남은 것 같았다. 아주 오래 곯아떨어졌던 것 같은데 실제로는 그다지 오래 시간이 지나지 않았던 모양이다.

머리가 깨지는 것 같았다.

"말호야. 말호 이놈아!"

노삼은 엉금엉금 기어서 대청으로 나갔다.

대청이라야 밖에서 들여다보이는 마루 하나일 뿐이다. 그 마루 좌우로 방이 하나씩 있는 것이 이 찌그러져 가는 작은 집의 전부. 그 흔한 사합원의 형태조차도 빈민가에서는 사치다.

"야, 이놈아……."

노삼은 왈칵 건넌방의 문을 젖히며 소리치다가 말끝을 흐렸다.

아무도 없었던 것이다.

휑하니 빈방.

하기야 늘 말호 혼자 쓰다시피 하는 방이었다. 뭔 일이 그렇게 많은지 대장간에 취직한 대호 놈은 이삼 일에 한 번 들어오기도 힘들었다. 그런데 오늘은 말호도 보이지 않았다.

"이놈이……."

주위를 돌아보던 노삼은 목청을 높였다.

"야, 이놈 말호야! 말호야!!"

하지만 대답은 없다.

집 안에 없다는 소리다.

"이런 망할 놈이……."

노삼은 문득 길게 한숨을 쉬었다.

미워하려고 한 것은 아니었다. 막내인 걸 어찌 밉겠는가. 하지만 그놈을 볼 때마다 평생을 두고 고생만 시켰던 마누라의 마지막이 생각나니 그때마다 괴로워서 견딜 수가 없었다.

"아이를, 아이를 부탁해요……."

마누라의 마지막 말.

비몽사몽간에 들었던 그 말이 평생을 통해 가슴을 쳤다. 둘째 소호는 끝내 찾지 못했다. 그렇게 해서 받아 든 놈이 막내, 말호였다. 안쓰럽기도 하고 불쌍했고 때론 밉기도 했다. 그렇게 해서 아무렇게나 키웠다. 그런데 이놈이 엇나가는 것 같으면서 평범하질 않았다. 도무지 제 나이 또래라고 보기 힘든 묘한 놈이 바로 말호였던 것이다. 저 혼자 구르면서 저 혼자 컸음에도…….

서당에 한 번 보낸 적이 없지만 혼자 줄줄 글을 외웠다. 그때마다 신기하기도 하고 괴이한 생각에 늘 잊지 못한 것이 바로 말호를 낳던 그때 만났던 노승이었다.

십이 년 후의 인연…….

"그러고 보니 올해가 십이 년째로구나."

노삼은 신음처럼 중얼거리며 문밖을 내다보았다.

불가와 인연이 있다고?

대체 무슨 인연이 이어진다는 것일까?

설마 저 막돼먹은 녀석이 출가라도 할 거란 말인가?

그건 하늘이 두 쪽 나도 있을 수 없는 일. 대호라면 몰라도 말호 놈이 출가를 할 리가 없었다. 술에 절어 살면서 잊어버렸던, 그 말을 기억하면서 노삼은 갑자기 머리가 복잡해졌다.

올해란 말인가?

그런데 그 순간 갑자기 괴이한 느낌이 뒤에서 느껴졌다.

"헉? 누구?"

뒤를 돌아본 노삼의 눈이 커졌다.

둘째 마당

어둠 속에 토지묘(土地廟) 하나가 숨죽인 채 있었다.

빈민촌 뒤쪽에 있는 토지묘는 빈민촌의 상여를 보관한다. 게다가 가끔 염을 하지 않은 시체까지 밤을 보내기도 했다. 그러니 밤만 되면 주변에 인적이 끊어지는 것은 너무나 당연했다.

"무슨 소리였지?"

운비룡은 토지묘를 바라보면서 주위를 두리번거렸다.

머리 위에는 별이 초롱거렸다. 하지만 밤하늘에 하늘거리는 별빛 따위가 지금 운비룡의 관심을 끌 리가 없었다.

"왜 이렇게 조용한 거야?"

뭔지 모르게 불길한 느낌, 운비룡은 켕기는 표정으로 주위를 돌아보았다.

저 앞에 있는 빈민촌에 불 꺼진 것은 이미 옛날이다. 촛불은커녕, 기름 값도 댈 수 없으니 당연하고 만에 하나 관솔이라도 잘못 밝혔다가는 빈민촌 전체가 잿더미가 될 수도 있어 오래 켜지 않는 것이 나름의 약속이었다.

하지만 아무리 그래도 이렇게 조용할 수가?

마치 마을 전체가 숨을 죽인 것 같았다. 수면귀(睡眠鬼)라도 찾아들어 모두가 잠이 들어버린 것일까? 하다못해 개새끼라도 짖어댈 텐데 어떻게 이렇게나 쥐 죽은 듯 조용할 수가 있는 것일까.

"으으으……."

문득 어디선가 신음 소리가 들려왔다.

"누, 누구요?"

운비룡은 깜짝 놀라 소리가 들려온 곳을 바라보았다.

토지묘 옆, 잡초가 무성한 사이에 무엇인가가 꿈틀거리고 있었다.

사람이었다.

그것도 한 사람이 아니라 두 명이었다. 널브러진 사람 하나에 그 옆에 또 한 사람이 꿈틀거리는 것이 보였다. 어둠 속이라도 그 사람이 온몸에 피칠을 한 것을 알아보기에는 시간이 필요치 않았다.

그때였다.

"으아악……."

멀리서 처절한 비명이 들려왔다.

"젠장!"

운비룡은 더 이상 생각하지도 않고 등을 돌렸다.

여기저기 사람이 죽어 넘어져 있고 계속해서 비명이 들리다니!

자칫 잘못하면 엉뚱한 일에 휘말려서 어떻게 될지 몰랐다.

이 마당에 의협심이랍시고 덤벼들었다가 어느 귀신의 손에 잡혀갈

지 누가 알 것인가? 죽었다가 깨도 그런 바보 짓은 하고 싶지가 않았다.

내가 무슨 협객이라구!

"헉헉……."

죽어라 뛴 운비룡은 집에 당도하여 격한 숨을 몰아쉬었다.

관제묘에서부터 여기까지 한달음에 달려왔다. 숨이 턱에 차고 가슴이 터질 듯이 쿵쾅거리고 뛰었다. 좀 전에 약지가 준 보심환 한 알을 다시 먹고서 나아졌는데도 이 모양이었다. 허리를 구부린 채로 숨을 고른 운비룡은 크게 숨을 들이키곤 주위를 살폈다.

별다른 것은 없어 보였다.

"아버지……?"

그런데 갑자기 묘한 빛이 된 운비룡이 나지막이 아버지를 불렀다.

"……."

답이 없었다.

자느라고 답이 없다면 천둥 같은 코 고는 소리가 들릴 것이요, 깼다면 욕설이 날아왔을 터였다. 어지간히 잠들어도 귀신처럼 잠귀가 밝은 노인네인데…… 좀 전까지 그처럼 드르릉거리던 코 고는 소리가 들리지 않다니? 잠에서 깨지 않으면 늘 코를 고는 아버지였다.

집 안을 살피던 운비룡은 살금살금 대청에 발을 올려놓았다.

'젠장! 사람 겁나게 하네…….'

고양이처럼 대청에 오른 운비룡은 침을 삼키면서 슬그머니 아버지가 잠든 방문을 열었다.

순간, 느껴지는 괴이한 느낌!

운비룡은 자신도 모르게 발끝에 힘을 주면서 머리를 뒤로 젖혔다.

휙!

손 그림자(手影)가 방금 운비룡이 있던 자리를 지나갔다.

"엇?"

놀람이 깃든 나직한 음성과 함께 방금 운비룡의 목을 움켜잡으려다 실패한 그 손은 이내 한 가닥 바람을 몰고서 재차 운비룡에게로 날아들었다. 하지만 운비룡은 머리를 젖히는 순간에 그대로 몸을 날려 마당으로 굴러 떨어졌으니 그 놀라운 일격은 다시금 허탕을 치고 만 셈이었다.

다람쥐처럼 몸을 말아 마당에서 운비룡이 몸을 일으키자 방 안에서 놀람에 찬 음성이 다시금 흘러나왔다.

"네놈은?"

순간, 한 가닥 귀신의 그림자와 같은 것이 번뜩하더니 막 몸을 일으킨 운비룡의 멱살을 움켜잡았다.

남다른 감각 덕분에 위기를 면한 운비룡이었지만 이번에는 피할 수가 없었다.

너무 빨랐던 것이다.

"어? 당신은……."

운비룡의 얼굴이 일그러졌다.

귀신처럼 달려들어 자신의 멱살을 움켜잡은 자.

그는 쥐눈에 염소수염을 가진 자였는데, 바로 일전에 한번 속여먹은 적이 있었던 그 귀영신투라는 자였던 것이다.

"크크…… 원수는 외나무다리에서 만난다더니……."

귀영신투가 음산한 눈빛에서 살기를 줄줄이 흘러냈다.

"캑캑…… 이, 이거 놔요……."

운비룡이 버둥거렸지만 그 멱살을 움켜쥔 손은 강철보다 더 강력하게 그의 멱살을 틀어쥐고 있어서 숨조차 쉬기 어려웠다.

"놓으라고? 네놈 덕분에 나는 이 모양 이 꼴이 되어 쫓기게 되었는데…… 놓으라고? 크크크…… 네놈의 뼈를 바르고 힘줄을 뽑아놓겠다!"

귀영신투가 이를 갈았다.

운비룡이 눈알을 굴려보니 그의 행색은 참혹했다.

온몸이 피투성이고 입가에서는 아직도 핏물이 마르지 않았다. 한쪽 팔은 썽둥 잘려 나가 옷을 찢어 동여맨 팔은 붉은 핏물이 선연하다. 눈에는 핏발이 서 있고 공포에 질린 기색이 역력하여 누군가에게 쫓기고 있음이 분명하였다.

'에이 시팔! 정말 재수 옴 붙었네. 하필이면 이 늙은이가 왜 우리 집으로 기어든 거야?'

운비룡은 슬쩍 훑어보는 사이에 귀영신투가 쫓기다가 이리 숨어든 것을 알 수가 있었다.

"캑캑…… 무슨, 무슨 소릴 하는 거예요? 난 아, 아무것도 모른단 말이에요……."

"이 가증스러운 놈이……."

바로 그때였다.

"아미타불……. 그 아이를 놓아주시오."

침중한 불호 소리가 운비룡의 뒤에서 들려오는 것이 아닌가.

기겁을 한 귀영신투가 운비룡을 움켜잡은 채로 훌쩍 뒤로 건너뛰어 대청마루로 올라갔다.

마당.

희미한 달빛이 스며드는 그 작은 마당에 노승 한 사람이 우뚝 서 있는 것이 보였다. 형형한 눈빛을 번쩍이며 귀영신투를 쏘아보는 그의 행색은 다소 낭패한 듯 보였다. 누군가가 심하게 싸운 듯한 모습이지만 일신에 서린 기세는 그래도 여전했다.

"다, 당신이 어떻게……?"

그를 본 귀영신투의 눈이 불신(不信)으로 커졌다.

"아미타불, 그렇듯 많은 사람들을 싸움 붙여놓고 도주하더니, 여기서 죄없는 아이를 잡고 무슨 짓이오? 어서 아이를 놓아주시구려."

노승이 눈썹을 찌푸린 채로 준엄히 꾸짖었다.

그는 다른 사람이 아닌 소림사의 나한당주인 심경 대사였다.

"크크큭…… 놈을 놓아주면? 나를 잡아 족칠 생각이오?"

"후우우…… 설마 상황이 어떤지 몰라서 그런 소리를 한단 말이오? 시주가 한 짓으로 인해 이미 수많은 사람들이 피를 흘렸고 아직도 시주를 쫓고 있는 중이오."

귀영신투의 얼굴이 흉하게 일그러졌다.

"크으으…… 더 이상 나를 쫓아서 뭘 하겠단 말이오? 이미 물건은 빼앗기고 이 모양이 되었는데……."

"정말 빼앗겼다면 어찌 물건의 행방을 말하지 못하시오?"

"이 모양을 보고도 믿지 못하다니…… 그처럼 고강한 무공을 지닌 자가 복면을 쓰고 달려들었는데 누군지 어떻게 알란 말이오? 아무려면 그까짓 물건 때문에 내가 내 팔을 스스로 잘랐겠소? 신투(神偸)에게 팔하나가 달아나면 대체……."

심경 대사는 길게 한숨을 내쉬었다.

"일단 아이를 놓아주시오. 상황을 잘 검토해 보도록 합시다."

"그렇겐 못하겠소. 게 서시오!'"

귀영신투가 소리쳤다. 운비룡을 앞에다 세우고 목을 움켜쥐었다.

심경 대사가 그를 향해 다가서고 있었던 것이다. 그의 위협에도 심경 대사는 천천히 걸음을 옮겨오고 있었다.

"멈추지 않는다면 이놈을 죽일지도 모르오!"

"아미타불…… 어쩔 수 없군. 용서하시오."

심경 대사는 나직이 탄식하곤 한 손바닥을 세워 귀영신투를 향해 누르는 시늉을 했다.

그 모습을 보고 귀영신투는 냉소를 흘렸다.

"설마 이놈을 죽일 생각은…… 윽?!"

그는 채 말도 끝내지 못하고 뒤로 튕겨졌다. 순식간에 안색은 창백해졌고 입에서는 선혈이 쿨럭이면서 쏟아져 나왔다.

심경 대사는 훌쩍 몸을 날려 운비룡의 앞을 막아섰다.

"괜찮으냐?"

"예, 괜찮아요."

"아미타불…… 다행이군. 왜 왕부를 떠났느냐? 노납이 부탁해 놓아 불편함은 없었을 텐데……."

그때 비틀거리다 주저앉은 귀영신투의 신음이 들려왔다.

"어, 어떻게 이럴 수가? 설마…… 말도 안 되는……. 아무리 소림사의 무공이라 해도……."

그는 운비룡을 방패로 심경 대사를 위협하려고 했었다.

그런데 한 장[一丈]이나 되는 거리.

그 거리를 격(隔)하고서 자신을 친 것이다.

심경 대사라면, 그의 능력이라면 그런 격공타격이 무슨 놀라운 일이 될 것인가? 그런데 그 앞에는 운비룡이 있었다. 그럼에도 운비룡을 앞에 두고 뒤에 있는 자신을 치다니…….

물론 격산타우(隔山打牛)라는 상승의 공부가 있긴 했다.

하지만 물건이 아닌 사람, 그것도 무공을 모르는 아이에게 아무런 타격을 주지 않고 뒤에 있던 자신이 미처 느끼지도 못하는 사이에 이런 위력으로 자신을 일패도지시키다니!

귀영신투는 자신이 당하고도 믿을 수가 없었다.

그때였다.

"누가 엿보고 있으시오?"

심경 대사가 운비룡을 감싸듯 막아서면서 침중히 물었다.

"크크크크…… 썩어도 준치라더니 과연이군!"

기다렸다는 듯이 음산한 웃음소리가 들리면서 한 사람이 어둠 속에서 솟구치듯이 모습을 드러냈다.

오 척 단구의 작은 키.

믿기 힘들게 뚱뚱한 그 체구에 걸친 것은 녹포(綠袍)였다.

복어가 바람을 삼킨 듯, 얼핏 보면 커다란 육구(肉球)와 같아 어릿광대처럼 우스꽝스러운 모습인데 그의 얼굴에 서린 음침한 기운은 섬뜩하여 감히 그런 생각은 꿈에도 할 수 없었다.

그는 거만한 표정으로 심경 대사를 흘겨보더니 냉소를 흘렸다.

"용케도 그 몸으로 여기까지 왔군. 그런데 다시 무리라? 과연 소림사의 중답군. 제 몸보다 어린놈이 더 소중하단 건가? 크크크……."

그는 괴이하게 웃으며 슬쩍 한 걸음을 내딛는가 싶은 순간에 이미 눈앞에 당도했다. 놀랍게 빨랐다.

"멈추시오!"

심경 대사가 침중히 소리치며 앞을 가로막았다.

"소림사의 이름으로 겁을 줄 생각은 말라. 평소라면 몰라도 그 몸으로는 노부와 상대할 순 없을 테니. 노부는 저놈에게만 관심이 있으니 방해하지 않는다면 피차 모르는 걸로 하지."

음침한 그의 시선을 받은 귀영신투는 얼굴이 하얗게 변했다.

"나, 나는 이, 이미 물건을 빼앗겼소이다……."

"그건 노부가 물어볼 때 말하면 될 일이지 지금 말할 게 아니지?"

녹포노인의 입가에 서린 음악(陰惡)한 미소를 보자 귀영신투는 공포에 질렸다.

녹포노인, 녹포노조(綠袍老祖)가 얼마나 잔인한지 너무도 잘 알고 있기에.

흉포하고 잔인무도한 자.

백존회의 내부 서열이 삼십위권이라고 알려진 그는 이미 오십 년이 넘는 세월을 악명(惡名)으로 점철하여 일설에는 어린아이까지 산 채로 찢어 먹는다는 소문이 있을 정도였다.

그가 자신을 고문한다면 없는 말도 만들어내야만 했다.

"아미타불……. 그는 대항할 힘이 없는 사람이오."

심경 대사가 눈썹을 찌푸린 채 침중히 소리쳤다.

"그게 정파란 놈들의 한계지……."

녹포노조는 음침하게 중얼거리며 머리를 저었다.

순간, 그의 신형이 떨리는가 싶더니 대뜸 손을 내밀어 심경 대사의 가슴을 쳐왔다.

파팟!

난쟁이를 면한 체구의 녹포노조였지만 손은 길었다.

불쑥 내민 손은 찰나간에 심경 대사의 가슴을 잡아챘고 심경 대사는 소매를 날리며 그의 손을 쳐내려 했다.

하지만 녹포노조의 일격은 과연 놀라운 바가 있어서 슬쩍 손을 뒤집는 사이에 심경 대사의 방어를 뚫고서 팔을 긁어냈다. 녹광(綠光)이 번쩍하는 사이에 나직한 신음과 함께 심경 대사는 한 걸음 물러났다.

팔뚝이 길게 손톱에 찢겨 핏물이 솟구쳤다.

"암습이라니……."

심경 대사가 놀라 신음을 흘렸다.

순간적으로 녹포노조의 손가락에서 거의 한 자가 되게 긴 손톱이 툭! 튀어나와 방어가 불가능했던 것이다. 게다가 그 녹광이 번들거리는 손톱은 그의 호신진기마저 뚫고 상처를 입히니 어찌 놀랍지 않을 것인가.

"크크크…… 암습? 노부의 녹혈신조(綠血神爪)를 몰랐다면 견문이 얕음을 한탄하며 죽어갈 밖에."

음산한 웃음과 함께 녹포노조는 무섭게 두 팔을 휘두르며 달려들었다.

심경 대사는 삽시간에 열세에 몰렸다.

원래 그는 이미 한바탕 악전(惡戰)을 치렀고, 녹포노조의 말대로 그 바람에 가볍지 않은 내상을 입은 상태였었다. 그럼에도 그는 운비룡을 구하기 위해서 무리하여 소림비전의 달마반선수(達摩般禪手)를 운용했으니 진기가 제대로 이어지지 않았고 녹포노조와 제대로 싸울 수 없음은 너무나 당연한 일이었다.

그때 눈치를 보던 운비룡은 이미 방 안으로 도망가 있었다.

귀영신투가 그 방에서 나온 게 마음에 걸렸던 것이다. 그 방이야말로 바로 아버지가 있는 곳이었다.

"아버지!"

컴컴한 방, 운비룡은 침대 위에 엎어져 있는 사람을 발견하고 놀라 그를 잡아 흔들었다.

노삼이었다.

하지만 그는 꿈쩍도 하지 않았다.

"아, 아버지?"

불길함에 운비룡이 그를 흔들어보니 죽은 건 아닌 것 같았다. 정신을 잃은 것처럼 보였다.

바로 그때였다.

콰작!

문이 부서지며 심경 대사가 비틀거리면서 밀려 들어왔다.

녹광이 번뜩이는 가운데 녹포노조가 바람처럼 달려들고 있음이 보였다. 말 그대로 백척간두, 급박하기 짝이 없었다.

'젠장! 소림사가 뭐 저래?'

녹포노조가 누군지, 지금 심경 대사가 어떤 상황인지 알 리 없는 운비룡은 소림사의 고수라는 심경 대사가 땅딸막한 난쟁이노인에게 일방적으로 밀리는 것을 보자 실망해서 혀를 차는 일방 아버지를 끌어안았다. 뒤도 안 돌아보고 도주할 참이었다.

"야하아아—압!"

순간, 심경 대사가 갑자기 대갈일성하면서 일장을 쳐냈다.

운비룡은 어둠 속인데도 심경 대사의 앞쪽에 강력한 기운이 어림을 볼 수 있었다.

팍!

뭔가가 터지는 소리와 함께 맹렬한 바람이 일었다. 엄청난 위력의 폭풍이 문짝을 날려 보내면서 방 안으로 몰아쳐 앞에 선 심경 대사의 승포를 미친 듯 휘날렸다.

"크으윽……!"

신음이 뒤를 따랐고, 녹포노조가 훌쩍 날아가 마당에 떨어졌다.

비록 쓰러진 것은 아니지만 쿵 소리를 내면서 내려서는 것으로 보아 충격이 적지 않은 것이 분명했다.

"아미타불……. 그만 물러나 주시오."

심경 대사가 가슴에 손을 세우며 침중히 불호를 외었다.

쫓아가 치지 않을 테니 알아서 도주하라는 무언의 시위다.

"크으으…… 이럴 수가? 어, 어떻게 이런 일이……?"

녹포노조는 믿기지 않는 듯 신음을 흘렸다.

충격을 받은 듯 안색이 창백했다. 하지만 물러날 수도 버티기도 어려웠다. 물러나자니 체면이 말이 아니고 달려들자니 대체 저놈의 중이 얼마만한 힘을 감춘 것인지 알기 어렵다.

그렇다고 목숨을 걸고 싸울 생각 따윈 꿈에도 없었다.

바로 그때,

"캬캬캬캬…… 이거야말로 기문(奇聞)이 아닌가?"

"크크크…… 천하의 녹포노조가 허장성세에 겁을 먹다니, 내가 보지 않았다면 누가 믿겠나?"

귀를 긁어대는 기괴한 음성이 들려왔다.

'저자들이!'

나타난 자들을 본 심경 대사의 얼굴이 창백해졌다.

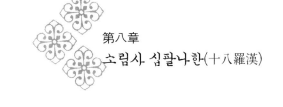

第八章
소림사 십팔나한(十八羅漢)

첫째 마당

어둠 속.

뜻하지 않은 타격에 주춤, 물러난 녹포노조.

그의 좌우로 희미한 어둠을 동반한 채로 회의사내 두 사람이 모습을 드러냈다. 중년인 듯 보이지만 자세히 보니 나이가 모호했다. 아니, 얼굴 자체가 모호했다. 달빛에 드러난 얼굴이 명확하지 않아서가 아니었다. 아무리 안력이 좋은 사람이라도 알아볼 수가 없는 얼굴, 그것이 어찌 자연적으로 생성된 것이겠는가.

그렇기에 심경 대사는 그들을 보자마자 그들이 누군지 알 수 있었다.

강호상에서 무영(霧影)이라 일컫는 자들.

늘 두 사람이 함께 다녀 무령쌍마(霧靈雙魔)라고 불리는 그들은 필요하다면 대낮에도 희미한 안개로 자신을 감출 수 있다. 스스로 정체를 드러내지 않고자 한다면 누구도 그들을 알아볼 수도, 찾아낼 수도 없다는 자들.

겉보기로는 평범해 보이지만 그들은 이미 강호상에서 활동한 지 사십 년이 넘는 노마(老魔)였고, 두 사람이 함께라면 녹포노조라도 함부로 할 수 없는 거마(巨魔)였다.

'저자들까지 나타났다니……. 아미타불, 아무래도 오늘 밤은 정말 길보다 흉이 많겠구나.'

심경 대사는 안색이 굳은 채로 암중에 전음으로 말했다.

'아이야, 너는 어서 이 자리를 떠나거라. 아무래도 노납은 너를 지켜 줄 수가 없을 것 같구나……'

"……!"

운비룡은 멈칫, 등을 보인 심경 대사를 바라보았다.

뒤를 돌아보지도 않고 한 말인 듯하지만, 귓전에 앵앵거리는 소리로 보아 심경 대사의 앞쪽, 문틈으로 보이는 자들이 그 말을 들은 것 같지는 않았다.

'무림고수들은 남이 모르는 사이에 말을 전할 수가 있다더니……'

운비룡은 감탄한 눈으로 그의 등을 바라보았다.

하지만 망할!

저렇게 문을 막고 있으니 어딜 어떻게 가란 말인가?

고개를 돌려 코딱지만한 창문을 바라보았다.

아버지를 보았다.

아무리 전과 다르다 할지라도 운비룡이 아버지를 안고 저 창문으로 튀어 나간다는 것은 불가능했다.

'시파…… 그냥 혼자 튀어?'

운비룡은 입맛을 다셨다.

그때였다.

"허장…… 성세라구?"

녹포노조의 말소리가 들려왔다. 그는 무령쌍마가 나타날 것을 알고 있었던 것처럼 그들을 쳐다보지도 않은 채 얼굴을 일그러뜨렸다.

"크크크…… 정말 몰랐단 말인가?"

"마지막 발악을 하고 제대로 서 있지도 못하는 중에게 겁을 먹다니?"

무령쌍마가 큭큭 웃어댔다.

하지만 그들의 웃는 듯 보이는 눈은 비할 바 없이 차고 냉정했다. 겉으로는 경망되이 웃고 있는 듯 보이지만 실제로는 심경 대사의 조그마한 변화 하나도 놓치고 않고 있는 것이다.

"크윽…… 이런……!"

녹포노조의 얼굴이 더욱 일그러졌다.

심경 대사의 버티고 선 발이 미미하게 떨리고 있었다.

창황 중이고 어둠 속이라 미처 발견하지 못했던 일, 무림고수에게 있어서 발이 떨린다는 것은 있을 수 없는 일이다. 신형이 안정되지 못하고서야 힘을 쓸 수가 없다는 것은 비단 무림고수에게만 한정되는 말이 아닌 너무도 평범한 일이 아니던가.

그때였다.

"아미타불……. 누구든 노납을 쓰러뜨리자면 그만한 대가를 치러야 할 것이오! 누가 먼저 나서시겠소?"

심경 대사가 침중한 음성으로 말하며 그들을 둘러보았다.

창백한 얼굴이지만 여전히 당당하고 위엄스러워 과연 명가(名家)의

풍도가 역력했다.

"과연, 과연!"

"역시 소림사로군!"

"그럼, 그럼! 소림사가 뒤에 버티고 있는데 누가 감히…… 역시 녹포노조가 아니라면 감히 하기 어렵지……."

무령쌍마 두 사람은 연달아 말을 주고받았다.

그 말에 녹포노조는 다시금 얼굴이 일그러졌다.

일순 음산한 빛이 눈을 스쳐 갔지만 그것뿐이었다. 저들이 보기에는 중년인 듯 보이지만 실제로는 자신과 같은 배분이라 함부로 할 자들이 아님을 잘 아는 것이다. 게다가 마지막에 그가 받은 타격이 간단하지가 않으니 지금 군이 무리하여 움직일 까닭이 없기도 했다.

그때, 말은 그렇게 하지만 무령쌍마 두 사람은 천천히 걸음을 옮겨 좌우에서 심경 대사에게로 다가가고 있었다.

"노납을 시험해 볼 참이오?"

심경 대사가 그들을 노려보며 침중히 말하였다.

"크크크크…… 별로. 우린 저놈에게만 관심이 있거든?"

말이 채 끝나기도 전에 무령쌍마 중 노대(老大)의 신형이 그 자리에서 꺼지듯이 사라졌다.

찰나간에 그의 신형은 삼 장 거리를 가로질러 귀영신투를 덮쳤다. 정말 바람과 같았고 상대가 방비할 틈을 주지 않는 행동이었다.

"으헉?"

귀영신투가 놀라 눈을 부릅떴다. 하지만 지금의 그에게는 무령쌍마를 피할 능력이 없었다.

"아미타불……."

심경 대사의 입에서 침중한 불호가 터짐과 동시에 그가 슬쩍 소매를 저어 소맷바람을 일으키는 사이에 일장을 쳐냈다.

"캬하하하……! 저런, 저런…… 아직도 남에게 신경을 쓸 여가가 남아 있다니 과연 소림사로구만?"

귀를 찌르는 웃음소리와 함께 심경 대사의 측면에서 음풍(陰風) 한줄기가 밀려들어 왔다.

다른 한 사람이 이미 그것을 짐작하고 반 박자를 늦추어 공격을 해왔던 것이다. 뿐만 아니라 귀영신투를 공격해 들어가던 무령쌍마 중하나도 슬쩍 손을 뒤집는 사이에 배산도해(排山倒海), 산을 밀어내고 바다를 뒤집을 듯한 공격을 해왔다. 원래 그가 귀영신투를 덮쳐 가는 시늉을 한 것은 심경 대사를 끌어내기 위한 함정이었다.

팡!

격렬한 파공성이 일었다.

창줄간이라 피할 방도가 없었다. 심경 대사는 울며 겨자 먹기로 상대와 일격을 마주하고 그 탄력으로 다른 한 명을 상대할 생각이었지만 상대와 일장을 마주친 순간에 생각처럼 쉽지 않음을 직감했다.

음유(陰柔)한 기력이 손을 타고 치밀었던 것이다.

평소라면 본신진기로서 오히려 상대에게 타격을 줄 수가 있었겠지만 지금은 힘이 모자랐다. 게다가 그 짧은 주춤거림의 순간에 측면에서 무령쌍마 중 노이(老二:두 번째)의 공격이 날아들었다.

스스읏―!

그의 장세는 안개 속에서 흐느적거리는 바람과 같았다.

스스로 무령신장(霧靈神掌)이라 칭하지만 음유(陰柔)하고 잔독(殘毒)하여 격중되면 심맥이 끊어지고 장독(掌毒)이 폐부로 스며드는 마공,

강호에서는 그것을 일러 무령마장이라고 불렀다.

　심경 대사의 생각대로라면 노대의 공세를 미끄러뜨리면서 노이의 공격 또한 화해(化解)할 것이었지만 힘이 따라주지를 않았다.

　'아미타불……. 이렇게 끝나야 하다니…….'

　심경 대사가 암중에 길게 탄식하며 마지막 진원지기를 끌어올렸다. 이 힘을 사용하고 나면 아마도 당분간, 아니, 어쩌면 다시는 원래대로 돌아가기 어려울지도 몰랐다. 그러나 지금은 생사가 걸린 백척간두(百尺竿頭)에 선 다급한 상황이라 가릴 것이 없었다.

　바로 그때였다.

　"누구냐?"

　심경 대사를 덮치던 무령쌍마의 노이, 무령귀마(霧靈鬼魔)가 노성을 터뜨리면서 뒤로 껑충! 물러났다.

　"나무아미타불……."

　뒤이어 긴 불호 소리가 어둠을 흔들며 웅장하게 들려왔다.

　"소림사?"

　무령쌍마의 노대, 무령신마(霧靈神魔)가 주춤 한 걸음 물러났다.

　한 사람이 마당에 나타나 있었다.

　승복을 입고 긴 염주를 목에 걸었다. 구환선장(九環禪杖)을 짚은 그는 한 손을 세워 반장(半掌)의 예를 보이지만 부리부리한 눈에서는 신광이 번갯불처럼 번뜩이고 있어 위맹하기 이를 데 없는 모습이다. 마치 수호지에 나오는 머리 깎은 노지심이라고나 할까? 수염마저도 규염(虯髥:꼬불꼬불 꼬인 수염)이라 그 모습은 선승(禪僧)이 아니라 절을 지키는 사대천왕의 현신(現身)을 보는 것 같았다.

　"아미타불……. 누가 감히 소림을 욕되게 하는가?"

사십 대 후반으로 보이는 그 중년승이 눈을 부릅떴다.

그 태도는 일견 광망(狂妄)하기조차 해 무령쌍마는 어이가 없었다. 겨우 한 사람이 나타나서 큰소리라니?

"크크크······ 소림사면 다란 말이냐?"

"과연 소림사가 얼마나 강한지 한번 볼까······."

습관처럼 이어지는 말소리는 채 끝나지도 못했다.

"아미타불······!"

우렁찬 합창 소리처럼 들리는 불호가 큰 종과 같이 울려 퍼지며 그 뒤를 끊었기 때문이다.

심경 대사의 좌우로 두 명의 중년 승려가 어느 틈엔가 모습을 드러내고 있었다. 뿐만 아니라 이 집, 싸리 울타리 위에 한 떼의 승려들이 병풍처럼 늘어서 있지 않은가!

놀랍게도 그 십여 명의 승려는 건들거리는 싸리 울타리 위에 서 있음에도 태산과 같이 안정되어 보였다. 불어오는 바람이 승포 자락을 흔들어댔지만 거기 선 그들의 모습은 마치 인세에 현신한 나한상을 보는 것만 같이 당당하기만 했다.

게다가 개개인의 눈에서는 어둠을 뚫고서 신광이 폭사되고 있으니 그 위세야말로 당당하기 그지없다.

"소림사 십팔나한(十八羅漢)······?"

부지중에 누군가의 입에서 신음이 흘러나왔다.

그러했다.

나타난 숫자는 열여덟 명.

그리 많지 않은 숫자일 수도 있으나 그들이 소림사의 십팔나한이라면 의미가 다르다. 누구도 그들을 함부로 볼 수 없으며, 일대의 대군(大

軍)을 휘몰아간다고 하더라도 감히 함부로 볼 수 없는 신화적인 존재가 그들이 아니던가.

소림사에는 삼대나한진이 존재한다.

바로 이들 십팔나한이 전개하는 십팔나한진. 그리고 백팔나한대진과 소림사의 전 고수가 동원되는 오백나한진인 것이다.

그 진세의 막강함은 굳이 더 이야기할 필요는 없지만, 이 십팔나한이 전개하는 십팔나한진만 하더라도 깨어진 적이 거의 없는 무적의 진세였고 만에 하나 이 십팔나한진을 깰 수만 있다면 즉시 천하를 경동(驚動)시킬 일대 사건이 될 수 있었다.

"아미타불……. 소림 십팔나한이 당주 좌하(座下)의 명을 기다리고 있습니다!"

마당 가운데 있는 중년 승려와 싸리 담장 위에 서 있는 승려들이 일제히 반장(半掌)을 한 채로 불호를 외웠다. 큰 종이 울리는 듯 고막이 웅웅거리고 마당에 일진 광풍이 일었다. 그들의 불호에 공기가 격탕해 회오리바람이 이는 것이다.

가히 가슴을 떨어 울리는 기세!

"좋아, 늦지 않게 와주었구나."

심경 대사가 고개를 끄덕였다.

그때 녹포노조가 문득 고개를 끄덕거렸다.

"좋아, 좋아……. 소림사에서 십팔나한까지 동원했다면 이번만은 그 체면을 봐주기로 하지."

그리곤 전혀 망설임없이 그 자리를 떠나 버렸다.

그가 이처럼 갑작스레 떠날 것임은 생각지도 못했던 무령쌍마는 일순 멍청한 표정으로 서로를 쳐다보았다.

잠시 뭔가를 주고받는 표정이던 그들은 병풍처럼 늘어선 승려들의 기세를 보다가 이내 쓴 얼굴이 되어서 혀를 찼다.

"어쩔 수 없군……."

"한 번쯤은 소림사의 체면을 봐줘야겠지?"

말과 함께 그들 두 사람의 모습이 희미한 안개가 일렁이는 듯하더니 그 자리에서 사라졌다.

"하지만 이걸로 끝이라고 생각했다가는 큰 오산이지……."

"아무리 소림사라고 할지라도……."

어둠 속에서 음랭한 음성이 스산하게 맴돌았다.

그들이 사라지자 그 자리에는 어둠만 남았다.

그때였다.

"우욱!"

심경 대사가 비틀 하더니 한 모금의 선혈을 왈칵, 토해냈다.

"당주님!"

놀란 음성과 함께 그의 좌우에 있던 승려들이 그를 부축했다.

"괜찮다. 잠시만 쉬면 될 테니……."

심경 대사가 손을 저어 보이더니 옆의 승려에게 말했다.

"안의 사람을 돌보도록 해라."

말을 채 끝내지 못하고 그는 그 자리에 주저앉아 눈을 감고 운기조식에 들어갔다.

십팔나한을 이끌고 온 대우(大愚) 화상은 얼굴이 굳어졌다. 평소 심경 대사를 생각한다면 이 자리에 주저앉을 리가 없었던 것이다. 그것은 정말 심각한 상태였음을 의미했다.

"모두 주위를 경계하여 아무도 접근하지 못하게 하라."

명을 내린 그는 심경 대사의 앞에 한쪽 무릎을 꿇었다.

"도와드리지 않아도 되겠습니까?"

"그럴…… 필요까지는 없다. 안의 사람들을 돌…… 보고 신투를 지키도록. 그리고 네 사제들을 찾아보거라. 무슨 변을 당한 건 아닌지……."

심경 대사가 눈도 뜨지 않은 채 낮은 음성으로 답하곤 더 이상 입을 열지 않았다. 말을 하기도 어려워 보였다.

"대종(大鐘)! 사제들과 함께 대정 사제를 찾아보거라."

"예, 사형!"

싸리 담장에 서서 좌우를 둘러보고 있던 중년승, 대종은 옆에 있던 네 명과 함께 승포를 펄럭이면서 훌쩍 몸을 뽑아 올려 그 자리를 떠났다.

그제서야 대우는 한숨을 돌리고 방 안을 들여다보았다.

방 안에 대체 누가 있길래 돌보라는 것인가 하여 안을 들여다보자 묘한 느낌의 꼬마 하나가 자신을 바라보고 있었다.

어둠 속에서 눈을 반짝이면서.

그때만 하더라도 대우는 그 꼬마가 자신의 일생일대의 악몽이 되리라고는 꿈에도 생각하지 못했다.

"뭐라구요?"

운비룡은 달려들듯이 눈을 부릅뜨고서 눈앞의 대우를 바라보았다.

"워낙 기력이 쇠한 상태인데 점혈(點穴)을 당하면서 기혈이 제대로 유통되지 못해 심각한 내부 손상을 입었구나. 깨어나게 할 수는 있지만 오래 버티기는 쉽지 않을 것이다."

대우는 굳은 표정으로 답했다.

한쪽 다리가 주저앉은 침상, 희미한 어둠 속에 가랑거리는 숨을 가쁘게 내쉬며 아버지 노삼이 심연에 가라앉듯이 누워 있었다.

"말도…… 무슨 그런 말도 안 되는 소리를? 깨어나게 해봐요! 일어나요! 어서 일어나 보라구요!"

운비룡이 소리치며 노삼에게 달려들려고 했다.

"그렇게 하면 안 된다."

대우가 운비룡을 말리며 달랬다.

"약속하거라. 네 아버지를 깨어나게 할 테니 충격이 가게 해선 안 된다. 알겠느냐?"

"……."

운비룡은 답하지 않았다.

그 태도 그대로 버티고 서서 고집스레 노삼을 바라볼 뿐이었다.

대우는 암암리에 한숨을 몰아쉬고는 내심 머리를 저었다. 그리고 손을 써서 노삼을 깨어나게 하려고 했다.

"지금은 그냥 둠이 좋겠구나."

문득 침중한 음성이 들려왔다.

뜻밖에도 심경 대사가 눈을 뜬 채로 이쪽을 바라보고 있지 않은가.

"어떻게 벌써?"

놀란 대우가 눈을 크게 떴다.

"생각난 게 있어서 우선 급한 숨만 다스렸구나. 우선 이곳을 떠나야겠다."

"무슨 말씀이십니까?"

"저들이 지금은 물러났지만 절대로 이대로 물러서지 않을 것이다.

백존회의 고수들이 적지 않게 이곳에 나타났고 방해가 된다면 누구든 살려두지 않아 오늘 밤, 이 일대는 일장도살이 벌어졌다. 귀영신투를 손에 넣기 위해서라면 그들은 무슨 짓이든 다 할 것이다."

"백존회 자체가 다시 나타났단 말씀이십니까?"

"그런 것 같다."

"어떻게 그런 일이……."

대우는 굳은 표정으로 나직이 신음을 흘렸다. 하지만 그는 눈을 빛내면서 말했다.

"소림에서 십팔나한이 나왔습니다. 그들 전체가 한꺼번에 몰려오지 않는 한, 우리가 그들을 두려워한다면 어찌 강호의 웃음거리가 되지 않겠습니까?"

"우매하구나!"

심경 대사가 낮게 꾸짖었다.

"……."

대우가 얼떨떨한 눈으로 그를 보았다.

"어찌 출가인이 외부인들의 시선과 생각에 연연한단 말이냐? 명리(名利)는 한갓 분별(分別)일 뿐이거늘…… 욱!"

심경 대사의 얼굴이 다시 창백해졌다.

입가로 선혈이 흘렀다.

"당주님!"

대우가 놀라 그에게 달려갔다.

"되었다. 후우…… 어서 자리를 옮기도록 하자. 대정을 찾으러 간 나한들에게도 연락을 하도록 하고…… 늦으면 한바탕 악전을 각오해야 할지도 모르니……."

그가 대우의 부축을 받으면서 억지로 몸을 일으켰다.

"같이 가도록 하자꾸나. 네게 할 말도 있고…… 네 아버님도 돌봐야 할 테니……."

눈을 깜박이면서 자신을 보는 운비룡에게 심경 대사가 말했다.

운비룡은 눈알을 굴렸지만 제아무리 날고 뛰는 운비룡일지라도 지금은 별 도리가 없었다. 그 무시무시한 자들이 돌아오면 어떻게 할 건지 아예 생각도 나지 않았다.

게다가 이들이 가버리면 당장 아버지가 큰일이니 방법이 없다.

둘째 마당

어둠은 점점 더 짙어졌다.

그 어둠을 헤치고 한 사람이 나타났다.

운비룡의 집 앞으로 질풍처럼 달려온 거한은 다급히 집 안으로 달려 들어갔다. 그가 직접 만든 싸리 담장은 반쯤 무너져 있었고 뭔지 모르게 섬뜩한 느낌이 느껴졌다.

"비룡아, 말호야!"

집 안으로 들어서면서 그가 소리쳤다.

하지만 대답은 들리지 않았다.

"아버지!"

다급히 대청으로 올라서며 소리치던 거한의 얼굴이 굳어졌다.

떨어져 나간 방문.

그리고 어둠 속에서 희미하게 비치는 달빛에 드러난 발자국들……

어지러운 그 발자국은 한 사람의 것이 아니었다. 이 밤에 신발을 신고 대청과 방 안을 누볐다는 것은 간단한 일이 아니다.

다급히 방 안으로 뛰쳐 들어갔지만 발견한 것은 아무것도 없었다.

핏자국이 여기저기에 조금씩 보일 뿐.

"대체 무슨 일이 일어난 거야?"

납덩이 같은 얼굴이 된 거한은 집이 떠나가라고 소리쳤다.

"말호야, 말호야! 아버지!"

방 안을 살펴본 그가 다급히 밖으로 뛰쳐나왔다.

달빛 아래 드러난 모습을 드러낸 그는 바로 대호였다.

잠도 자지 않고 담금질을 하고 있던 대호는 난데없이 들려온 소식에 경악했다.

부중의 군사들이 동원되고 그도 모자라 왕부의 군사들까지 모두 성문을 열고 나갔다는 소식, 더구나 그것이 성 밖에서 일어난 살인 사건 때문이라는 것은 족히 놀랄 만한 일이었다. 그러나 그보다 대호를 더욱 놀라게 한 것은 그 살인이 일어나고 있는 곳이 빈민촌 일대라는 것.

그 말을 듣자 대호는 두드리던 칼을 팽개치고 천하점을 나섰다.

노발대발한 노백의 호통을 뒤로한 채로.

그런데 집에 오니 말호도, 아버지도 보이지 않았다.

늘 술에 절어 있을망정 이 시간에 집을 나가는 아버지는 아니었다.

큰 덩치에 늘 순한 얼굴, 누구나 그를 조금쯤 모자란, 사람이 좋은 청년이라고 생각하고 실제로 많은 사람들에게 보인 대호는 그런 사람이었다. 그러나 지금의 대호는 모자라 보이지 않았다. 주위를 살피는 긴장된 얼굴은 이미 순박하지 않았다.

그때였다.

문득 대호의 얼굴이 달라졌다.

섬뜩하게 날아오는 빛줄기, 그것은 놀랍도록 빨라 이미 대호의 눈앞에 당도해 있었다.

'검!'

속으로 소리친 대호는 어깨를 흔들 하는 사이에 옆으로 반걸음 미끄러졌다. 그것과 함께 대호의 신형이 옆으로 미끄러지면서 손은 그 검을 쥔 사람의 손목을 향해 일격을 가했다.

그 응변(應變)은 놀랍도록 빨라서 채 피할 여가도 없이 악! 소리가 들리며 그자가 검을 떨어뜨렸다.

뚝! 소리가 들린 것으로 보아 손목이 부러졌을 것이 분명했다.

차가운 신색(神色).

일신에 흑의를 걸친 그는 삼십 대 후반으로 보였는데 방금의 상황을 믿을 수 없는 듯 눈을 부릅뜨고서 대호를 바라보고 있었다.

"누구……?"

대호의 물음은 채 다 나오지도 못했다.

옆으로 은밀한 암경(暗勁) 한줄기가 옆구리를 찔러온 것이다.

암경이란 소리도 없다. 기세마저 죽어 있다가 정작 몸에 닿아야 힘을 발휘하니 무공을 어느 수준까지 익히지 않은 사람이라면 당할 때까지 알지도 못한다. 하지만 대호는 크게 한숨을 들이키고는 손을 휘둘러 그 암경을 쳐냈다. 피하는 것이 아니라 정면으로 마주쳤다.

쾅!

폭음이 일고 윽! 하는 비명이 터졌다.

다른 흑의인 하나가 손을 반쯤 움켜쥐면서 격렬히 떨고 있었다. 연기가 피어오르면서 살 타는 냄새가 진동했다. 놀랍게도 대호의 일장에는 기이한 열기가 있어 그 장세를 받아낸 흑의인은 암습을 했으면서도 오히려 손바닥이 타는 듯 뜨거워 혼비백산, 뒤로 물러나야 했다. 뿐만 아니라 그 강력한 힘에 팔이 부러질 듯하고 속이 뒤집어졌다.

하지만 그것이 끝이 아니었다.

그것을 시작으로 십여 명의 흑의인이 소리도 없이 주위에 나타났다.

"무엇 하는 사람들이오?"

대호가 눈을 부릅뜨고서 소리쳐 물었다.

"보기 드문 열양지력(熱陽之力)이군. 누구의 제자인가?"

대답 대신 다시 옆에서 들려온 소리에 대호는 고개를 돌렸다.

울타리 바깥.

마당을 통해 보이는 그 한가운데 우뚝 선 사람 하나가 있었다.

어둠 속에 청포를 걸친 사람 하나.

마치 사자 갈기와 같은 머리카락을 한 그의 고리눈은 어둠을 뚫고 강렬한 빛으로 대호를 쏘아보고 있었다. 얼핏 보는 것만으로도 사람을 압도하는 강력한 기세가 느껴지고도 남음이 있을 정도였다. 게다가 덩치만 해도 대호를 압도할 정도로 커서 대호가 본 사람 중 가장 거한이라 할 만했다.

"당신은 누구요?"

대호가 물었다.

그 얼굴은 납덩이처럼 굳어 있었다. 그가 언제 나타났는지 전혀 알지 못했기 때문이다. 게다가 그가 서 있는 자리는 방금 자신이 들어온 그곳이니 더욱 놀랄 수밖에.

"넌 누구냐?"

대답 대신 그가 물었다.

대호는 아직 알지 못했다. 그 사람이야말로 불가일세라는 사자패왕 곽도라는 것을. 그리고 그는 자신이 감히 신분을 물을 자격이 없을 정도의 강자라는 것을 그가 알 리 없었다. 해서 그는 노한 눈을 부릅뜨고서 소리쳤다.

"여긴 내 집이오! 대체 무슨 일로 당신들이 여기에……?"

그의 말은 끝나지 못했다.

그가 말을 하는 사이에 강렬한 기세가 사자패왕 곽도에게서 일어나 그를 억눌러 왔던 것이다. 말은커녕, 입도 열기 어려웠다.

"집이라? 여기 있던 자들은 어디로 갔는지…… 모르느냐?"

묘한 눈빛으로 대호를 보는 사자패왕 곽도의 말투가 조금 달라졌다. 대호의 기색에서 자신이 알고자 했던 것이 어그러졌음을 이미 느낄 수 있었기 때문이다.

"모르오."

"……."

사자패왕 곽도는 대호에게서 눈을 돌렸다.

그리곤 등을 보였다.

"멈추시오!"

대호가 다급히 소리쳤다.

"여기서 무슨 일이 있었는지 알려주시오! 왜 당신이 여기 있던 사람을 찾고 있는 것인지?"

대호가 이를 악다물면서 소리쳤다.

사자패왕 곽도가 걸음을 멈추었다.

등을 보인 채 그가 말했다.

"내가 왜 너에게 말해 주어야 하지?"

"여긴 내 집이오! 나는 내 집에 무슨 일이 일어났는지 물었을 뿐이오!"

대호가 발을 구르며 힘주어 소리쳤다.

그가 소리친 이유는 간단했다. 그의 대답과 함께 사자패왕 곽도가 신형을 돌려 대호를 바라보는데 그 간단한 한 동작과 동시에 숨조차 쉬기 힘든 가공할 기세가 자신을 찍어 눌러왔기 때문이다. 가슴이 저리고 오금이 떨려 서 있기조차 어려울 지경이었다.

"그런가?"

대호가 흔들림없이 서 있음을 보자 사자패왕 곽도의 얼굴에 묘한 빛이 떠올랐다.

"네가 나의 일초를 받아낼 수 있다면 알려주마."

말과 함께 사자패왕 곽도는 손을 들었다.

"……."

대호는 말을 하지 못했다.

할 수가 없었다. 그냥 쳐다보는 것만으로도 그처럼 숨이 막히더니 손을 들어 자신을 가리키자 거대한 바위가 자신을 짓눌러 버린 것처럼 숨을 쉴 수도, 움직일 수도…… 아니, 손가락 하나 까딱할 수가 없었다.

평범한 사람이라면 그 순간에 피를 토하고 쓰러지고 말았으리라.

하지만 잔뜩 일그러졌던 대호의 얼굴은 그가 크게 숨을 들이키면서 가슴을 펴자 평소대로 돌아갔다.

그것을 보자 사자패왕 곽도는 놀란 빛을 떠올리더니 눈에 차가운 빛을 스쳐 보냈다.

"좋아, 정말 한 수가 있구나……."

말소리의 여운이 채 사라지기 전에 그가 손을 움켜쥐는가 싶더니 오른 주먹을 뻗었다. 그러자 막대한 내력이 토출(吐出)되었다. 마치 거대한 폭류(瀑流)가 쏟아지는 것만 같았다.

웅웅……

주위 공기가 격탕치면서 무서운 내력이 쏟아졌다.

그 위세를 이기지 못하고 주변에 있던 흑의인들이 신음을 흘리며 옆으로 물러섰다. 절정고수의 기세는 일반 고수들이 견뎌낼 수 있는 바가 결코 아니었다. 피하거나, 도주하거나 말이야 다르지만 결론은 하나뿐이었다. 도저히 누구나가 막아내거나, 막을 생각조차 할 수 있는 공세가 아니었다.

그런데도 대호는 움직이지 않았다.

두 발을 교차시키며 벌려 서며 양손을 교차해 가슴에다 세우는 순간에 교차한 손을 빙그르르 돌리면서 앞으로 밀어냈다.

놀랍게도 저 가공할 일격을 정면으로 맞서려는 것이다.

순식간에 대호의 얼굴이 붉게 달아오르고 손 전체가 불길처럼 붉게 타올랐다.

파—앙!

일권에서 뻗어 나온 권력과 대호의 장세가 맞부딪치자 맹렬한 폭음과 함께 대호의 입에서 둔탁한 신음이 흘러나왔다.

대호는 비틀거리면서 연달아 세 걸음이나 물러나야 했다. 그러면서도 격렬히 어깨를 흔드는 그의 물러남이 보인 충격은 선명히 바닥에 깊은 발자국으로 남았다.

그것을 본 사자패왕 곽도가 뜻밖이란 표정이 되었다.

"화룡장(火龍掌)? 화룡문(火龍門)의 제자인가?"

"……"

대호는 대답하지 않았다.

입술을 피나게 깨물고 있을 따름이다.

"화룡문의 종적이 강호상에서 사라진 지 삼십 년……. 이제 와서 모습을 드러낸다는 건가?"

사자패왕 곽도의 얼굴에 희미하게 살기가 일었다.

그것을 느끼자 대호는 가슴이 철렁했다.

이 한 번의 격돌로써 그는 상대가 천외천의 고수임을 알았다. 아직은 아니라던 말의 의미를 절절히 깨닫게 되었다. 그런데 상대가 자신을 죽이려 한다면 피할 방법이 없는 것이다.

방금까지 그는 자신을 죽이려고 하지는 않았다. 그런데 왜 화룡문을 언급하면서 저렇게 된 것일까?

더 생각을 할 여가는 없었다.

자신을 쏘아보던 사자패왕 곽도가 몸을 돌려 버렸던 것이다.

그리고 떨어진 말.

"처리해라."

그의 말이 떨어지자 주위를 둘러싸고 있던 흑의인들이 밤안개가 밀려들듯이 대호를 향해 밀려들었다.

누구도 그들을 쉽게 볼 수 없었다. 그들 개개인은 분명히 일류고수였으며, 그들이야말로 백존회의 고수들이니까.

바로 그때였다.

"핫하하하……! 천하를 오시하는 사자패왕 곽도가 한낱 후생소배(後生少輩)를 죽이려 한다면 세상이 실망하지 않겠소?"

호탕한 웃음소리가 크게 들려왔다.

第九章
인연은 소림(少林)에…….

첫째 마당

느닷없이 들려온 웃음소리는 밤하늘을 떨어 울릴 만큼 힘을 가졌다.

그러나 사자패왕 곽도는 그 커다란 웃음소리에도 전혀 표정이 변하지 않았다. 그는 차가운 표정으로 집에서 조금 떨어진 나무 위를 쳐다보았다. 이미 거기 누가 있는지 알고 있었다는 의미다.

"내가 내려오도록 해야 하겠나?"

그의 말에 다시 웃음소리가 들려왔다.

"어찌 감히!"

웃음기 서린 음성과 함께 한 사람이 나무 위에서 홀쩍 뛰어내렸다.

허름한 옷차림이지만 형형한 빛이 번쩍이는 눈빛. 짚신을 신고 등에다 거적까지 하나 메고 있으니 어딜 보나 영락없는 거지다. 게다가 둥둥 걷어붙인 옷소매에 드러난 깍짓동 같은 팔에는 개 잡는 몽둥이까지 들려 일견 흉악하게조차 보이는 모습이었다.

"개방?"

사자패왕 곽도가 미간을 찌푸렸다.

"핫하……. 개방의 후배, 조비가 곽 선배께 문안이외다!"

거한 조비는 손에 든 몽둥이를 아래로 하며 두 손을 맞잡아 포권을 해 보였다.

"천오신개(天傲神丐)는 너와 어떤 사이냐?"

미간을 찡그린 채 그를 쏘아보던 사자패왕 곽도가 물었다.

"후배의 사부 되시지요."

조비가 씨익, 웃으며 대꾸했다.

"사부? 천오신개의 제자란 말이냐?"

"불행히도 사부에게는 이 잘난 조비 한 사람밖에는 다른 제자가 없다고들 합니다만."

"……."

묘한 눈길로 조비를 바라보던 사자패왕 곽도가 냉소를 머금었다.

"그 건방진 거지가 절 그대로 빼닮은 놈을 제자로 삼았군."

"칭찬해 주시니 고마울 따름입니다."

조비가 껄껄 웃으며 다시금 포권을 해 보였다.

"네가 다음 대 개방의 방주라면…… 머리 아플 수도 있겠군."

하지만 다음에 이어지는 사자패왕 곽도의 말에 조비의 안색은 달라질 수밖에 없었다.

그럼에도 그는 이내 씩, 웃으며 물었다.

"그 말에 담긴 뜻은 설마 움트는 새싹을 잘라 버리겠다는 말씀은 아니시겠지요? 설마 하니 백존회 천좌의 신분으로서……."

"제 사부와는 달리 덩치에 어울리지 않게 헛바닥이 매끄러운 놈이군. 나는 입만 산 놈들은 싫어하는 편이지."

사자패왕 곽도의 미간이 좁혀졌다.

살기가 드러났다.

"이런, 이런…… 잘못 나타난 모양이군."

조비는 슬쩍 한 걸음 뒤로 물러났다.

"……?"

사자패왕 곽도는 묘한 빛으로 조비를 바라보았다.

대개방(丐幇)!

그것도 개방 방주의 후계자라는 자가 지금 보이고 있는 태도를 보라. 금방 도망이라도 할 것 같지 않은가? 개방이 비록 거지의 집단이지만 강호상에서 차지하고 있는 지위는 결코 만만하지 않다. 그런데 방주의 후계자라는 자가 전혀 망설임없이 도주하겠다는 모습을 보이다니……. 다른 사람이 말했다면 결코 믿지 못할 일이었다.

"내가 가고 나면 곽 선배는 알고 싶은 일을 알지 못하게 될지도 모를 텐데 그래도 날 잡고자 하시겠소?"

이어지는 조비의 말에 사자패왕 곽도의 눈에서 신광이 번뜩였다.

"알고 있단 말이냐?"

"으흐흐…… 어찌 감히 사자패왕 곽 선배의 앞에서 거짓을 말할 수 있겠소?"

대답하는 조비의 웃음소리의 여운은 아주 묘하여 정말 안다는 것인지 아닌지 명확하지 않았다.

이윽고 사자패왕 곽도는 고개를 끄덕였다.

"교활한 놈이군. 뭘 원하는 게냐?"

"핫하하하하……! 과연, 묵은 생강은 늘 괜히 매운 게 아니라는 우리 노친네의 말이 전혀 틀린 게 아니군요! 별거 아닙니다. 후배가 알려 드리면 저 친구들과 함께 그곳으로 가시면 되지 않을까 하는 의견일 뿐입니다. 소림사…… 아니, 좀 더 정확히 말해서 귀신의 그림자(鬼影)를 찾는 것일 테니 굳이 여기 더 있어야 할 이유가 없지 않겠습니까?"

"말해라."

사자패왕 곽도의 말은 간단했다.

조비가 고개를 끄덕였다.

"예전부터 사자패왕은 천하의 호한(好漢)이라 그 한마디가 천금과도 같다는 말을 들었었지요……."

오금을 박아놓은 조비가 말을 이었다.

"소림사에서 나온 고수들은 이곳을 떠나 개봉성 내로 갔습니다."

"개봉성? 어디로?"

"그것까지야…… 그 정도면 백존회에서 충분히 알아낼 수 있겠지요. 총사이신 경천일기, 귀곡신유께서 이미 강호에 다시 나온 것으로 들었는데…… 하하하…… 더 말씀드리게 된다면 백존회를 욕보이는 게 되지 않겠습니까?"

말과 함께 조비가 그렇지 않느냐는 듯 다시 껄껄 웃어 보였다.

"……."

사자패왕 곽도는 차가운 눈빛으로 조비를 바라보다가 냉랭히 말했다.

"재기가 넘침은 명을 재촉할 수도 있지. 적의 수괴가 될 자가 뛰어 남을 보고 그대로 넘길 바보는 그리 많지 않을 것이다……."

말소리의 여운이 채 사라지기 전에 그의 모습은 이미 그 자리에 없었다.

그가 떠나자 잠시 머뭇하던 흑의인들도 썰물처럼 어둠 속으로 묻혀

들었다.

"핫하— 감사합니다, 곽 선배!"

그가 사라진 쪽을 보고 크게 소리친 조비는 대호를 돌아보았다. 방금까지와는 달리 안색이 굳어 있었다. 전혀 다른 사람의 얼굴처럼.

"괜찮나?"

"도와주셔서 고맙습니다."

멀뚱한 표정으로 서 있던 대호가 허리를 굽혀 보였다. 이미 순박한 모습으로 돌아간 대호였다.

그때 멀리서 올빼미가 우는 소리가 들려왔다.

조비의 얼굴에 다급한 빛이 떠올랐다.

"어서 이곳을 벗어나라. 오늘 밤 이 일대에는 일장 참혹한 도살이 감행되고 있어 누구든 그 와중에 휩쓸리면 벗어나기가 쉽지 않다. 나 또한 원래 모습을 드러내지 않았어야 했는데…… 참견을 좋아하는 이놈의 성질은 아무리 해도 고칠 수가 없어."

급하게 말을 마친 조비가 몸을 날리려 했다.

"잠시만! 저들이 왜 우리 집을? 우리 가족들이 어떻게 되었는지 아십니까?"

"으음, 간단히 말하면 저들이 쫓던 자가 이 집에 숨어들었고 그들을 쫓아온 저들과 때마침 여기 나타난 소림사의 고수들 간에 충돌이 있었던 것 같다. 그 뒤로 소림의 고수들은 이곳을 떠났으니 저들이 그 뒤를 쫓고 있는 것이지."

"그럼 우리 가족들도?"

"같이 갔을 수도 아닐 수도 있겠지. 우선은 이곳을 벗어난 뒤, 날이 밝으면 다시 오는 게 좋을 것……."

말소리의 여운이 채 사라지기도 전에 조비는 훌쩍 어둠 속으로 몸을 날렸다.

대호는 그를 새겨두려는 듯 그의 뒷모습을 바라보았다.

"조비……."

대호가 중얼거렸다.

아마도 평생 잊지 못할 이름일 터이다.

평생을 통해 그처럼 강렬한 느낌을 주는 사람을 아직껏 대호는 만나본 적이 없었으므로. 이처럼 짧은 시간에 결코 잊지 못할 인상, 어쩌면 평생을 두고 기억될 이름이었다.

"후우……."

대호는 길게 한숨을 쉬었다.

순해 보이는 눈매에 강한 빛이 어렸다.

"말호와 아버지를 떠날 수 없어 참고 참았건만…… 이제 조금은 뭔가를 안다고 생각했었는데 아직도 멀었더란 말인가?"

한 손짓.

겨우 옥소 한 번 겨누는 것으로 하늘 밖의 하늘이 있음을 알게 한 절대강자(絶對强者) 사자패왕 곽도. 대호는 결코 그를 잊을 수 없을 것 같았다. 아니, 잊지 않을 것이었다.

"다시 만난다면……."

대호가 어둠 속을 노려보았다.

*   *   *

바람에 시달린 현판에는 빛 바랜 글씨가 보인다.

경운사(耕耘寺).

현판만큼이나 퇴락한 절이다. 그렇다고 여기저기가 무너진 폐찰(廢刹)이 아니라 고색이 창연하다는 것이 옳은 표현일 터이다. 개봉성 내에 있는 이 크지 않은 옛 절은 저 멀리 밝아오는 아침을 맞이하고 있었다. 대웅전에서는 이미 새벽 예불을 위한 목탁 소리와 염불 소리가 낭랑하다.

"옴 바아라 도비야 훔⋯⋯."

헌향진언(獻香眞言)이 아득히 들리는 가운데 경운사의 뒤쪽에 자리한 그리 넓지 않은 승방의 주위는 긴장이 가득했다. 겉으로 드러난 것은 아니었지만 암중에 소림사의 십팔나한이 이곳을 지키고 있었기 때문이다.

"쿨럭, 쿨럭⋯⋯."

억눌린 신음.

노삼은 한 모금의 검은 피를 토해내면서 겨우 숨을 몰아쉬었다.

고통 속에서 정신을 차렸다. 하지만 숨이 막혀 한참을 버둥거리다가 피를 토해내고 나서야 비로소 눈앞이 밝아졌다. 자신을 지켜보고 있는 말호를 보자 그는 한숨을 몰아쉬었다.

"마, 말호야⋯⋯."

"아버지, 정신이 들어요?"

말호가 그의 비쩍 마른 손을 잡고서 말했다.

"그, 그래. 그, 그놈⋯⋯ 그 귀신같은 자는 어떻게? 너, 넌 괜찮은 게냐?"

"걱정 말아요. 소림사의 스님들이 나쁜 놈들을 모조리 쫓아버렸어요."

"소, 소림사?"

노삼이 눈을 끔벅거렸다.

"아미타불……. 시주께서는 이제 정신이 드셨으니 너무 무리하여 말씀하지 마십시오. 겨우 가슴에 맺힌 울혈을 토해내게 했지만 너무 기혈을 심하게 상하여 조심해서 조리해야만 할 겁니다."

타이르듯 안온한 음성.

이제 보니 운비룡의 뒤에는 한 사람이 서 있는데 희미한 어둠 속에서도 그가 승려임을 알아볼 수 있었다.

"저, 정말 소림사의 스님이시오?"

"그렇습니다."

운비룡의 뒤에 서 있던 대우가 가벼이 고개를 끄덕여 보였다.

노삼의 상태는 처음 생각보다 더 나빠, 무려 반 시진 가까이 추궁과혈(推宮過穴)을 해서야 겨우 정신을 차리게 할 수가 있었다. 가슴의 울혈을 제거하긴 했지만 과연 노삼이 얼마나 더 버틸 수 있을지는 그로서도 말하기 어려웠다.

그런데,

"저, 정말이었구나!"

대우의 답변에 노삼이 탄성을 터뜨리는 것이 아닌가.

"내 죽음을 앞두고 노선사의 유언이 실현됨을 보게 되니 정말 다행이군, 다행이야!"

노삼이 연방 고개를 끄덕였다.

"무슨 소리예요?"

"하, 한 가지 부탁이 있습니다."

노삼이 버둥거리며 일어나려고 했다.

"아미타불, 지금 움직이면 좋지 않으니 그대로 말씀하시지요."

대우가 얼른 다가와 그의 가슴을 그대로 조용히 눌러 그를 진정시켰다.

"헉, 허헉…… 십여 년 전에…… 노승 한 분을 뵌 적이 있었소. 산 부처님과 같은 정말 신선 같은 분이셨는데…… 그분이 홍수에서 우리를 구해주셨더랬소이다. 그때 그분이 말씀하시기를……."

노삼이 옆에서 눈을 똘망이고 있는 운비룡을 보며 말을 이었다.

"이, 이놈의 인연이 십이 년 후에 소림사로 이어질 테니 잘 키우라고…… 헉헉…… 말씀하셨었소이다……. 그리고 이놈…… 제 아들놈의 나이가 올해 열둘이외다."

"……!"

대우의 얼굴이 굳어졌다.

"십이 년 전이라고 하셨습니까?"

"그, 그렇습니…… 다……. 헉, 헉……. 그 대선사께서 온몸에서 빛을 내시면서 말씀하셔서…… 이날까지 한순간도…… 한순간도 잊지 않았었지요. 몇 번이나…… 소림사를 찾아가려고 했었지만 십이 년 후라고 하셔서 기다렸…… 쿨럭쿨럭…… 쿠울럭!"

"십이 년 전이라면……."

대우가 괴이한 빛으로 중얼거렸다.

"거, 거두어주십시오!"

노삼이 대우의 손을 잡았다.

"무슨?"

"이 아이의 인연은 소림사에 있다 하셨으니…… 이제 소림사의 신승을 뵙게 되니 그 예언이 실현된 것이 아니오이까? 이놈을 소림의 제자로 받아주십시오."

"무, 무슨 소리예요? 날더러 중이 되란 말예요?"

운비룡이 눈을 동그랗게 떴다.

"말호야, 이건……."

"싫어요! 난 할 일이 많은 사람이란 말이에요! 중이라니! 고기도 못 먹고 미인도 거느릴 수 없고 돈도 벌 수 없는 중 노릇을 할 바에야 난 차라리 거지가 되고 말 거야!"

"이놈이!"

노삼이 눈을 부릅떴다.

순간적으로 입에서 핏물이 솟구쳐 올랐다.

"우엑!"

이불이 피로 물들었다. 그의 옆에 와 있던 대우조차 그 핏물을 피할 수 없어 승포가 핏물로 물들었다.

"이런, 함부로 화를 내는 것은 좋지 않습니다."

대우가 급히 그의 등줄을 쓰다듬어 진기로써 노삼의 심맥을 안돈시키며 말했다.

"네 인연은…… 그분께서 소림사에 있다고 하셨다……."

노삼이 가쁜 숨을 몰아쉬면서 안간힘을 다해 계속 말을 이었다. 쿨럭거릴 때마다 핏물이 입가에서 흘러내렸다.

"나, 나는……."

운비룡은 일그러진 얼굴로 중얼거렸다.

뭔가 더 부정을 하고 싶은데 차마 저렇듯 피를 토하는 아버지를 보자 말을 하기 거북했다. 하지만 그렇다고 해서 아버지의 말대로 중이 될 생각 따윈 꿈에도 없었다.

넓은 세상에서 앞으로 자신이 해야 할 일이 얼마나 많은가 말이다.

둘째 마당

"망할!"

운비룡은 석탑 앞에 있던 석등(石燈)을 걷어찼다.

"으악!"

뻔하게도 다음 순간에 운비룡은 발을 움켜잡고서 죽는시늉을 했다. 깡충깡충 뛰어도 고통이 사라질 리는 없었다. 발끝이 부서져 나가는 것만 같았다.

"아이구, 씨파알~!"

아픔을 참지 못한 운비룡은 발을 움켜쥔 채 석등을 머리로 받았다.

물론 이미 경험이 있으니 심하게 받을 리야 없고 그저 들입다 받는 시늉만 내고 만 것이지만. 서늘한 석등에다 머리를 대고 있어도 부글부글 끓는 속은 가라앉지를 않는다.

뭔 할 일이 없어서 중이란 말이야?

아무리 다른 곳이 아닌 소림사라고 해도…… 그래도 머리를 깎고 중이 되라는 것은 받아들일 수가 없었다. 채 피어보지도 못한 청춘인데…….

'하지만 소림사라면……?'

운비룡이 교활하게 눈알을 굴렸다.

말만 듣다가 직접 보니 과연 강하기는 했다.

심경 대사는 그처럼 허덕거리면서도 그 귀신같은 자들을 혼비백산케 했고, 특히 십팔나한이 나타날 때의 광경은 가슴이 떨릴 만큼 멋진 광경이었다. 그러니 천하의 모든 공부가 소림사에서 비롯되었다(天下功夫出少林)는 말이 생겼겠지…….

그러나 이내 운비룡은 머리를 저었다.

고기도 못 먹고, 재물도 모을 수 없다? 게다가 여자도 가까이 할 수 없으며 후손도 보지 못하고 산에서 까까머리 한 채로 종일 쪼그리고 앉아서 목탁이나 두드린다면 그건 사내대장부가 할 짓이 아니었다.

밤에 숨어서 본 기녀의 알몸은 충분히 흥미로웠다.

보검 한 자루를 등에다 꽂고 강호를 질주하며 미녀로만 골라서 삼처사첩…….

"절대로 포기할 수 없지!"

운비룡은 다짐하듯 입술을 앙다물었다.

그렇다.

아무리 아버지의 부탁이라고 할지라도 이 일은 안 될 일이었다.

운비룡은 다짐하듯 선방을 노려보았다.

"놔요!"

운비룡은 자신을 잡은 중년승, 십팔나한 중 한 사람인 대홍(大洪)을 주먹으로 치며 발버둥 쳤다.

"지금은 나갈 수 없다."

대홍이 무표정한 얼굴로 말했다.

"왜요? 난 지금 가야 한단 말이에요!"

"밖에는 우릴 찾는 자들이 있다. 그자들에게 걸리면 너는 목숨을 부지할 수 없을 게야. 사람의 목숨은 파리 목숨처럼 우습게 보는 자들이니 고집 피우지 말거라."

대홍의 얼굴은 완강했다.

'이런 젠장! 형에게 알려줘야 하는데…….'

인상을 쓴 운비룡은 조금 얌전해진 표정으로 말했다.

"아버지가 위독해요! 형에게 알려야 하잖아요?"

"그건……."

대홍은 조금 난감한 얼굴로 선방 쪽을 바라보았다. 거기에는 나한당의 당주인 심경 대사가 요양 중이었다.

"저 아이를 받아들이실 겁니까?"

대우가 갖가지 머리를 쓰면서 좌충우돌, 경운사를 빠져나가려는 운비룡을 지켜보다가 말했다.

아침이 되었다고는 하지만 아직도 새벽이고 불을 켜지 않은 선방 안은 어두컴컴했다.

"그래야 할 것 같구나."

단좌(端坐:단정히 앉음)한 심경 대사가 나직이 말을 받았다.

한 시진가량 운기조식하여 일단 들끓던 기혈은 안정을 시켰지만 아직 내상을 회복하려면 상당한 시간이 필요했다. 침침한 방 안에 앉은 그의 얼굴은 여전히 창백했다.

"그래야 할 필요가 있겠습니까? 제가 지켜본 바로는 영악하고 교활하여 불문에 들 만한 재목이 아닙니다. 필요하다면 거짓말이라도 할 아이이고 수도(修道)에는 처음부터 관심이 없는……"

대우가 말끝을 흐렸다.

그를 보는 심경 대사의 얼굴이 희미하게 웃음을 머금고 있음을 발견한 까닭이다.

"소림사에 있는 사미(沙彌) 중, 과연 처음부터 수도를 하기 위해서 소림사에 들어온 아이가 얼마나 된다고 생각하느냐? 너는 어릴 때부터 세상을 구하고 불법을 설(說)하며, 이 한 몸 보시(普施)하여 중생을 계도하리라는 큰 서원(誓願)을 세우고 출가했더냐?"

가벼운 음성이나 대우는 홀연 깨우쳐 머리를 숙였다.

"제자의 생각이 짧았습니다."

"아니다. 지금은 그런 문제가 아니라, 저 아이에게는 심상치 않은 기운이 서려 있는데 내 생각으로는 그것이 혜인 사백(慧印師伯)께서 남기신 것 같구나."

대우는 눈을 휘둥그렇게 떴다.

"혜인 사백조 말씀이십니까?"

"그렇다."

'그렇다면 저 아이의 아버지가 말한 노승이 바로 혜인 사백조이시란 말인가?'

대우는 믿기지 않아 눈만 끔벅거렸다. 어찌 놀라지 않을 것인가.

혜인 대종사(慧印大宗師).

세간에는 혜인 성승(聖僧)이라고도 알려진 소림사의 전설.

그는 높은 학식으로 불도에 정진했었고 육조(六祖) 이후 최고의 선승(禪僧)으로 이름이 높았다. 이십 대에 장좌불와(長坐不臥), 오랜 시간 좌선하면서 눕지 않고 수행에 정진하여 무려 칠 년을 넘겼었다. 마지막 일 년간은 거의 식음을 전폐하다시피 하여 소림사의 당대 장문인이었던 일원 선사(一元禪師)가 강제로 그 수행을 멈추게 한 일은 유명한 설화로서 남아 있는, 말 그대로 소림사의 살아 있는 전설이었다.

살아 있는 부처라고까지 알려졌던 그는 소림사의 장문인이 될 수 있었지만 그 자리를 웃으며 고개를 저어 흘려 버렸었다.

그리곤 소림의 전설이 되었다.

'혜인 사백조께서 모습을 감춘 지가 십여 년이 넘어 사방으로 탐문한 지가 오래인데…… 어떻게 저 아이에게 그분의 흔적이 남아 있다는 거지?'

대우는 선방 밖에서 눈치를 보고 있는 운비룡을 보았다.

이리저리 눈알을 굴리고 있는 모습은 아무리 보아도 교활했다.

불가와는 한참 거리가 먼 아이였다. 그간 경험으로 보자면 저런 아이가 출가를 할 리도 없고, 설사 출가를 한다고 할지라도 제대로 수행을 할 리가 없었다.

'대체 뭘 보시고 저런 아이를?'

아무리 봐도 머리가 아팠다. 하지만 이 일은 나중에 생각해도 될 일이었다. 지금은 시급히 처리할 일이 너무 많았다.

"귀영신투는 어찌하였느냐?"

"대경 사제가 여러모로 물어본 듯한데…… 아무래도 거짓말을 하는 것 같지는 않습니다. 정말 혈루존을 빼앗아간 자가 누군지 알지 못하는 모양입니다."

대경은 십팔나한 중에서 타심통(他心通) 방면으로 깊은 조예를 쌓아 누구도 그를 속여 넘기는 건 불가능했다.

"대경이 알아낸 것이라면 믿을 만한 것일 텐데…… 누구도 믿지 못할 일이로구나. 천하의 귀영신투가 알아보기 힘든 정도의 경공을 지닌 자라니……."

심경 대사가 미간을 찡그렸다.

"그렇습니다. 하지만 의외로 간단할 수도 있다는군요."

"간단하다고?"

"예. 천하의 고수들이 아무리 많아도 경공 방면으로 귀영신투를 능가하는 사람을 찾아내라면 아마 다섯 손가락을 넘지 않을 테니까요."

"아미타불! 그렇기도 하겠구나……. 그렇다면 이 사실을 송왕부에 통보하고 귀영신투를 왕부에 넘겨주도록 하거라."

"왕부에 그냥…… 넘겨줍니까?"

"그렇지 않으면?"

"혈루존은 향후 무림 정세에 큰 영향을 줄 물건입니다. 남의 손에 들어가도록 좌시할 수는 없……."

"혈루존의 주인은 백존회다. 그들이 저처럼 대거 몰려나왔는데 만약 우리가 끝까지 간섭하려 든다면 결국 저들과의 정면충돌을 면하기 어렵다. 십팔나한만으로는 절대로 백존회와 정면으로 맞설 수 없다. 자칫 잘못하면 그로 인해 전체 무림에 피바람이 불는지도 몰라. 게다가 귀곡신유까지 나타났다는 소문이 있으니 더 더욱 안 될 말이다."

"이미 그들은 우리를 공격했습니다. 대정 사제는 크게 다쳐서 늦게 발견했다면 죽었을지도 모릅니다. 그런데……."

"출가인이 속가와 같이 복수 운운할 생각이더냐?"

"이건 그것과는 다른……."

"내가 지옥에 들어가지 않으면 누가 지옥에 들어가겠느냐? 그만 해 두거라. 지금은 부딪칠 때가 아니라 과연 누가, 무슨 생각으로 혈루존을 가져갔는지 알아봐야 할 때다. 만에 하나 백존회의 누군가가 혈루존을 가져간 것이라면 사태는 매우 심각하다."

그제서야 대우는 심경 대사가 무엇을 걱정하고 있는지를 알았다.

백존회가 어떤 존재인지 모를 리가 있을까? 그들이 다시 움직이게 된다면 정말 간단한 일이 아닌 것이다.

"제자의 생각이 짧았습니다."

그가 고개를 숙였다.

"나한당의 제자들이야 원래 경략가가 아니라 무승(武僧)이 아니더냐? 머리를 쓰는 건 아무래도 우리들이 할 일이 아니지."

심경 대사가 미소를 지어 보였다.

*   *   *

"아버지……."

대호는 일그러진 얼굴로 신음했다.

좋은 아버지는 아니었다. 그러나 세상에서 하나밖에 없는 아버지였다. 그런 아버지가 눈앞에서 죽어가고 있었다. 그처럼 거대하고, 강했던 손은 검불처럼 삭아 금방이라도 부서져 버릴 듯하여 쥐기조차 겁났다.

"대호야……."

노삼이 힘겹게 입을 열었다.

입 모양으로 말하는 것을 알 수 있을 뿐, 실제로는 말소리조차 제대로 들리지 않았다.

"네게…… 네게 미안…… 하구나……."

노삼이 다시 말했다.

거품이 이는 입가, 한마디를 하기 위해서 심하게 떨리는 입술과 턱. 피폐할 대로 피폐하여 고목나무의 껍질과 같은 피부에는 이미 창밖으로 기운 황혼보다 더 짙게 죽음의 그림자가 드리우고 있었다.

"그런 말 말아요. 아버진 일어날 수 있어요. 기운 내요! 약해지면 안 됩니다."

대호가 눈시울이 붉어진 채로 노삼의 손을 힘껏 잡았다.

희미한 웃음이 노삼의 얼굴에 떠오르는 것 같았다.

"말호…… 말호를 부탁……."

노삼의 말소리가 잦아든다.

"아버지! 날 봐요! 날 보라구요! 이대로, 이대로 눈을 감으면 안 돼요! 저 말썽꾼 말호를 버려두고 가시면 어떻게 해요? 정신 차리세요, 제발, 아버지―!"

대호는 노삼을 손을 잡은 채 격하게 소리쳤다.

"말호…… 는 특별…… 해. 반드시 소림사로…… 소림……."

"아버지!"

대호가 소리쳤다.

"……."

문턱 옆에 기대앉은 운비룡은 멍한 눈으로 아버지를 보았다.

자리에 누운 아버지는 대호의 어깨 너머로 그를 보고 웃는 것 같기도 했다. 하지만 왜 웃는단 말인가?

"운명하셨네……. 아미타불……."

은밀히 천화방으로 가서 대호를 데려온 대우가 노삼의 머리맡에 있다가 맥을 짚어보고는 나직이 불호를 외웠다.

"아버지!"

대호가 오열을 터뜨렸다.

하지만 운비룡은 멍청히 아버지를 바라볼 뿐이다.

눈도 감지 않은 채 숨을 거뒀다는 아버지. 그는 감지 않은 눈으로 무슨 미련이 남았는지 물끄러미 운비룡을 바라보고 있었다.

"말호를 반드시 소림으로……."

아버지의 마지막 말이 생각나는 순간, 운비룡은 버럭 소리를 질렀다.

"난 안 간다니까!"

말을 내뱉고는 뒤도 보지 않고 밖으로 내달렸다.

망할 영감 같으니!

뭘 해준 게 있다고…….

죽어가면서까지 날 괴롭히는 거야?

정말 친아들이 맞긴 맞는 거야? 왜 친아들을 중으로 만들려고 해? 왜 죽으면서까지 괴롭히는 거냐 말이다.

하늘 저 멀리 붉은 노을이 아름답다.

비라도 다시 오려는 걸까? 검붉은 구름이 뭉게 깔리고 그 구름을 붉게 물들인 노을은 충분히 아름다웠다. 어쩌면 신비롭게까지 보였다. 그렇지만 보는 사람에 따라서는 그렇지 않을 수도 있나 보다.

"씨파아! 내가 왜 중이 되어야 한단 말이야아—?"

운비룡을 발을 굴렀다.

밖으로 뛰쳐나가려고 했더니 또 막혔다.

망할 놈의 노을은 왜 저리 붉으냐?

차라리 모두가 다 죽어버렸으면 좋겠다!

앞을 가로막는 모든 것들이 다……. 생각이 그에 미치자 갑자기 가슴속에서, 뇌리에서 살기가 치밀었다. 이대로 잡혀서 소림사로 가 중이 된다?

절대로 그럴 수는 없었다.

"절대로 그럴 순 없어!"

운비룡은 이를 악물었다.

"비켜! 안 비키면 다 죽여 버릴 거야!"

운비룡의 눈에서 붉은빛이 일렁거리며 피어나기 시작했다. 괴이한 기운이 넘실거리며 일기 시작하였다.

『소림사』 2권으로 계속…